D1844208

Siobhan Curham

LIEBER DYLAN

Siobhan Curham

LIEBER DYLAN

Übersetzung aus dem Englischen
von Alan C. Lyne

Baumhaus

MIX
Papier aus verantwortungsvollen Quellen
FSC® C014496
FSC
www.fsc.org

Dieser Titel ist auch als Hörbuch und E-Book erschienen

Für die Originalausgabe:
Original English language edition first published in 2012 under the title *Dear Dylan* by Egmont UK Limited, 239 Kensington High Street, London W8 6SA
Copyright © 2012 Siobhan Curham
All rights reserved
The Author has asserted her moral rights

Für die deutschsprachige Ausgabe:
Copyright © 2013 by Bastei Lübbe GmbH & Co. KG, Köln
Lektorat: Kristin Overmeier
Umschlaggestaltung: © Michael A. Hill
Satz: Schaffer Grafik + Satz, Hofheim a. Ts.
Gesetzt aus der Unit und der Courier New
Druck und Einband: GGP Media GmbH, Pößneck

Printed in Germany
ISBN 978-3-8339-0185-0

5 4 3 2 1

Sie finden uns im Internet unter www.baumhaus-verlag.de
Bitte beachten Sie auch www.luebbe.de

Für meine Eltern
Anne und Mikey – danke.

Teil Eins

Mailfreunde

Von: georgieharris@hotmail.com
An: info@dylancurtland.com
Betreff: Liebe
Datum: Montag, 1. Mai, 16:05

Lieber Dylan,
mein Gott, es fühlt sich wirklich verrückt an, dir eine Mail zu schreiben, als ob ich dich kennen würde oder so! Aber die Sache ist – ich habe wirklich das Gefühl, dich zu kennen. Und – da haben wir's – ich liebe dich. Ich weiß, wir sind uns nie begegnet oder so was in der Art, aber manchmal, wenn ich dich in *Jessop Close* sehe, kommt es mir vor, als würdest du wirklich nur zu mir sprechen. Ich weiß, es gibt noch 7,6 Millionen weitere Fernsehzuschauer, zu denen du auch sprichst. Wenn ich mir einbilden würde, du würdest wirklich nur zu mir sprechen, dann wäre ich ein bisschen matschig in der Birne (wie meine beste Freundin Jessica R. Bailey es ausdrücken würde). Und ich bin nicht matschig in der Birne, ehrlich nicht. Es ist nur so: Manchmal, wenn du dich mit deinen Eltern streitest oder wenn du dich Mark oder Kez anvertraust ... die Sachen, die du dann sagst, nun ja, die sind so, als würdest du meine eigenen privatesten Gedanken aussprechen. Macht das irgendeinen Sinn? Ich fürchte nicht. Aber was ich zu sagen versuche, ist, dass ich dich verstehe. Ich weiß, wie es ist, ein Außenseiter zu sein. Und nur, wenn ich dich in *Jessop Close* sehe und du auf deine ganz eigene Art diese Dinge sagst, fühle ich mich nicht mehr so total allein. Weil ich wenigstens weiß, dass da draußen jemand ist, der genauso fühlt wie ich. Ich weiß, du bist Schauspieler und nebenbei gesagt, mein absoluter Lieblingsschauspieler. Die anderen Mädchen in der Schule fahren alle auf Jeremy Bridges ab, aber entschuldige mal, wenn du mich fragst, ist er der reinste Schnarchkopf. Ich denke, du solltest wissen, dass ich mir gern neue Worte ausdenke. Und ein Schnarchkopf ist ein Schwachkopf, der so langweilig ist, dass man anfangen möchte zu schnarchen. Du bist viel interessanter als Jeremy Bridges, und wenigstens bist du nicht mit so einer Supermodel-Tussi zusammen, die es für eine tolle Idee hält, ohne Unterhosen aus einem Auto zu

steigen, obwohl sie weiß, dass sich da draußen jede Menge Fotografen rumtreiben. Nur so aus Interesse, bist du im Moment überhaupt mit jemandem zusammen? Na, wie auch immer, wie schon gesagt, ich weiß, du bist ein Schauspieler, und das, was du sagst, gehört alles zu deiner Rolle, aber es ist deine Art, diese Sachen zu sagen. Du könntest nicht so überzeugend sein, wenn du nicht wirklich wüsstest, wie man sich dabei fühlt. Stimmt's?

Ich hoffe, ich habe dich nicht schockiert, als ich geschrieben habe, ich liebe dich. Es ist nur so, dass ich heute Morgen *Oprah* im Fernsehen gesehen habe, und sie hat gesagt, wir sollten uns alle viel öfter sagen, dass wir uns lieben. Sie hat gesagt, auf der Welt würde es viel besser zugehen und es würde nicht all diese Kriege und Terrorismus und all so was geben, wenn wir das machen würden. Natürlich sollen wir das nicht zu jedem sagen, ich würde auf KEINEN FALL zu meinem bescheuerten Stiefvater sagen, dass ich ihn liebe, denn dann würde ich lügen, und ich glaube nicht, dass Oprah das gefallen würde. Ich habe auf der Rückseite von Mums Einkaufszettel eine Liste von allen Leuten gemacht, die ich liebe. Hier ist sie:

Dylan Curtland – das heißt dich!
Michaela Roberts
Angelica Roberts
Jessica R. Bailey
Jeff Harris

Jessica R. Bailey ist meine beste Freundin, seit wir uns in der Grundschule kennengelernt haben – und jetzt sind wir in der 9. Klasse. Das R steht für Rebecca, und Jessica findet, es hört sich total gebildet an, wenn Leute die Initialen ihrer Zweitnamen benutzen. Mein Zweitname ist Olivia, ich wäre dann also Georgie O. Harris, was sich eher nach einem irischen Bauarbeiter anhört als nach einer gebildeten Person, aber so ist es eben. Angelica Roberts ist meine Mum. Meine Mum würde dir gefallen, sie ist wirklich schön. Mein Vater (Jeff Harris) hat sie immer seine Porzellanpuppe genannt, denn genauso sieht sie aus, wie eine Porzellanpuppe mit ihrer schneeweißen Haut und ihren kleinen Rosenwangen und Lippen. Sie ist auch wirklich zerbrechlich wie eine Puppe. Das ist das Einzige, was ich an ihr nicht liebe, das Gefühl, dass sie eines Tages in Millionen kleiner Scherben zerbrechen könnte. Dir ist vielleicht aufgefallen, dass ich geschrieben habe, mein Vater *hat* sie immer seine Porzellanpuppe genannt. Das ist deswegen, weil mein Vater – nun ja, er ist tot. Aber ich liebe ihn immer noch. Ich wünschte, ich hätte seine E-Mail-Adresse, so wie ich deine habe. Das wäre total cool, oder nicht? Wenn der Himmel, oder wo immer wir hingehen, wenn wir tot sind, eine Website hätte, und jeder würde eine Hotmail-Adresse mit Instant Messenger bekommen, sobald er dort ankommt. Dann könnte man wenigstens noch mit ihnen reden, nachdem sie gestorben sind. Und sie könnten einem Tipps geben und solche Sachen und einem sagen, dass man sich keine Sorgen machen soll und alles würde ganz pommes-frittig laufen. (Das hat nämlich mein Vater immer gesagt, wenn er meinte, alles würde super laufen, denn Pommes frites waren sein Allerliebstes auf der Welt – nach mir und Mum natürlich.)

Mir geht es aber ganz gut, denn ich habe ja noch Oprah, und die gibt mir echte frostfreie Tipps. (Frostfrei ist übrigens mein neuestes Wort. Damit meine ich etwas, das so richtig cool ist, wo aber nicht irgendwelcher Mist – also Frost – dranhängt.) Wie auch immer, Oprah ist jedenfalls total frostfrei, und du bist es auch. Ich hoffe, diese E-Mail macht dich nicht verlegen. Ich wollte dich einfach nur wissen lassen:
ICH LIEBE DICH!!!

Und danke, dass du in *Jessop Close* immer so klasse bist. Es ist die einzige Soap, die es verdient hat, gesehen zu werden, und das liegt ganz allein an dir.

Alles Liebe,
Georgie Harris – 14 Jahre alt (Julia aus »Romeo und Julia« war erst 13, wusstest du das?)

Von: info@dylancurtland.com
An: georgieharris@hotmail.com
Betreff: Re: Liebe
Datum: Montag, 1. Mai, 22:10

Hi da draußen!
Vielen Dank für deine Mail. Ich freue mich sehr, dass dir meine Website gefällt. Schau mal in den Bereich NEUES – da findest du alle aktuellen News. Ich hoffe, du hast einen tollen Sommer, und danke für deine Unterstützung.

Dylan x

Von: georgieharris@hotmail.com
An: info@dylancurtland.com
Betreff: Danke!!
Datum: Mittwoch, 3. Mai, 16:07

Lieber Dylan,
OH MEIN GOTT! Ich kann's nicht fassen, ich habe eine E-Mail von dir – und dann hast du auch noch so schnell geantwortet. Ich dachte, du wärst echt total beschäftigt mit Text lernen oder Proben oder Filmen oder was weiß ich. Viiiiielen, vielen Dank, dass du mir so schnell geantwortet hast, und bitte entschuldige, dass es zwei Tage gedauert hat, ehe ich dir antworte, aber ich habe keinen eigenen Computer zu Hause, also komme ich nur online, wenn ich in die Bücherei gehe, und meine Mutter hat mich gestern nach der Schule nicht in die Bücherei gehen lassen, weil ich auf meine kleine Schwester Michaela aufpassen sollte. (Meine Mum war übrigens ein Riesenfan von George Michael – nicht mal die Tatsache, dass sie zwei Mädchen bekommen hat, hat sie davon abgehalten, uns nach ihm zu benennen!)

Interessant fand ich, dass du geschrieben hast, du freust dich, weil mir deine Website gefällt. Ich habe in meiner Mail noch mal nachgesehen, und eigentlich habe ich gar nichts über deine Website geschrieben. Aber natürlich bin ich hin und weg davon und finde, sie ist absolut frostfrei! Besonders das Bild von dir, wo du auf diesem Tor sitzt und aufs Meer hinausschaust, da siehst du so nachdenklich aus. Macht nichts, ich nehme an, du kriegst jede Menge E-Mails, also passiert es sicher schnell mal, dass du sie verwechselst. Ich war die, die gesagt hat, sie liebt dich, nur für den Fall, dass du's vergessen hast. Es ist gerade ein bisschen peinlich. Ich hoffe, du denkst jetzt nicht, ich bin total matschig in der Birne?! Es war nur so, an dem Tag, an dem ich dir die Mail geschickt habe, habe ich wirklich mit aller Kraft versucht, ein neues Kapitel aufzuschlagen. Mein Stiefvater Tone (die meisten Leute denken, das ist eine Kurzform von Tony, aber ich glaube, es ist die Abkürzung von Ton-Zerstörer – gegen seinen Gesang hört sich nämlich sogar eine Bohrmaschine musikalisch an) hatte gesagt, ich wäre eine gemeine Rotzgöre, weil ich Michaela zum Weinen gebracht habe. (Michaela ist meine kleine Halbschwester. Sie ist keine halbe Portion, sie ist jetzt vier, also ist sie eine ganze Portion, das kannst du mir glauben, aber wir haben nicht denselben Vater, deshalb ist sie nur meine Halbschwester.) Übrigens habe ich sie nicht absichtlich zum Weinen gebracht, ich wollte nur meine Schere wiederhaben. Ich könnte nie gemein zu Michaela sein, sie ist viel zu süß, aber ich nehme an, ich könnte ein bisschen liebevoller sein, vor allem wenn die schwarze Wolke über mir hängt (wie mein Vater immer gesagt hat). Und als dann Oprah gesagt hat ... ach, wie auch immer, ich bin jedenfalls die, die dir geschrieben hat, dass sie dich und die Art, wie du deine Rolle spielst, liebt, und obwohl ich davon nichts geschrieben habe, liebe ich deine Website auch. Ich habe mich in deine Mailingliste eingetragen, und natürlich werde ich immer in den Bereich NEUES schauen, damit ich alle News über dich mitkriege.

Ich freu mich total darauf, dich heute Abend in *Jessop Close* zu sehen – wenn mir der Ton-Zerstörer überhaupt erlaubt fernzusehen.

Ich habe das entsetzliche Gefühl, auf dem anderen Sender könnte ein Fußballspiel laufen. Noch mal danke für die E-Mail. Ich kann es noch immer nicht glauben, dass du mir geantwortet hast. Dass dieselben Finger, die in der Folge vom Montagabend versucht haben, Bridget Randall zu erwürgen – die hat's ja so verdient, die verlogene Kuh –, tatsächlich eine E-Mail an mich getippt haben. Ich werde meinen Posteingang NIE mehr ausleeren!

Alles Liebe,
Georgie xxx

Von: georgieharris@hotmail.com
An: info@dylancurtland.com
Betreff: DRINGEND!!!
Datum: Mittwoch, 17. Mai, 15:50

Lieber Dylan,
ich weiß, du hast bestimmt total viel zu tun, aber kannst du mir bitte, bitte sagen, dass die Gerüchte nicht wahr sind? Bitte sag mir, dass du nicht mit *Jessop Close* aufhörst. Ich weiß nicht, was ich tun würde, wenn das geschehen würde.

Alles Liebe,
Georgie xxx

Von: info@dylancurtland.com
An: georgieharris@hotmail.com
Betreff: Weggang von Jessop Close
Datum: Donnerstag, 25. Mai, 10:22

Hi da draußen,
wie du vermutlich in der Presse gelesen hast, habe ich beschlossen, Abschied von *Jessop Close* zu nehmen. Nachdem ich fünf extrem erfreuliche Jahre bei der Serie verbracht habe, habe ich jetzt das Gefühl, dass es an der Zeit ist, neue Wege einzuschlagen. So wie die Geschichte sich in letzter Zeit entwickelt hat, scheint mir für die Figur des Jimmy keine Weiterentwicklung mehr möglich, und umso mehr freue ich mich darauf, sowohl auf der Bühne als auch auf der Leinwand neue Figuren für mich zu entdecken. Ich bin dem Produktionsteam von *Jessop Close* für die Chance, die es mir gegeben hat, enorm dankbar. Ich hätte mir keinen besseren Start für meine schauspielerische Laufbahn wünschen können. Dir vielen Dank für deine Unterstützung, und bitte informiere dich doch weiter auf meiner Website über Einzelheiten zu meinen neuen Schauspielprojekten.

Dylan x

Von: georgieharris@hotmail.com
An: info@dylancurtland.com
Betreff: Re: Weggang von Jessop Close
Datum: Donnerstag, 25. Mai, 16:55

Lieber Dylan,
oh nein!!! Ich kann nicht fassen, dass du wirklich von der Close weggehst. Das klingt jetzt echt blöd – vor allem nachdem ich dir letztens ja meine Liebe gestanden habe –, aber ich habe wirklich geweint, als ich es herausgefunden habe. Ich weine jetzt auch wieder, was

ziemlich peinlich ist, weil ich einen Computer in der Bücherei benutze. Und dieser eklige Mann mit den gelben Zähnen und dem schmierigen Anorak am PC neben mir starrt ständig zu mir rüber und murmelt was in seinen Bart, das sich anhört wie: »Gib mir Brötchen! Gib mir Brötchen!«

Ich habe die schreckliche Neuigkeit übrigens schon gewusst, bevor ich deine E-Mail bekommen habe – da fällt mir ein, vielen, vielen Dank für deine E-Mail –, denn die Story stand gestern Abend in der Zeitung des Ton-Zerstörers, und sobald ich die Schlagzeile VORHANG ZU FÜR CURTLAND! sah, wusste ich, dass etwas Schreckliches passiert sein musste. Werden sie dich wirklich umbringen? Kannst du sie nicht dazu bringen, dich nur ins Koma zu versetzen oder so was? Dann könntest du wenigstens wiederkommen. Vielleicht könnten sie es so machen, dass du dir den Kopf an einer der Maschinen im Schlachthaus stößt. Oder du könntest an der Ecke der Close einen Motorradunfall haben – da sieht es doch nach einer total befahrenen Kreuzung aus, und dann wärst du einfach nur eine Weile im Krankenhaus? Ich weiß ja, dass du nicht wirklich stirbst, aber die Sache ist, für mich wirst du es tun, denn ich bekomme dich ja nur in *Jessop Close* zu sehen. Wenn du von da erst mal weg bist, wirst du aus meinem Leben für immer verschwunden sein.

Der Ton-Zerstörer hat mich total verarscht, als er gesehen hat, wie ich gestern Abend geweint habe. Sorry! Ich weiß, du hast in dem Interview im *Cosmo-Girl* gesagt, dass du keine Mädchen magst, die Schimpfwörter benutzen, aber der Ton-Zerstörer würde sogar eine Nonne zum Schimpfen bringen, glaub mir! Er hat gesagt, ich bin ein Baby und Michaela wäre reifer als ich. Ja klar, Michaela, die glaubt, dass auf den Strommasten die Zahnfee wohnt und dass der Storch die Babys bringt. Um ehrlich zu sein, ich wünschte, ich könnte an das Letzte auch noch glauben – alles wäre besser, als daran zu denken, dass meine Mutter es mit ihm macht! Er hat einfach keine Ahnung, was es bedeutet, wenn einem das Herz bricht. Er hat von überhaupt nichts eine Ahnung, es sei denn, man kann darauf Wetten abschließen. Wenn er nicht gerade mit seinem Taxi unterwegs ist, dann ist er in seinem zweiten Zuhause, im Wettbüro. Nun ja, die Wettquoten dafür, dass ich jetzt noch mal glücklich werde, sind jedenfalls auf 1 zu 1 000 000 gesunken. (Das bedeutet, es ist so unwahrscheinlich, dass die Chancen dafür, dass der gruselige Brötchen-Murmler neben mir mal unter die Dusche geht, höher stehen!) Das Schlimmste ist, ich kann dich nicht mal heute Abend sehen, denn meine Mum ist ... nun, sie fühlt sich nicht allzu gut, und wenn meine Mum krank ist, dann muss ich in meinem Zimmer bleiben. Um genau zu sein, muss ich nicht dort bleiben, aber es ist wesentlich leichter, wenn ich es tue. Wenigstens habe ich deine E-Mail – noch eine, die ich in meinem Posteingang für immer speichern kann. Und keine Sorge, ich werde jeden Tag auf deiner Website in den Bereich NEUES schauen, damit ich jede Einzelheit über deine neue Arbeit mitkriege. Viel Glück, Dylan, und wenn du irgendwann mal Zeit hast, mail mir doch bitte wieder!

Alles Liebe und nur das Beste für dich,
Georgie xxx

Von: georgieharris@hotmail.com
An: info@dylancurtland.com
Betreff: Oh mein Gott!!!
Datum: Donnerstag, 6. Juli, 16:07

Lieber Dylan,
ich kann nicht fassen, dass sie dich mit einem Stromschlag umgebracht haben!! Ich meine, von allen Möglichkeiten, die sie hatten, um dich umzubringen – warum denn ausgerechnet das? Und dann noch mit einem Toaster!!! Zuerst mal hat ja deine Figur überhaupt nie Toast zum Frühstück gegessen – du schnappst dir doch immer einen Apfel aus der Obstschale, ehe du dich auf den Weg zum Schlachthaus machst, stimmt's? Und zweitens, würde sich wirklich

irgendwer Toast machen, während er einen offenen Saftkarton über den Toaster hält und dazu noch auf einem nassen Fußboden steht? Ich meine, was soll denn das? Die Leute, die bei *Jessop Close* für Kontinuität sorgen, müssen sich wirklich mal am Riemen reißen. Ich habe mir gestern aus der Bücherei ein Buch mit dem Titel *Fernsehfilme für Dummies* geholt, daher weiß ich alles über Kontinuität und wie wichtig das ist. Ich habe beschlossen, dass ich auch eines Tages Schauspielerin werden möchte – und zwar sobald ich der Hölle der Ruislip Gardens Highschool entkommen bin. Es muss toll sein, Schauspieler zu sein und so zu tun, als wäre man jemand ganz anderes. Wie großartig, in der Lage zu sein, in ein anderes Leben zu schlüpfen, als würde man nur ein neues Outfit oder so anprobieren. Ich würde alles dafür geben, in ein anderes Leben schlüpfen zu können. Das Problem ist, ich glaube nicht, dass ich gern zurückkommen würde. Na ja, vielleicht würde ich das irgendwann schon tun, weil ich mir Sorgen um meine Mum und Michaela machen würde, aber ein paar Stunden lang jemand anders zu sein, wäre super. Obwohl, vielleicht nicht ganz so super, wenn der Drehbuchautor beschließt, dass du an einem Stromschlag von einem Toaster sterben musst! Ich wünschte, ich hätte die E-Mail-Adressen von dem Kontinuitäts-Menschen und dem Drehbuchautor bei *Jessop Close*. Es hätte doch so viele andere Möglichkeiten gegeben, dich umzubringen, und die wären viel mehr »im Einklang mit der Handlung der vorausgehenden Szene« *(Fernsehfilme für Dummies)* gewesen. Zum Beispiel ein Sturz von deinem Motorrad oder ein Sturz in den Kanal oder von mir aus auch ein Stromschlag aus der Elektroimpulswaffe im Schlachthaus. Nicht dass ich wollte, dass du stirbst, auf keinen Fall! Wie ich in meiner letzten Mail schon geschrieben habe – hast du meine letzte Mail bekommen? –, ich fühle mich, als wärst du jetzt im wirklichen Leben auch gestorben, und ich weiß nicht, was ich machen soll, ohne dich wenigstens dreimal in der Woche sehen zu können. Ich habe mir aber eine Sammel-DVD von deinen letzten Folgen gemacht. Obwohl ich nicht glaube, dass ich mir die schreckliche Tod-durch-den-Toaster-Szene je wieder ansehen werde. Ich kann nicht fassen, dass sie deine Haare dazu gebracht haben, derart in die

Höhe zu stehen, und wie haben sie es denn geschafft, dass dieses ganze schaumige Zeug aus deinem Mund kam?!!

Na, wie auch immer, ich wollte dich eigentlich nur wissen lassen, dass ich dich jetzt schon vermisse und dass ich hoffe, du kriegst bald woanders eine neue Rolle.

Alles Liebe,
dein Fan mit dem gebrochenen Herzen,
Georgie xxx

Von: info@dylancurtland.com
An: georgieharris@hotmail.com
Betreff: Filmvertrag
Datum: Montag, 10. Juli, 11:08

Hi da draußen!
Wie einige von euch sicher schon gehört haben, habe ich mein erstes Rollenangebot aus Hollywood erhalten, und am Wochenende mache ich mich auf den Weg nach L.A. Es ist zwar nur eine kleine Rolle, aber ich freue mich wahnsinnig, diese Chance zu bekommen – und dann noch so kurz nach meinem Abschied von *Jessop Close*. Der Film erzählt die wahre, zu Herzen gehende Geschichte eines kalifornischen Surfers, der um ein Haar an den Folgen eines beinahe tödlichen Quallenbisses sein Leben verliert. Ich spiele den jüngeren Teamkameraden und Kumpel dieses Mannes, Chip Daley. Ich freue mich wirklich darauf, mir an der Rolle die Zähne auszubeißen, und werde versuchen, euch auf meiner Website über die Entwicklung auf dem Laufenden zu halten.

Danke, dass ihr mir treu bleibt, und einen tollen Tag!
Dylan x

Von: georgieharris@hotmail.com
An: info@dylancurtland.com
Betreff: Re: Filmvertrag
Datum: Montag, 10. Juli, 16:11

Lieber Dylan,
ich bin nach der Schule in die Bücherei gegangen und habe gerade deine Mail bekommen. Meine beste Freundin, Jessica R. Bailey, ist auch hier, und als sie hörte, wie ich vor Freude quietschte, sobald ich deine neue Mail in meiner Inbox sah, kam sie gleich angerannt (aus der Gesundheits- und Ernährungsabteilung, wo sie sich über die Tierkreis-Diät informiert hat). Also habe ich ihr deine Mail gezeigt. Ich dachte, sie würde total beeindruckt sein, aber sie ist einfach in Gelächter ausgebrochen. Sie glaubt, du hast mir diese Mails überhaupt nicht geschickt – sie behauptet, die werden alle automatisch durch deine Website versendet. Ich muss zugeben, deine letzte E-Mail hörte sich an, als wäre sie an eine Gruppe von Leuten gerichtet, wenn du zum Beispiel schreibst: »Einige von euch haben sicher schon gehört …« Aber als ich Jessica deine anderen E-Mails gezeigt habe, hat sie gesagt, das wären auch automatische Mails. Ich kann nicht glauben, dass das wahr ist. Du hast doch bestimmt auf meine ersten E-Mails persönlich geantwortet, oder etwa nicht?

Jessica ist jetzt wieder in der Gesundheitsabteilung. Wenn du sie sehen könntest, würdest du denken, bei ihr tickt's nicht richtig. Sie ist total dünn, aber sie macht ständig irgendeine Diät. Sie sagt, damit bereitet sie sich auf ihre zukünftige Karriere als Model vor. Ich persönlich könnte ja ohne Essen nicht leben. Nun ja, ich nehme mal an, ohne Essen könnte gar keiner von uns leben, aber du weißt ja, wie ich es meine. Wie kann denn jemand freiwillig nur ein paar Krabbenstäbchen zum Mittag essen? Jessica ist Krebs vom Sternzeichen, und Edward Van Trussel, der Erfinder der Tierkreis-Diät, behauptet, wir sollten alle Sachen essen, die mit unseren Sternzeichen in Verbindung stehen. Ich persönlich bin der Meinung, das ist alles ein Haufen Unsinn, und das denke ich nicht nur, weil ich

Stier vom Sternzeichen bin! Aus deinem Geburtsdatum auf deiner Website konnte ich erkennen, dass du Wassermann bist, und ein Wassermann ist einer, der Wasser trägt – wovon solltest du also leben? Von einem großen Becher Wasser? Im Ernst, wie kann Jessica an diesen Quatsch glauben? Ihr Gehirn hat vermutlich bereits die erste Stufe des Hungertodes erreicht. Wahrscheinlich frisst es sich bereits selbst auf, weil es solchen Hunger hat! Ich sollte wirklich nichts glauben von dem, was sie mir erzählt. Also werde ich auch weiter glauben, dass du mir diese anderen Mails geschrieben hast. Vielleicht könntest du mir das nächste Mal aber eine etwas persönlichere Antwort schicken, damit ich Jessica beweisen kann, dass du mir wirklich selbst schreibst?

Wie auch immer, ich muss jetzt gehen. Meine Mum hat gesagt, ich muss um halb fünf zu Hause sein, denn sie will, dass ich mit Michaela in den Park gehe. Viel Glück mit dem Film! Du musst ja total aufgeregt sein. Es fühlt sich komisch an, mir vorzustellen, dass du so weit weg in Amerika bist. Gott sei Dank können wir ja über E-Mail in Verbindung bleiben.

Alles Liebe,
Georgie xxx

Von: georgieharris@hotmail.com
An: info@dylancurtland.com
Betreff: Depression
Datum: Freitag, 21. Juli, 16:25

Lieber Dylan,
ich hoffe, es nervt dich nicht, dass ich dir schon wieder maile, aber ich glaube, wenn ich mit niemandem darüber rede, drehe ich durch. Alles geht im Moment wirklich total schief. Ich fühle mich wie die tragische Heldin in dem Schwarz-Weiß-Film, den meine Mum sich

am Samstagnachmittag angesehen hat, während der Ton-Zerstörer beim Fußball war. Sie hieß Gracie Delores, und den ganzen langen Film über hat sie versucht, von diesem schrecklichen Mann mit dem schwarzen Vollbart wegzukommen, und als es so aussah, als sei sie ihn endlich los, ist sie von einer Klippe gestürzt, oder genauer gesagt, sie hing von der Spitze der Klippe herunter und hat langsam und allmählich den Halt verloren und ist dann immer tiefer und tiefer gefallen, den tosenden, schäumenden Wellen entgegen, die sie ins Verderben rissen. »Oh nein, bitte nicht!«, hat sie geschrien, aber so verzweifelt sie auch versuchte, sich festzuhalten, der Zweig brach ein Stück weiter ab, oder die Spitze des Felsens bröckelte, und sie glitt in die Tiefe. Nun, ganz genauso fühle ich mich im Augenblick auch. Egal wie verzweifelt ich versuche, alles besser zu machen, es scheint immer nur schlimmer und schlimmer zu werden.

Du denkst vielleicht, ich müsste doch glücklich sein, weil es der letzte Schultag ist und ich die ganzen langen Sommerferien vor mir habe. Du denkst, dass ich sicher mit Jessica und den beiden Kates in den Park gehen werde, um irgendwelche Sprüche auf die Steine zu schreiben oder über Jungs zu quatschen, aber welchen Sinn soll das haben? Für die anderen mag es okay sein. Die haben sechs Wochen voller Spaß, auf die sie sich freuen können. Jessica und die beiden Kates gehen für drei Wochen zu einem Theater-Workshop, wo sie eine Produktion von Bugsy Malone auf die Bühne stellen, aber ich gehe nicht mit. Nein, denn der Ton-Zerstörer hat gesagt, ich muss zu Hause bleiben und auf Michaela aufpassen, während er und Angelica arbeiten. Das ist so unfair. Wieso kann er denn nicht auf sie aufpassen? Er ist doch ihr Dad. Und er geht tagsüber doch sowieso nicht arbeiten, denn Taxi fährt er immer in der Nacht. In Wahrheit muss ich also auf sie aufpassen, während er schläft oder unten im Wettbüro ist, wo meine Mum arbeitet. So haben sie sich übrigens kennengelernt – als er in den Laden kam, um auf ein Pferd zu wetten. Warum um Himmels willen ist er nicht stattdessen zu William Hill's gegangen? Dann wäre mir dieses ganze Elend erspart geblieben. Aber andererseits hätte ich dann nicht Michaela als

Schwester, und das wäre genauso schlimm. Du würdest Michaela lieben, jeder liebt sie, sie ist richtig süß. Ganz rosige Bäckchen und blonde Löckchen. Nicht so wie ich mit meinem blassen Gesicht und meinen dunklen Haaren, die so dünn sind, dass sie wie Schnürsenkel aussehen. Und dann gibt sie auch noch die komischsten Sachen von sich. Gestern hat sie mich gefragt, warum die Zähne keine Augen haben, denn dann könnten sie die Zahnfee sehen, wenn sie kommt, um sie abzuholen, und bräuchten keine Angst zu haben (von der Zahnfee ist sie übrigens besessen). Ohne Michaela möchte ich also wirklich nicht sein, aber warum muss ihr Dad so gemein sein? Meine Mum verlangt ständig von mir, dass ich ihn Dad nenne, aber warum sollte ich? Ich habe doch schon einen Dad, auch wenn er tot ist. Er ist immer noch mein Dad, oder etwa nicht? Irgendwo habe ich mal ein echt cooles Gedicht gelesen, darüber, dass die Menschen wie Sterne sind, und nur weil man sie nicht immer sieht, heißt das noch lange nicht, dass sie nicht da sind. Ich denke, mein Vater ist noch da, er hat nur keine Möglichkeit mehr, mich zu erreichen, so wie einer, dessen Internet-Verbindung zusammengebrochen ist oder der kein Geld mehr auf dem Handy hat.

GEORGIE *stößt einen dramatischen Seufzer aus.*

Sorry, ich habe mir gestern den Text von Bugsy Malone aus der Bücherei geholt und ihn ununterbrochen gelesen, also dachte ich mir, ich könnte ein paar Bühnenanweisungen einfügen, sodass du dir besser vorstellen kannst, was ich so mache. Ach übrigens, ich hoffe, es läuft gut mit deinem Film.

Wo war ich gerade? Ach ja, beim Ton-Zerstörer, den ich Dad nennen soll. Selbst wenn ich keinen Vater hätte, wenn ich so eine Art Wunderkind wäre wie Jesus und nur eine Mum hätte, würde ich diesen Typen auf gar keinen Fall Dad nennen. Väter sollten liebevoll und freundlich sein, oder? Väter sollten einen nicht anschreien und mit Schimpfnamen belegen. Gestern Abend hat er mich eine egoistische Göre genannt, weil ich darüber geweint habe, dass ich nicht zum

Theater-Workshop gehen darf. Dann bekam er die Sammel-DVD, die ich mir von dir gemacht hatte, in die Finger und hat sie direkt vor meinen Augen zerbrochen. Er meinte, er müsse mir mal eine Lektion erteilen. Und was für eine Lektion genau? Dass es okay ist, das Eigentum anderer Leute zu zerstören? Jetzt habe ich also nicht einmal mehr dich zum Anschauen, meine einzige Fluchtmöglichkeit aus diesem Elend, das sich mein Leben nennt. Das Schlimmste war, dass meine Mum einfach dabeistand, während er das gemacht hat. Sie hat nicht mal versucht, ihn aufzuhalten. Warum kann sie nicht einmal für mich einstehen? Das Einzige, was sie tut, ist, mir zu sagen, ich soll still sein und kein Theater machen. Als wenn sie Angst vor ihm hätte. Aber ich habe keine. Echt nicht. Mich kratzt nicht, ob er ein einsfünfundachtzig großer Skinhead mit einem tätowierten Schäferhund auf dem Oberschenkel ist. Er ist einfach nur ein Tyrann, und mein Vater hat mir mal erklärt, dass alle Tyrannen im Herzen Feiglinge sind.

Es tut mir leid, dass diese Mail so depressiv klingt, aber vielleicht hat Jessica ja recht, und du liest meine Mails sowieso nicht. Na toll, jetzt erscheint hier das Fenster auf dem Bildschirm und sagt mir, dass ich nur noch eine Minute Zeit habe. Eine Minute, bevor ich wieder in diese Hölle zurückmuss, die ich mein Zuhause nenne.

In Trauer, deine
Georgie x

Von: info@dylancurtland.com
An: georgieharris@hotmail.com
Betreff: Re: Depression
Datum: Freitag, 21. Juli, 18:19

Liebe Georgie,
dein Vater wird immer dein Vater bleiben – und er wird in deinem

Herzen und in deinen Erinnerungen immer lebendig bleiben, und niemand, aber wirklich niemand kann dir das wegnehmen. Darf ich dir noch ein anderes Gedicht empfehlen? Es heißt »Dies sei der Vers« und ist von Philip Larkin. Ich hoffe, es hilft dir ...

Dylan x

Von: georgieharris@hotmail.com
An: info@dylancurtland.com
Betreff: Wow und danke!!
Datum: Samstag, 22. Juli, 10:36

Lieber Dylan,
oh mein Gott!! Ich bin so glücklich, ich könnte die Frau am Computer neben mir abknutschen! Na ja, vielleicht lasse ich das doch lieber, denn sie hat einen leichten Damenbart und lutscht einen Fisherman's Friend. (Gab es eigentlich schon jemals ekligere Bonbons? Wie können denn Fischer so was als Freund bezeichnen? Na ja, ich nehme an, ein bisschen besser als Fisch schmeckt es bestimmt. Vielleicht sollte ich ein paar für Jessica kaufen, die könnte sie dann nach ihren Krabbenstäbchen lutschen.) Wie auch immer, du hast mir gemailt, und ich kann es einfach nicht fassen. Du hast mir wirklich gemailt, und ich weiß ganz genau, dass es keine Gruppenmail war. Zuerst einmal hast du »Liebe Georgie« geschrieben, statt »Hi da draußen«, und dann hast du ja auch über meinen Dad geschrieben, und du würdest doch nicht in einer Gruppenmail über meinen Dad schreiben, oder? Ich meine, du würdest ja wohl kaum deinen ganzen Fans mailen und mit denen über ihre toten Väter reden. Zuerst mal würden die meisten von den Vätern ja noch nicht einmal tot sein, und es würde einen doch ganz schön fertigmachen, wenn man eine Mail über seinen toten Vater bekäme, obwohl der gar nicht tot ist, oder? Aber mich hat deine Mail überhaupt nicht fertiggemacht, denn sie war so wahr, und ich hatte noch nie so darüber nachgedacht, aber

natürlich lebt mein Vater in meinem Herzen und in meinen Erinnerungen weiter, und solange ich an ihn denke und mit ihm rede (natürlich nur, wenn ich allein bin), existiert er noch. Und du hast dieses tolle Gedicht ganz speziell mir empfohlen, weil du wusstest, dass es mir davon besser gehen würde. Ich liebe die erste Zeile. Philip Larkin hat ja so recht, der Ton-Zerstörer terrorisiert mich wirklich. Bei dem Teil, in dem steht, dass unsere Eltern uns mit ihren eigenen Fehlern vollstopfen, bin ich allerdings anderer Meinung. Auf gar keinen Fall werde ich jemals Kinder so rumkommandieren oder so ein ignoranter Rassist werden wie er. Oder Alkohol trinken. Aber ist das Leben wirklich für alle so ein Elend? Es muss doch auch irgendwo nette Eltern geben. Mein richtiger Vater hätte mich bestimmt nie terrorisiert, und wenn er noch leben würde, dann würde meine Mum so fröhlich und sorglos sein, wie sie früher war, und sie würde – nun ja, sie würde auch nicht dauernd so krank sein.

Wie sind denn deine Eltern? Haben die dich auch terrorisiert? Hast du mir deshalb das Gedicht empfohlen? Sorry, ich will wirklich nicht neugierig sein, aber ich hoffe echt, sie sind kein bisschen wie der Ton-Zerstörer. Und sowieso mache ich jetzt besser Schluss. Ich habe Michaela drüben in der Kinderabteilung gelassen, wo sie sich Winnie-Puuh-Bücher anschaut, und ich höre sie rufen: »Ferkel! Ferkel! Komm und iss deinen Honig!« Vielen, vielen Dank dafür, dass du mir gemailt und von dem Gedicht erzählt hast. Ich habe es in einer Gedichtsammlung gefunden, und die werde ich mir jetzt sofort ausleihen. Und jedes Mal, wenn ich traurig bin, werde ich es lesen und an dich denken.

Alles Liebe,
deine Freundin Georgie

PS: Darf ich dich denn jetzt meinen Freund nennen? Früher hätten wir uns noch auf Papier und so geschrieben, und die Leute hätten uns als Brieffreunde bezeichnet. Vielleicht könnten wir uns also Mailfreunde nennen?

Von: info@dylancurtland.com
An: georgieharris@hotmail.com
Betreff: Re: Wow und danke!!
Datum: Samstag, 22. Juli, 19:37

Liebe Georgie,
manchmal tun Eltern Dinge, die uns egoistisch und grausam erscheinen, aber in Wahrheit sind alle Erwachsenen im Herzen große Kinder – genauso verängstigt und verletzlich wie die Kinder, die sie herumkommandieren. Ich habe Glück, denke ich. Wie du hatte ich einen wundervollen Vater, und meine Mutter ist einfach einzigartig – schön, witzig und klug. Aber damit will ich nicht sagen, dass es zwischendurch nicht auch schwierige Zeiten gab. Darf ich dir eine kleine Hausaufgabe stellen? Ich will, dass du versuchst dahinterzukommen, warum der Ton-Zerstörer so ist, wie er ist. Denk an das Gedicht von Larkin und versuche herauszufinden, wie seine Eltern waren. Was könnte es sein, das ihn zu einem solchen Arsch macht?

Dein Mailfreund
Dylan x

Von: georgieharris@hotmail.com
An: info@dylancurtland.com
Betreff: Stief-Ärsche
Datum: Sonntag, 23. Juli, 11:45

Lieber Dylan,
oh mein Gott!! Zwei Mails von dir in nur zwei Tagen! Ich bin gerade bei Jessica, und sie hat mir erlaubt, ihren Laptop zu benutzen, während sie sich ihren Pony an den Spitzen pink färbt. Ich sitze auf ihrem Bett, und in ihrem Zimmer kommt man sich vor, als würde man mitten in einem gigantischen Marshmallow sitzen. Alles – von ihrem

Bettbezug über den Teppich bis hin zu ihrem Föhn – ist pink. Sogar ihr Laptop ist pink! Ich habe Angst, wenn ich den irgendwo abstelle, finde ich ihn womöglich nicht mehr wieder!

Jessica hat heute Abend eine Verabredung mit einem Jungen aus der zehnten Klasse. Er heißt Jamie Phelps. Na ja, eine richtige Verabredung ist es eigentlich nicht, sondern eine Party bei Jamies Freund Bez, aber damit steht fest, dass er auch da sein wird, und sie hofft, dass etwas passiert. Jessica steht schon auf Jamie, seit wir auf die Ruislip Gardens High gekommen sind, und angeblich hat er letzten Donnerstag, als sie auf dem Flur vor dem Chemielabor an ihm vorbeigegangen ist, zu ihr hingesehen und »Hallo« gesagt. Jetzt ist sie also überzeugt, dass es die wahre Liebe ist. Jamie ist vermutlich der attraktivste Junge an der Ruislip Gardens – natürlich nur, wenn man auf Jungs steht –, ich persönlich ziehe Männer vor. Aber wie auch immer, Jessica hat ihrer Mum jedenfalls nicht gesagt, wo sie hingeht, denn ihre Mum mag es nicht, wenn sie zu älteren Jungs nach Hause geht. Sie sagt, die haben schlechten Einfluss auf sie und denken immer nur an das eine. Hmm, ich glaube, Jessica denkt selbst ziemlich viel an das eine. Sie redet ständig über Sex (zumindest wenn sie nicht gerade über die Tierkreis-Diät redet). Ihre guten Vorsätze fürs neue Jahr waren, vier Kilo abzunehmen und ihre Jungfräulichkeit zu verlieren. Wäre es nicht cool, wenn ihre Jungfräulichkeit so richtig schwer wäre – dann könnte sie beide guten Vorsätze auf einmal erfüllen! Na, wie auch immer, ihre Mutter glaubt jedenfalls, sie geht auf eine Party bei Kate Nummer eins (wir ziehen mit zwei Mädchen herum, die beide Kate heißen, also müssen wir ihnen Nummern geben, um Komplikationen zu vermeiden). Kate Nummer eins sieht toll aus – ein bisschen wie Cameron Diaz, aber das Problem ist, sie weiß es, wenn du verstehst, was ich meine. Und Kate Nummer zwei ist ein bisschen mehr wie ich. Sie hat auch dunkelbraune Haare, aber ihre sind kürzer und wirklich lockig. Okay, ich beeile mich jetzt mal besser, denn Jessica kann jeden Augenblick zurückkommen, und ich will nicht, dass sie deine Mails sieht, denn – nun ja, das ist ein bisschen kompliziert, aber sie heimst immer alle Aufmerksamkeit von den Jungen in unserer Schule ein, und es ist einfach schön, mal etwas für mich allein zu haben.

Ich habe über das, was du über deine Eltern und all das gesagt hast, nachgedacht und – oh nein, ich höre, sie kommt zurück!

G x

Von: georgieharris@hotmail.com
An: info@dylancurtland.com
Betreff: Stief-Ärsche, zweiter Teil
Datum: Montag, 24. Juli, 16:13

Lieber Dylan,
tut mir leid wegen Samstag – Jessica kam plötzlich zurück in ihr Zimmer gerannt und ist total ausgeflippt wegen ihrer Haare. Sie hat ein bisschen zu viel Farbe aufgetragen, und so waren schließlich nicht nur die Spitzen von ihrem Pony pink, sondern der ganze Pony! Ich weiß, es hört sich fies an, aber am liebsten hätte ich laut losgelacht, denn mit ihrem pinken Pony und ihren wasserstoffblonden Haaren sah sie total aus wie eins dieser ekligen Krabbenstäbchen, die sie immer isst. Ich wusste, ich durfte nicht lachen, also musste ich an etwas wirklich Trauriges denken, um mich abzulenken. Immer, wenn ich mich am Lachen hindern muss, denke ich an den Tag, an dem mein Vater gestorben ist und daran, wie das Gesicht meiner Mutter ganz grau wurde, als sie mir von dem Unfall erzählt hat. Er ist bei einem Motoradunfall auf der Autobahn gestorben. Nun ja, wenigstens ein Gutes kam dabei heraus – es bewahrt mich davor, in der Schule Ärger zu bekommen. Es ist nämlich so: Ich habe immer diesen fürchterlichen Drang zu kichern, wenn ich ausgeschimpft werde, obwohl ich weiß, dass ich damit die Sache milliardenmal schlimmer mache. Aber wenn ich daran denke, wie mein Vater da auf der Straße gelegen hat und neben ihm sein Motorrad als ein ein-

ziger Schrotthaufen und das Blut und so ... es ist kaum zu glauben, wie schnell da das Lachen aufhört. Es ist ein bisschen so, als wenn man Wasser auf eine heiße Herdplatte gießt und sich das Ganze dann einfach zischend in nichts auflöst.

Gestern Abend habe ich es also geschafft, mir das Lachen zu verkneifen, und stattdessen habe ich Jessica von deinen Mails erzählt. Ich weiß, ich habe gesagt, ich würde das nicht machen, aber sie war so fertig wegen ihrer Haare, und ich dachte, das würde sie ein bisschen ablenken. Ich dachte, sie würde hin und weg sein, weil du, der weltberühmte Dylan Curtland, mir Mails schickst, die ja nun auf gar keinen Fall nur Spam sein können. Das Problem war, dass das ganze Drama mit ihren Haaren sie wirklich traumatisiert hatte, sodass sie überhaupt nicht hin und weg von deinen neuen Mails war. Im Gegenteil, sie hat gesagt, ich sei blöd, weil ich dir die ganze Zeit E-Mails schreibe, und ich sollte mir lieber mal ein echtes Leben anschaffen. (Du denkst aber nicht, dass ich blöd bin, oder? Wenn du das denken würdest, hättest du mir doch nicht geantwortet, stimmt's?) Jessica kann manchmal ein bisschen so sein. Meine Mum sagt, sie ist eine verwöhnte kleine Madame, aber ich glaube, es liegt an dem Stress, den sie mit den Vorbereitungen für ihre künftige Karriere als Supermodel hat. Vor allem wenn dabei was schiefgeht so wie gestern Abend, als sie wie ein Krabbenstäbchen aussah. Sie musste bei der Party absagen und konnte Jamie nicht sehen und so weiter.

Wie auch immer, nachdem ich irgendeine Ausrede gemurmelt hatte und nach Hause gegangen war, habe ich über das, was du in deiner letzten Mail geschrieben hast, nachgedacht – und über die Hausaufgabe, die du mir wegen der Eltern vom Ton-Zerstörer gegeben hast. Ich habe nur seine Mutter kennengelernt, und die scheint in Ordnung zu sein. (Wenn man nichts gegen alte Frauen hat, die spucken und ständig »Ist ja nicht zu glauben« sagen. Und die ununterbrochen auf Toffees herumkauen und mit weit gespreizten Beinen sitzen – wobei sie einen Rock anhaben.) Über seinen Vater weiß ich gar nichts, abgesehen davon, dass er sie verlassen hat, als der Ton-Zerstörer ein

Kind war. Also habe ich meine Mum nach ihm gefragt, als wir Michaela gestern Abend gebadet haben, und Mum hat gesagt, er hat den Ton-Zerstörer und seine Brüder verprügelt, und deshalb wollen sie nichts mehr mit ihm zu tun haben. Sie hat auch gesagt, der Ton-Zerstörer hätte eine Menge »ungelöste Probleme mit Jähzorn«, und deshalb sagt sie mir immer, ich soll still sein, denn sie hat Angst, dass er bei mir mal die Kontrolle verliert. Ich wollte ihr sagen, dass ich es nicht besonders fair finde, dass er mich fertigmachen darf, weil sein Vater das mit ihm gemacht hat – aber meine Mutter hatte einen richtig guten Tag. Sie hat George Michaels »Greatest Hits« aufgelegt, hat zu *Club Tropicana* im Badezimmer getanzt und mitgesungen, also habe ich es gelassen.

Und dann, als der Ton-Zerstörer vom Fußball zurückkam, habe ich ihm eine Tasse Tee und ein Wurstbrot gemacht, mit brauner Sauce oben drauf und Senf unten drunter, genau wie er es gern mag. Und die Fernbedienung habe ich ihm auch gleich gegeben, obwohl ich mir gerade eine total lustige Folge von *Friends* angesehen habe. Vielleicht bringe ich ihn ja dazu, sich zu ändern, wenn ich nett zu ihm bin? Und dann ist es gar nicht mehr so wie in dem Gedicht von Philip Larkin, weil er aufhört, sein Elend an mich weiterzugeben, und ich kann mit meinen eigenen Kindern dann irgendwann einfach nur fröhlich sein.

Ach, da ist noch etwas, das ich dich fragen wollte: Warum hast du eigentlich geschrieben: »Ich hatte einen wundervollen Vater«? Ist dein Vater auch tot? Wenn er es ist – ist das nicht ein merkwürdiger Zufall? Deine Mutter scheint echt nett zu sein – und genau wie meine. Also meine ist definitiv schön, und sie kann auch witzig sein. Mit »klug« bin ich mir allerdings nicht so sicher. LOL (obwohl ich nicht wirklich laut gelacht habe, weil ich nämlich in der Bücherei sitze und man hier totenstill sein muss).

Na ja, ich gehe jetzt lieber mit Michaela die Enten füttern, sie haut mir die ganze Zeit aufs Bein, und die schielende Bibliothekarin mit dem Buckel starrt uns an – mir kommt es zumindest so vor, als ob sie's tut …

Ich hoffe, mit dem Film läuft alles gut.

GEORGIE *setzt sich in ihrem Stuhl zurück und kneift sich, um sich zu vergewissern, dass sie nicht träumt, sondern sich wirklich mit dem weltberühmten Schauspieler Dylan Curtland Mails schreibt!*

Alles Liebe, deine Mailfreundin
Georgie xxx

Von: info@dylancurtland.com
An: georgieharris@hotmail.com
Betreff: Krabbenfreundinnen
Datum: Montag, 24. Juli, 20:06

Liebe Georgie,
stell dir doch mal die Frage, wer blöder ist – das Mädchen, das ihrem neuen Freund faszinierende E-Mails schreibt, oder das Mädchen, das aussieht wie ein Krabbenstäbchen auf Beinen? Einmal, als ein Journalist der Boulevard-Presse etwas wirklich Verletzendes über meine Leistung als Schauspieler geschrieben hat, gab mir meine Mutter einen wirklich coolen – oder sollte ich besser sagen: frostfreien? – Rat. Sie hat mir gesagt: »Immer wenn jemand dir eine Beleidigung an den Kopf wirft, solltest du sie ihm als Bumerang zurückwerfen und dich fragen, warum derjenige es wohl nötig hat, dich klein zu machen.«

Dylan x

Von: georgieharris@hotmail.com
An: info@dylancurtland.com
Betreff: Re: Krabbenfreundinnen
Datum: Dienstag, 25. Juli, 11:10

Lieber Dylan,
ich kann nicht fassen, dass du wirklich frostfrei geschrieben hast! Das ist so frostfrei! Und deine Mutter hört sich auch total frostfrei an. Mit dieser Bumerang-Sache – meinst du das so wie beim Ton-Zerstörer, der auf seinen Vater sauer ist und das an mir auslässt? So ist es nämlich wirklich nicht für Jessica. Ihre Eltern sind super und geben ihr alles, was sie will, und ich habe noch nie gehört, dass sie sie ausgeschimpft haben, nicht mal, wenn sie ihnen freche Antworten gibt. Ihre Mutter ist eine von diesen, die immer im Hintergrund herumwuseln und anbieten, Orangensaft zu servieren, bei den Hausaufgaben zu helfen oder einen in ihrem Auto irgendwo hinzufahren, und die dafür sorgen, dass alles in Ordnung ist. Und ihr Vater heißt Gregory und hat eine dicke schwarze Aktentasche, und er spricht dauernd mit ganz wichtiger Stimme in sein Handy. Sie sind Eltern, wie man sie in einer Fernsehwerbung für die perfekten Eltern zu sehen bekäme – wenn es so etwas wie einen Laden für perfekte Eltern überhaupt gäbe. Du siehst also, Jessica hat überhaupt keinen Grund, wegen ihrer Eltern mies drauf zu sein. Ich glaube, an dem Tag war sie einfach nur gestresst wegen ihrer Haare. Ich denke nicht, dass sie es nötig hat, mich klein zu machen. Normalerweise ist sie echt nett zu mir. Ich darf immer in der Kantine und im Bus neben ihr sitzen, und sie sagt, ich bin die Einzige, die wirklich versteht, was sie durchmacht und was für eine Last sie mit sich rumschleppt. Die Einzige, der sie wirklich vertrauen kann. Als wir elf waren, haben wir sogar versucht, Blutsschwestern zu werden, aber wir hatten nur eine Nagelschere, und die war zu stumpf, also sind wir stattdessen Zehnagelschwestern geworden (ich habe ihren abgeschnittenen Zehennagel immer noch in meinem Schrank, zusammen mit einem kleinen Bild von meinem Dad, wie er am Pier von Blackpool eine Zigarette raucht). Trotzdem vielen Dank für deinen

Rat – und dafür, dass du geschrieben hast, meine Mails wären faszinierend. Sind sie das wirklich? Manchmal frage ich mich, ob du nicht glaubst, dass ich echt matschig in der Birne bin, weil ich alles genau so schreibe, wie es mir gerade einfällt. Ich weiß nicht mal, ob das alles überhaupt Sinn macht, aber trotzdem danke! Ich finde, deine Mails sind auch faszinierend – nicht nur, weil sie von dir sind, sondern wegen der Sachen, die du schreibst. Du klingst so weise und ganz anders als die Figur, die du in *Jessop Close* gespielt hast. Nicht dass Jimmy dumm gewesen wäre oder so was, aber du hörst dich so anders an – viel reifer –, aber das ist okay. Ich bin so froh, dass ich dich als Mailfreund habe und dir diese Sachen erzählen kann. Aber ich kann einfach nicht fassen, wie irgendein Journalist deine Leistung als Schauspieler beleidigen kann! Ich nenne diese Art von Zeitungen die Boulewarzen (eine Mischung aus Boulevard und Warzen), denn die sind voller Mist, und es tut weh, sie zu lesen. LOLsalib (Laughing out loud – sitze aber leise in Bücherei). Nebenbei, der Ton-Zerstörer hat zwar keine Warzen, aber Hämorrhoiden – ich habe seine Salbe im Badezimmerschrank gesehen. Manchmal, wenn er gemein zu mir ist, denke ich an die Liste der Symptome auf der Packung, und dann fühle ich mich ein bisschen besser, während ich mir vorstelle, wie er das alles durchmacht. Er kauft übrigens auch immer die Boulewarzen und verbringt eine Ewigkeit damit, sich die ganzen halbnackten Frauen anzugucken, auch dann, wenn meine Mum zu Hause ist. Ich glaube, es gefällt ihm, sie zu verunsichern, denn wenn sie ihm sagt, er soll damit aufhören, lacht er nur und sagt so Sachen wie: »Was, bist du etwa eifersüchtig, weil die da eine richtige Frau ist?« Ich habe keine Ahnung, was er damit meint, denn meine Mum ist definitiv eine richtige Frau – und schön ist sie auch. Du würdest sie lieben, wenn du sie sehen könntest – sie hat diese riesigen schiefergrauen Augen mit extrem langen Wimpern und richtig dunkle Haare, aber ihr Haar ist dicker und hübscher als meines, denn ihres ist wie Seide, nicht wie dünne Fäden! Ich finde, die Frauen in den Zeitungen sehen aus wie Barbie-Puppen, deren Brüste mit der Fahrradpumpe aufgepumpt worden sind. Meine Mum braucht nicht mal Make-up, um toll auszusehen – es sei denn, sie hat einen ihrer komischen Tage – dann werden ihre Augen ganz rot, und sie wirkt ein bisschen zu blass. Ich wünschte, sie wäre nicht mit dem Ton-Zerstörer verheiratet – ich bin sicher, das ist es, was sie krank macht. Aber wie auch immer, ich muss nicht schon wieder anfangen, Gemeinheiten über den Ton-Zerstörer zu schreiben, denn ich versuche ja, ein neues Kapitel aufzuschlagen und netter zu ihm zu sein. Dann lässt er mich nämlich vielleicht nächste Woche zum Theater-Workshop gehen.

Jetzt sollte ich eigentlich mit Michaela in den Park gehen, aber ich habe Angst, dass ein paar von meinen Freundinnen dort sein könnten. Versteh mich nicht falsch. Ich habe Michaela wirklich lieb, aber was ist, wenn meine Freunde alle beim Pavillon herumhängen, und ich muss sie auf der Schaukel anstoßen oder mit ihr Hüpfkästchen spielen? Ich hasse es, immer der Außenseiter zu sein. Ich bin die Einzige, die kein Handy und keinen Computer hat, also verpasse ich immer die ganzen Chats und SMS und all das. Einmal war Jamie Phelps online, und jemand hat ihn über den Messenger kontaktiert und so getan, als wäre er Jessica. Ich werde dir nicht schreiben, was da gesagt wurde, denn es war echt ekelhaft, und Tiere kamen darin vor, und Jessica ist ausgerastet, als sie es erfahren hat. Sie hat gesagt, sie würde denjenigen, der das gemacht hat, schon kriegen und ihm den Kopf abreißen und die Tastatur von seinem Computer ins Klo stopfen! Hmm ... vielleicht ist es also gar nicht so schlecht, wenn man nicht online ist – wenigstens kann niemand so tun, als wäre er ich, denn es wissen ja alle, dass ich gar keinen Computer habe.

Sorry – ich habe wieder mal vor mich hin gesabbelt. Ich weiß nicht, was mit mir los ist, wenn ich anfange, dir zu schreiben – es ist, als würde jemand in meinem Hirn einen Wasserhahn aufdrehen, und meine ganzen Gedanken strömen auf die Tastatur. Wie ist es denn nun in Hollywood? In der Boulewarze vom Ton-Zerstörer stand gestern, dass die Stars da drüben alle verrückt nach der Tierkreis-Diät sind. Ich hoffe, du bist es nicht, vor allem weil du doch Wassermann bist. Wenn deine Filmproduzenten versuchen, dich dazu zu zwingen, warum lügst du nicht und erzählst ihnen, du bist Widder oder so was? Wenigstens brauchst du dann nicht von Wasser zu leben, sondern kannst auch Fleisch essen – obwohl ich nicht sicher bin, ob Widder so richtig gut schmeckt.

Wie auch immer, ich hoffe, alles läuft gut und du hast deinen Text gelernt. Oh Gott, ich hoffe, ich kann den Ton-Zerstörer überreden, mich nächste Woche zum Theater-Workshop gehen zu lassen – dann könnten wir Notizen über unsere Produktionen vergleichen. Hast du jemals in Bugsy Malone gespielt?

Alles Liebe,
deine Mailfreundin
Georgie xx

Von:	georgieharris@hotmail.com
An:	info@dylancurtland.com
Betreff:	**Schlimmste Albträume!!**
Datum:	Mittwoch, 26. Juli, 14:22

Lieber Dylan,
ich wollte dir nur schnell Bescheid sagen, dass gestern mein schlimmster Albtraum wahr geworden ist. Na gut, mein schlimmster Albtraum war es natürlich nicht – der wäre, für immer und ewig allein mit dem Ton-Zerstörer auf eine einsame Insel verbannt zu sein –, aber es kam ziemlich nah ran. Wie ich in meiner letzten Mail geschrieben habe (es ist okay, wenn du nicht auf jede einzelne Mail von mir antworten kannst – ich weiß ja, dass du im Moment mega viel zu tun hast), wie auch immer, ich bin also gestern mit Michaela in den Park gegangen, und genau, wie ich befürchtet habe, waren all meine Freundinnen da. Und als wäre das nicht schon schlimm genug, war auch noch Jamie Phelps mit zwei von seinen Kumpels dabei. In dem Moment, als ich sie auf dem Pavillon entdeckte, bin ich

rüber zum Kinderspielplatz gerannt und habe so getan, als würde ich sie nicht sehen. Ich habe mir sogar einen anderen Gang zugelegt, damit sie mich nicht erkennen – so eine Art Hinken mit tief gesenktem Kopf. Ich habe mich gefragt, warum jemand so herumlaufen würde, und beschloss, ich wäre ein schwedisches Au-pair-Mädchen, das von ihrem Pony gefallen ist, kurz bevor es zum Arbeiten nach England kam. Dann entschied ich, dass das Au-pair-Mädchen ihr eigenes Pony hat, weil sie aus einer sehr reichen Familie kommt, vielleicht sogar aus der Königsfamilie. Als Au-pair-Mädchen, das Kinder über alles liebt, würde ich erleben, wie es in der echten Welt zugeht, bevor ich Königin werden würde. Ich würde eine echt frostfreie Königin werden, weil ich wüsste, wie es ist, arm zu sein, und ich wäre kein Parasit. Mein Dad hat immer gesagt, die ganze königliche Familie bestünde aus Parasiten, weil sie von uns anderen leben. Ich wusste, um ehrlich zu sein, nicht so genau, was er damit meinte, und das hat mir eine Menge Ärger eingebracht, als Mr Connor uns letztes Jahr in Biologie gefragt hat, wer ein Beispiel für einen Parasiten nennen kann, und ich gesagt habe: die Queen. Ich musste nachsitzen und einen fünfhundert Wörter langen Aufsatz zum Thema »Was die königliche Familie für mich getan hat« schreiben. Ich habe mit dem Gedanken gespielt, die Seite leer zu lassen, denn das hätte mein Vater von mir gewollt. Er wäre in sein röhrendes Gelächter ausgebrochen und hätte mich in seine Bärenarme genommen, wenn ich das gemacht hätte – wenn er noch gelebt hätte, natürlich. Aber dann hätte ich für immer und ewig nachsitzen müssen, und außerdem war er ja sowieso nicht da, um mich in seine Bärenarme zu nehmen. Schließlich habe ich eine Seite darüber geschrieben, was Prinz Harry für ein nettes Lächeln hat, und noch mal ungefähr eine halbe Seite darüber, wie gut es ist, dass die königliche Familie den Fußballfans etwas gibt, über das sie singen können. (In Wahrheit hasse ich es, wenn der Ton-Zerstörer die Nationalhymne singt, er hört sich an wie ein völlig verrückter Vollidiot – wir nehmen in Englisch übrigens gerade Alliterationen durch.) Aber wie auch immer, Mr Connor scheint es gefallen zu haben – jedenfalls hat er mich vom Nachsitzen befreit und mir gesagt, ich müsste meine

Fantasie zügeln. Hmm – ich hätte ihm gerne gesagt, dass er erst mal versuchen müsste, seine Fantasie zu *finden,* aber natürlich habe ich mich das nicht getraut, also habe ich es mir nur gedacht.

Wo war ich stehengeblieben? Ach ja, im Park. Wenn ich die ganze schreckliche Geschichte doch nur vergessen und aus meinem Gedächtnis auswischen könnte! Ich ging, oder besser hinkte, also hinüber zu den Schaukeln und tat so, als wäre ich Prinzessin Pippi (nach Pippi Langstrumpf – ich glaube, die war Schwedin, und sie war meine Heldin, als ich klein war. Stell dir mal vor, in einem Haus mit einem Affen und einem Pferd zu wohnen und – was noch wichtiger ist – ohne irgendwelche nervigen Erwachsenen, die herumgrölen, dass Gott die Queen retten soll, und dann wie Perverse die Frauen in der Zeitung anglotzen). Und gerade, als ich dort ankam, hörte ich Jessica brüllen: »George!« Ich wusste, es war Jessica, denn sie ist die Einzige, die mich nicht Georgie, sondern George nennt. Außerdem hat sie gerade angefangen, mit einem leichten amerikanischen Akzent zu sprechen. Angeblich hat sie, als sie drei war, mit ihren Eltern ein Jahr lang in Amerika gewohnt – ihr Vater arbeitet bei einer Bank, und die haben eine Filiale in New York. Jessica behauptet, als sie sprechen gelernt hat, war sie umgeben von Amerikanern, und deshalb spricht sie so ein bisschen verwaschen. Komisch ist nur, dass sie das früher nie gemacht hat. Noch vor einem Monat hatte sie einen echt vornehmen Londoner Akzent. Na, wie auch immer, jedenfalls brüllte sie wieder und wieder zu mir herüber, bis Michaela es bemerkte und anfing zurückzubrüllen. Michaela liebt Jessica, sie findet, sie sieht genauso aus wie eine der Prinzessinnen in ihren Bilderbüchern, das muss an den pinken Klamotten und den blonden Haaren liegen. Nebenbei, bevorzugst du eigentlich Blondinen? Meine Mutter liebt diesen alten Film, der *Blondinen bevorzugt* heißt. Warum sie den so toll findet, weiß ich nicht, denn sie hat dunkle Haare! Jedenfalls habe ich Michaela gesagt, sie soll nicht zurückbrüllen, aber sie hat mich einfach ignoriert, weiter gewinkt und »Jess! Jess!« gekreischt. Also musste ich wohl oder übel auch winken, und dann haben sie gerufen, ich solle rüberkommen.

Mir blieb nichts anderes übrig, denn sonst hätte es ausgesehen, als würde ich ihnen aus dem Weg gehen. Natürlich musste ich auch weiter hinken, das hätte sonst wirklich komisch gewirkt. Glaub mir, es war ein echt auffälliges Hinken, also konnte ich nicht einfach so damit aufhören. Ich werde das nächste Stück wie ein Drehbuch schreiben, sodass du dir die ganze demütigende Szene vorstellen kannst, als würde das alles in einem Film passieren:

JESSICA R. BAILEY, KATE NUMMER 1, KATE NUMMER 2, JAMIE PHELPS UND ZWEI GENAUSO COOLE JUNGE MÄNNER *sitzen auf dem Pavillon im Ruislip Gardens Park. Die Sonne scheint, und die Luft ist erfüllt von Vogelgezwitscher und den Geräuschen spielender Kinder.*
GEORGIE HARRIS *tritt auf, hinkt und hält ihre süße kleine Halbschwester* MICHAELA *an der Hand.*

GEORGIE: *(starrt auf den Boden)* Hallo.
MICHAELA: Jess! Jess!
GEORGIE: Pssst!
JESSICA: *(in leichtem amerikanischem Akzent)* Hi Michaela. *(Zu den Kates 1 & 2)* Ohhh, ist sie nicht süß? *(Zu Georgie)* Was ist denn mit deinem Bein los?
GEORGIE *tut so, als würde sie nichts hören.*
JESSICA: *(lauter)* George? Was ist mit deinem Bein los? Warum hinkst du denn?
GEORGIE *errötet und weiß nicht, was sie mehr hasst – dass ihre Wangen bei jeder Kleinigkeit zu brennen beginnen oder dass* JESSICA *sie immer George nennt, als ob sie ein Junge wäre.*
GEORGIE: Nichts. Ich ... äh ... ich bin hingefallen.
MICHAELA: Nein, bist du nicht.
GEORGIE: *(betrachtet ihre »süße« kleine Schwester)* Bin ich doch, du hast mich nur nicht gesehen, als es passiert ist.
MICHAELA: Kannst du mit mir auf der Schaukel spielen, Jess?
JESSICA: Tut mir leid, Süße, wir gehen in einer Minute ins

Kino. Willst du mitkommen, George, oder musst du *(sieht auffällig zu* MICHAELA) auf Du-weißt-schon-Wen aufpassen?
GEORGIE: *(schüttelt traurig den Kopf)* Tut mir leid.
JAMIE *steht auf und kommt auf* GEORGIE *zu, hält einen Gitarrenkasten in der Hand.*
JAMIE: Okay, Leute – ich geh dann mal.
JESSICA: Viel Spaß bei deiner Probe! *(Sie kichert und senkt den Kopf.)*
JAMIE: *(wirft sich die Gitarre über die Schulter)* Ja, danke. *(Zu* GEORGIE, *als er an ihr vorbeigeht)* Bis bald.
GEORGIE *errötet noch mehr.*
JESSICA: *(runzelt die Stirn)* Vergiss nicht, am Montag zum Theater-Workshop zu kommen, Jamie – die brauchen da wirklich jemanden, der so toll singen kann wie du. Du kriegst die Rolle des Bugsy mit Leichtigkeit.
JAMIE: Ja – vielleicht.
JAMIE *verlässt den Park nach der Linken.* GENAUSO COOLER JUNGER MANN NUMMER EINS UND ZWEI *veranstalten einen Rülpswettbewerb.*
JESSICA: *(runzelt die Stirn, während sie* JAMIE *hinterherstarrt)* Weißt du schon, ob du am Montag zum Theater-Workshop kommen kannst, George?
GEORGIE: Ja – ja, ich kann – keine Frage ...
Ausblenden ...

Ich weiß, ich weiß, ich hätte nicht lügen sollen, aber die Sache ist – ich will unbedingt zu diesem Workshop gehen, jetzt, wo ich das Skript von *Bugsy Malone* gelesen habe, noch viel mehr. Eine Rolle wie Blousey oder Tallulah zu spielen muss irre sein! Natürlich würde ich nicht mal in einer Million Jahren so eine Rolle kriegen. Nicht mal in der Theateraufführung in der Schule habe ich jemals eine wichtige Rolle gekriegt, ich muss immer ein Schaf spielen oder ein Schild mit irgendeinem Wort hochhalten, und in dem Jahr, als wir *Eine Weihnachtsgeschichte* von Dickens aufgeführt haben, habe ich eine Schneeflocke gespielt. In *Bugsy Malone* würde ich also vermutlich nur das dritte Mädchen spielen dürfen – oder noch schlimmer, den ersten Bestattungsunternehmer! Aber trotzdem, einfach nur mitzumachen wäre so frostfrei! Und du könntest mir dann Tipps geben – natürlich nur, wenn du Zeit hast –, und ich wäre der beste Bestattungsunternehmer, den die Welt je gesehen hat!

Gestern in Oprahs Sendung hat eine Frau über ihr neues Buch gesprochen und gesagt, dass man seine Träume am besten verwirklichen kann, indem man so tut, als ob sie bereits in Erfüllung gegangen wären. Also darf ich jetzt, wo ich es Jessica erzählt habe, durch irgendein Wunder hoffentlich wirklich zum Workshop gehen. Vielleicht hat der Ton-Zerstörer ja heute Nacht in seinem Taxi einen Chirurgen als Fahrgast, der Persönlichkeit transplantiert, und der operiert ihn gratis und macht ihn zu einem netten und freundlichen Mann, der um das Glück seiner Stieftochter besorgt ist – LOLsalib! Ich weiß, auf deiner Website hast du geschrieben, dass du nichts auf der Welt so sehr hasst wie gebackene Bohnen und Unehrlichkeit, aber ich erzähle normalerweise wirklich keine Lügen, es war mir nur so peinlich, das ist alles. Ich wollte Jessica nicht sagen, dass ich nicht zu dem Workshop kommen kann, bevor ich es selbst absolut sicher weiß. Ich hoffe, du verstehst das und denkst jetzt nicht schlecht von mir?

Okay, ich gehe dann jetzt mal nach Hause und sehe, ob der Ton-Zerstörer irgendwas für mich zu tun hat – und während ich die Sachen dann erledige, träume ich davon, wie ich eine absolut frostfreie Rolle in *Bugsy Malone* ergattere und halb so gut spiele wie du (dann würde ich nämlich echt gut sein).

Träumend, lebend, seiend, deine Mailfreundin
Georgie xxx

Von: info@dylancurtland.com
An: georgieharris@hotmail.com
Betreff: Geständnis
Datum: Mittwoch, 26. Juli, 17:32

Liebe Georgie,
ach – wo fange ich am besten an? Deine Mails sind ohne Zweifel »voll«! Vielleicht wäre Ehrlichkeit ein guter Anfang, denn damit hast du ja aufgehört. Du musst wissen, dass ich nicht gerade ehrlich zu dir war. Ich habe mir eingebildet, meine Unehrlichkeit sei einigermaßen harmlos, aber als du dir in deiner letzten Mail solche Sorgen darum gemacht hast, ob ich dir vertraue, da habe ich mich – nun ja – wie ein kompletter Heuchler gefühlt. Es ist jetzt also Zeit für ein Geständnis. Du musst wissen, ich bin gar nicht Dylan – und ich war es auch nie. Ich fühle mich jetzt ganz schrecklich, weil Dylan dir so viel bedeutet, aber er hatte in letzter Zeit so viel zu tun, dass er es einfach nicht mehr geschafft hat, seine Korrespondenz zu erledigen, also hat er mich damit beauftragt. Und die Sache ist so: Für gewöhnlich verschicke ich einfach Standard-Mails, Danksagungen, Empfangsbestätigungen und dergleichen. Ich fürchte, deine Freundin hatte recht, die ersten Mails, die ich dir geschickt habe, waren Standard-Antworten. Aber deine Mails waren so lebendig und interessant, und deine Berichte über deinen Stiefvater haben mich so wütend gemacht, dass ich dir einfach persönlich antworten musste. Und ich vermute, ich nahm an, es wäre nichts dabei, wenn ich weiter so tat, als wäre ich Dylan, denn ich wusste, das würde dir eine Menge bedeuten – und glaub mir, hätte Dylan deine Mails gelesen, dann hätte er gewollt, dass ich dir all die Dinge schreibe, die ich dir geschrieben habe. Als ich aber deine letzten beiden Mails gelesen hatte, wurde mir klar, dass ich mit der Wahrheit herausrücken muss. Ich habe mich schrecklich gefühlt, als ich las, dass du Angst hast, ich – oder besser Dylan – könnte wegen deiner in meinen Augen völlig verständlichen Lüge schlecht von dir denken, während ich dich die ganze Zeit über betrogen habe.

Nun also zur Wahrheit: Ich heiße Nancy Curtland – oder Nan für meine Freunde, zu denen du dich, so hoffe ich, zählen wirst, wenn du mir in deinem Herzen vergeben kannst? Und ich bin Dylans Mutter. Mit meinem Cockerspaniel Woodstock wohne ich in einem Strandhaus in einem Ort namens Hove, in der Nähe von Brighton. Mein Mann – Dylans Vater Bruce – ist letztes Jahr gestorben. Die Dinge, die ich dir über deinen Vater geschrieben habe, habe ich also wirklich so gemeint. Ich kann deinen Verlust wirklich verstehen. Was noch? Ich habe silbernes Haar (ist das Wort grau nicht einfach schrecklich? Es klingt so düster und bedrückend), und mein Freund und Friseur Mario hat es gerade zu einem kurzen Bob geschnitten. Er behauptet, es würde mich zehn Jahre jünger machen, und glaub mir, das ist in meinem Alter ein gewaltiger Unterschied.

Ach Georgie, ich fühle mich so schrecklich, weil ich dir das angetan habe, und ich kann nur hoffen, du bist nicht allzu enttäuscht darüber, dass dein Mailfreund nur eine dumme, einsame, alte Frau ist und kein Mädchenschwarm aus Hollywood. Ich habe deine Mails wirklich genossen, und die Wahrheit ist: Ich will nicht, dass du aufhörst, mir zu schreiben. Nun, um genau zu sein, will ich wohl eher, dass du *anfängst,* mir zu schreiben – jetzt wo du die Wahrheit kennst und weißt, wer ich bin. Aber natürlich würde ich es ganz und gar verstehen, wenn du das nicht tust und ich nie wieder etwas von dir höre – ich fürchte, ich habe mich abscheulich benommen.

Beschämt grüßt dich
Nan x

Teil Zwei

Gewöhnliche Idiotin

Von: georgieharris@hotmail.com
An: info@dylancurtland.com
Betreff: Re: Geständnis
Datum: Freitag 28. Juli, 10:16

Sehr geehrte Ms Curtland,
danke für Ihre E-Mail. Leider bin ich nicht der Meinung, dass wir weiterhin Mailfreunde bleiben können. Ich hoffe, Sie haben dafür Verständnis.

Hochachtungsvoll,
Georgie Harris

Von: georgieharris@hotmail.com
An: info@dylancurtland.com
Betreff: Re: Geständnis
Datum: Freitag, 28. Juli, 10:25

Wie konnten Sie nur? Ich habe Ihnen wirklich vertraut! Ich habe wirklich geglaubt, Sie wären Dylan. Haben Sie überhaupt eine Ahnung, wie glücklich mich das gemacht hat – dass Dylan Curtland mir wirklich und wahrhaftig E-Mails geschrieben hat? Dass mir ein einziges Mal in meinem elenden Leben etwas echt Cooles passiert ist? Dass mir zum ersten Mal, seit mein Dad gestorben ist, wieder jemand das Gefühl gegeben hat, etwas Besonderes zu sein? Und zum ersten Mal hat es mir nichts ausgemacht, mich anders als alle anderen zu fühlen, denn zum ersten Mal hatte ich etwas, auf das die anderen Mädchen neidisch sein würden, nicht andersherum. Jetzt fühle ich mich sogar noch mieser als vorher, denn ich komme mir so IDIOTISCH vor! Jessica wird sich nicht mehr einkriegen, wenn sie erst mal davon erfährt. Warum konnten Sie denn nicht von Anfang an ehrlich zu mir sein oder gar nicht erst damit anfangen, mir E-Mails zu schreiben? Ich verstehe einfach nicht, warum Sie so etwas gemacht haben. Wollten Sie sich über mich lustig machen? Ich mag ja keine berühmte Schauspielerin sein, aber ich bin ein Mensch, und jetzt ist es mir so peinlich, wenn ich an all das Zeug denke, das ich in meinen Mails geschrieben habe, weil ich dachte, Sie wären Dylan.

Von: georgieharris@hotmail.com
An: info@dylancurtland.com
Betreff: Re: Geständnis
Datum: Freitag, 28. Juli, 10:27

Und was ist mit den Sachen, die Sie in Ihren Mails geschrieben haben? Ich habe sie mir gerade noch einmal durchgelesen. Was ist mit der Mail, in der Sie geschrieben haben: »Meine Mutter ist einfach einzigartig – schön, witzig und klug«?!! Wissen Sie was, Sie können noch gemein und verlogen auf diese Liste setzen!

Von: georgieharris@hotmail.com
An: info@dylancurtland.com
Betreff: Sorry – ein bisschen
Datum: Freitag, 28. Juli, 11:42

Liebe Ms Curtland,
für meine vorigen Mails möchte ich mich entschuldigen – ich bin mit Michaela zur Tierhandlung gegangen, um uns die Hamsterbabys anzugucken, und während wir zugesehen haben, wie sie sich ihre niedlichen kleinen Backen so richtig vollgestopft haben, konnte ich mich beruhigen. Vorher war ich so wütend, und mir war das alles so peinlich. Ich wollte nicht unverschämt sein, es ist nur so, dass ich wirklich enttäuscht war, als ich herausfand, dass Sie gar nicht Dylan sind. Ich bin sicher, Sie sind bestimmt eine sehr nette Frau, aber ich

kenne Sie nicht, und es sind ja nicht nur Ihre Mails, sondern vor allem die Sachen, die ich wegen dieser Mails gemacht habe, die mir so peinlich sind. Zum Beispiel im Bett liegen und mir vorstellen, wie Dylan diese Mails an mich tippt, und mir überlegen, ob er meine letzte wohl gleich auf der Stelle beantworten wird. Und in manchen Nächten (na gut, in den meisten Nächten) habe ich mir auch noch vorgestellt, wie er diese ganzen Sachen persönlich zu mir sagt. An einem intimen Ecktisch in einem Café oder während wir diese total berühmte Straße mit dem Bogen in Paris langgehen oder an der Bushaltestelle von Ruislip Gardens. Deshalb komme ich mir so dämlich vor – das Beste, was mir seit ewigen Zeiten passiert ist, war alles nur eine Lüge. Ach, es ist so schwer zu erklären. Okay, stellen Sie sich mal vor, Sie sehen einen obdachlosen Mann, der in einem Hauseingang sitzt, und um seinen Kopf schwirren Fliegenschwärme, und sein Gesicht ist mit Staub und Schmutz beschmiert und so weiter, aber Sie rennen nicht wie alle anderen an ihm vorbei, sondern bleiben stehen und sprechen mit ihm, und dann sagen Sie ihm, dass alles wieder gut wird, weil sie haufenweise Geld haben und haufenweise Häuser und Sie ihm eine Wohnung und Geld geben wollen, damit er sein Leben in Ordnung bringen kann, damit es nie wieder ein einziger Haufen Schrott ist. Stellen Sie sich mal vor, wie glücklich er wäre und wie er aus dem schmutzigen Hauseingang aufstehen und die Straße entlanghüpfen würde zu der Adresse, die Sie ihm gegeben haben. Dabei würde er fröhliche Lieder singen, so wie dieses echt nervige Lied aus dem *Zauberer von Oz*, mit ganz hoher Stimme. Aber dann, wenn er dort ankommt, muss er feststellen, dass da nichts als eine alte Baustelle ist und dass es gar kein Haus und gar kein Geld gibt. Stellen Sie sich vor, wie er sich fühlen würde – noch viel schlechter als vorher, denn da hatte er ja wenigstens noch keine Hoffnung. Aber Sie haben das Allerschlimmste getan, denn Sie haben ihm Hoffnung gegeben, und dann haben Sie sie ihm wieder weggenommen. Nun, genauso fühle ich mich. Die ganze Zeit habe ich gedacht, dass Dylan wirklich – na ja, lassen wir das. Ich wollte nur, dass Sie wissen, wie mir zumute ist. Ich muss jetzt Schluss machen, denn ich habe meiner Mutter versprochen, dass ich mit dem Putzen fertig bin, wenn sie von der Arbeit nach Hause kommt, und bis jetzt habe ich nur die Schlafzimmer geschafft.

Hochachtungsvoll,
Georgie Harris

Von: info@dylancurtland.com
An: georgieharris@hotmail.com
Betreff: Re: Sorry – ein bisschen
Datum: Freitag, 28. Juli, 15:42

Liebe Georgie,
also, ich bin in meinem Leben ja schon mit einer ganzen Reihe von Dingen verglichen worden, aber eine alte Baustelle schlägt sie alle um Längen. Es tut mir so furchtbar leid. Das Problem ist, dass ich über meine Taten nie nachdenke, bevor ich sie begehe. Aber ich habe immer die allerbesten Absichten, das kann ich dir versichern. Lass mich dir ein Beispiel geben. Damals, als ich noch ein junges Mädchen war, was inzwischen so lange her ist, dass ich es mir kaum noch vorstellen kann, habe ich mir gern eingebildet, ein bisschen was von einer Kupplerin zu haben. Wenn ich alleinstehende Freundinnen hatte, betrachtete ich es als meine Pflicht, sie mit einem passenden Verehrer zu versorgen. Das Problem war, dass ich so sehr darauf versessen war, sie zu verkuppeln, dass ich dem Attribut »passend« manchmal nicht sonderlich viel Beachtung schenkte. Eines Sommers suchte meine damalige beste Freundin – ein Mädchen namens Anna, die gern in Marmelade getauchte Bananen aß und nicht zu übersehende Ähnlichkeit mit einem Kaninchen hatte (sie hatte riesige Augen, übergroße Vorderzähne und farbloses, fellartiges Haar an den Seiten ihrer Wangen) – verzweifelt nach einem Seelenverwandten. Jeden Tag in diesem Sommer kam sie zu mir nach Hause, und wir sprachen stundenlang über den Mangel an brauchbaren Jungen in unserem Dorf, und dann warf sie sich auf mein Bett und jammerte,

wir würden niemals die wahre Liebe finden. Für eine Möchtegern-Kupplerin wie mich war diese Gelegenheit einfach zu gut, um sie verstreichen zu lassen, und wie der Zufall es wollte, hatte auf der Farm meines Vaters gerade ein Junge angefangen zu arbeiten. Er hieß Cyril, aber dafür konnte er ja schließlich nichts, und er war eingestellt worden, um in der Milchwirtschaft zu helfen. Abgesehen von seinem Namen und der unglückseligen Neigung, Schaumtröpfchen aus dem Mund zu versprühen, wenn er aufgeregt war, schien er der perfekte Partner für meine arme liebeshungrige Freundin zu sein. Also organisierte ich ein Sardinenspiel. Ich weiß nicht, ob deine Generation überhaupt noch Sardinen spielt? Es ist im Grunde nichts anderes als Verstecken, nur dass sich lediglich einer versteckt und alle anderen versuchen müssen, ihn zu finden. Und wer ihn gefunden hat, muss sich mit ihm verstecken, so lange, bis alle wie die »Sardinen« in das Versteck gequetscht sind und nur noch ein einziger Suchender übrig bleibt. Dieser Unglücksrabe scheidet dann aus. An einem Sonntag also, als Cyril seine Schicht in der Molkerei beendet hatte und Anna und ich am Hoftor herumlungerten, rief ich ihn zu uns herüber und schlug vor, das Spiel zu spielen. Ich entschied, dass Anna sich als Erste verstecken sollte, wusste ich doch nur zu gut, dass sie wie üblich ihr Versteck im Kohlenkeller neben dem Haus wählen würde. Dann sah ich zu, wie Cyril sich daranmachte, sie zu suchen. Der arme Kerl brauchte Stunden, um auf das Versteck zu kommen, doch endlich kroch er in den Bunker, und ich rannte hinterher und verriegelte die Tür hinter ihm. Verstehst du? Ich dachte mir, wenn sie auf so tragische Weise miteinander in der Falle saßen, musste die Liebe einfach zu blühen beginnen, denn sie würden sich aneinanderkuscheln, um sich gegenseitig zu wärmen, zu trösten und so weiter. Leider aber war das Einzige, das in diesem Kohlenkeller zu blühen begann, eine Massenhysterie. Es stellte sich heraus, dass Cyril neben all seinen anderen Schwächen auch noch an Platzangst litt. Sobald ihm klar wurde, dass er eingesperrt war, machte er sich nicht etwa daran, Anna zu verführen, sondern fing an zu kreischen. Er kreischte und kreischte. Bedauerlicherweise hörte ich ihn nicht, denn ich war ins Haus gegangen, um der Liebe Zeit zum Blühen zu geben und eine Schüssel Eis zu verdrücken – von dem ganzen Herumgerenne, wobei ich so tun musste, als würde ich Anna suchen, hatte ich einen Riesenhunger bekommen. Ich weiß nicht mehr genau, wie lange ich sie da drinnen ließ. Anna sagt, es war ein halber Tag. Ich hätte eher auf eine halbe Stunde getippt, aber als ich zurückkam, um den Riegel zu öffnen, war mächtig der Teufel los. Cyril stürmte aus dem Keller wie ein Stier aus den Toren, sein Gesicht war verschmiert von Spucke und Kohlenstaub, und sein Haar sträubte sich praktisch aufrecht in die Höhe. Er verschwand fast in der Staubwolke, die er aufwirbelte, und so floh er von der Farm. Anna war außer sich vor Wut, schrie mich an, wie ich nur so blöd hatte sein können, und wollte wissen, was ich mir dabei gedacht hatte. Nicht einmal, als ich ihr erklärte, dass ich doch alles nur für sie und im Namen der wahren Liebe getan hatte, wollte sie sich beruhigen. Und heute, im Rückblick betrachtet, ist mir klar, dass sie vollkommen recht hatte. Was um alles in der Welt hatte ich mir dabei gedacht, sie mit einem Jungen einzusperren, der aus dem Mund schäumte? Ich hätte sie mit einem der Stallburschen einschließen sollen, die sahen wesentlich besser aus und waren auch längst nicht so empfindlich.

Du siehst also, Georgie, schon von klein auf hatte ich eine fatale Neigung, das Falsche zu tun, aber nie aus üblen Gründen. Jetzt ist mir nur allzu bewusst, dass ich dir, indem ich so tat, als sei ich Dylan, nur das Herz brechen konnte, aber ich habe dir ganz ehrlich nur deshalb geschrieben, weil ich versuchen wollte, dich glücklich zu machen. Ich kann dir versichern, dass ich nie vorhatte, mich über dich lustig zu machen. Du bist ein faszinierender Mensch, und deine E-Mails sprühen nur so vor Leben – ich hatte wirklich angefangen, mich auf die neuesten Nachrichten aus deiner Welt zu freuen.

Da wir gerade dabei sind – ich hoffe so sehr, du wirst nächste Woche zu deinem Bugsy-Malone-Workshop gehen dürfen. Damals, bevor Dylan zur Welt kam, habe ich mich selbst ein bisschen in der Welt des Theaters herumgetrieben, und Blousey war eine meiner allerersten Rollen. Ich werde nicht nur die Daumen, sondern auch alles andere für dich drücken – mit Ausnahme meiner Augen, denn damit macht man wirklich keinen guten Eindruck, schon gar nicht in meinem Alter. Ich habe keine Lust, mit dem Verdacht auf Demenz in die nächste Anstalt abtransportiert zu werden!

Viel Glück, Georgie, bei allem, was du tust, und vergiss nicht, dass du nicht für immer ein Kind bleiben wirst. Eines Tages bist du den Ton-Zerstörer los, und die ganze Welt liegt dir zu Füßen. Eines Tages brauchst du niemanden mehr um Erlaubnis zu fragen, wenn du etwas tun willst. Halte durch bis zu diesem Tag – er kommt schnell genug!

Nan xx

Von: georgieharris@hotmail.com
An: info@dylancurtland.com
Betreff: Okay
Datum: Samstag, 29. Juli, 11:01

Liebe Nan,
es ist komisch, das zu schreiben – ›Liebe Nan‹ –, als würde ich meiner Großmutter schreiben oder so. Nicht dass das überhaupt möglich wäre, denn ich stehe mit keiner meiner echten Großmütter in Kontakt. Mit der Mutter von meinem Dad darf ich nicht sprechen. Der Ton-Zerstörer sagt, seine Mutter ist jetzt meine Oma. Und meine Mum hat ihre Eltern nicht mehr gesehen, seit sie von zu Hause abgehauen ist, um mit meinem Dad zusammen zu sein. Es war schrecklich romantisch, wie die beiden sich kennengelernt haben. Angelica war erst sechzehn, und sie war losgezogen, um sich in ihrer Heimatstadt Manchester diese total coole Band namens *Magic Carpets* anzuhören. Als das Konzert zu Ende war, versuchten sie und ihre Freundinnen, hinter die Bühne zu kommen, um mit den Band-

mitgliedern zu sprechen, und so hat sie Jeff, meinen Dad, kennengelernt. Er war nicht in der Band, er war einer ihrer Roadies. (Roadies sind die Leute, die die Instrumente und das ganze Zeug transportieren, wenn eine Band auf Tournee geht, und sie bauen auch alles für die Gigs auf. Dafür brauchen sie unheimlich viel Kraft.) Ich vermute, deshalb hat sich meine Mum auf den ersten Blick in meinen Dad verliebt, weil sie wusste, dass er auf sie aufpassen würde. Er war nicht so groß wie der Ton-Zerstörer, und er hatte auch keine Glatze und keine Tätowierungen oder so was, aber er war viel stärker.

Es gibt ja verschiedene Arten von Kraft, stimmt's? Es gibt Muskeln und Brüllstimmen und kahl rasierte Köpfe, aber das ist keine echte Kraft, das ist nur Verpackung. Echte Stärke kommt von innen, wie Schrift, die in einen Felsen gehauen ist. Mein Vater war ruhig und lustig und klug, und er hatte Kraft, die ganz durch ihn hindurchging. Nach jener ersten Nacht hat Angelica ihn nie mehr verlassen. Finden Sie nicht, dass das romantisch ist – einfach jemanden kennenzulernen und sofort zu wissen, dass es der eine ist, der zu einem gehört? Ich liebe es, meine Mum dazu zu bringen, mir die Geschichte zu erzählen, wie sie sich kennengelernt haben und wie sie in dieser Nacht mit ihm in sein Hotelzimmer ging und er ihr stundenlang auf seiner Gitarre vorgespielt und ihr das Lied *Wonderful Tonight* von Eric Clapton vorgesungen hat, sodass sie weinen musste. Nicht weil sie traurig war, sondern weil sie glücklich war, weil sie wusste, dass sie nie mehr zurück nach Hause gehen musste. Bevor sie meinen Vater kennenlernte, hatte meine Mum Nacht für Nacht im Bett gelegen und von dem Tag geträumt, an dem jemand kommen und sie befreien würde, aber in ihren Träumen war es ihr nie gelungen, sein Gesicht zu sehen. Sie dachte sich, sie hatte so viel von ihm geträumt, dass sie ihn zum Leben erweckt haben musste. Ich liebe es, wenn sie mir das erzählt – mir läuft dabei ein Schauder den Nacken hinunter, und ich glaube, bei ihr ist es genauso, denn sie bekommt davon immer diesen geistesabwesenden Ausdruck in den Augen, und ihre Stimme wird zum Flüstern. Es ist ein bisschen wie in diesem Buch, über das sie bei *Oprah* gesprochen haben, oder? Angelicas Eltern waren echt fies zu ihr – viel, viel schlimmer als der Ton-Zerstörer. Sie haben sie in ihrem Zimmer eingeschlossen und sie mit einem Ledergürtel verprügelt, nur weil sie mit dem Zeitungsjungen gesprochen hat oder ihren Blumenkohl nicht essen wollte. Wie kann man denn jemanden schlagen, weil er keinen Blumenkohl isst? Denen würde ich gerne mal die Meinung sagen. Aber wie auch immer, meine Mum blieb jedenfalls von diesem Moment an bei Jeff, ging mit ihm und der Band auf Reisen und wohnte mit ihm in seiner Wohnung in einer Londoner Gegend, die Kilburn heißt. Da bin ich geboren worden, ungefähr ein Jahr nachdem sie sich kennengelernt hatten. Meine Mum war also nur ein paar Jahre älter, als ich jetzt bin, als sie mich bekam. Ich kann mir nicht vorstellen, ein eigenes Kind zu haben, obwohl ich denke, ich habe durch Michaela eine ganze Menge darüber gelernt, wie es ist, eins zu haben. Ich weiß jedenfalls, wie man eine Windel wechselt und eine Gutenachtgeschichte vorliest, so viel steht fest!

Ich habe Sie übrigens gegoogelt. Ich hoffe, Sie sind nicht böse? Es war nur so – nach allem, was in letzter Zeit passiert ist, wollte ich sichergehen, dass Sie wirklich existieren und nicht nur jemand sind, der so tut, als wäre er jemand, der so tut, als wäre er Dylan! Sie haben eine Menge Rollen gespielt, nicht wahr? Auf der Website der Times habe ich einen Artikel über Sie und Dylans Vater gefunden. Er sah wirklich gut aus. Es tut mir so leid, dass er Krebs bekommen hat. Es hörte sich wirklich romantisch an, wie Sie sich kennengelernt haben, als er bei diesem Stück Ihr Regisseur war. Oh Gott, ich hoffe, ich lerne meinen Seelengefährten auch auf total romantische Weise kennen. Bei Ihnen war es so, und bei meiner Mum war es auch so, also weiß ich, dass es möglich ist. Aber den Ton-Zerstörer hat meine Mum in einem Wettbüro kennengelernt, also kann der Pfad der wahren Liebe manchmal auch schrecklich schieflaufen, stimmt's? Auf dem Foto auf der Times-Website sehen Sie und Ihr Mann so freundlich und nett aus. Und Sie sind wirklich schön. Ich finde Ihre Haare echt toll. Sie sind so lang und glänzend. Können Sie mir vielleicht Tipps geben, wie man glänzendes Haar bekommt?

Meins sieht immer aus wie Schlamm – noch viel schlimmer als grau! Aber ich bin sicher, Ihr Haar sieht richtig gut aus, jetzt wo es grau und zu einem Bob geschnitten ist. Bobs sind die ganz große Mode im Moment, oder nicht? Jessica weigert sich, sich einen schneiden zu lassen, denn sie hat in der *Vogue* gelesen, dass »erfolgreiche Supermodels sich nie zu Sklavinnen der Mode machen, sondern ihre eigenen Trends setzen«.

Ihr Mann Bruce hatte echt funkelnde Augen, genau wie mein Dad. Ich wette, er war ein netter Regisseur. Ich frage mich, wie der Regisseur von Bugsy Malone sein wird. Apropos, ich habe einen total raffinierten Plan wegen des Theater-Workshops. Ich bin heute ins Gemeindezentrum gegangen und habe meine Anmeldung abgegeben, und am Montag nehme ich Michaela mit und frage, ob sie ganz leise hinten in der Halle sitzen und zugucken darf. Sie ist echt ein total liebes Kind, sie hat nie Wutanfälle oder wirft mit ihren Spielsachen um sich oder so was, und ich bin sicher, wenn ich ihr verspreche, ihr einen neuen Tigger zu kaufen, kann ich sie dazu bringen, Mum und dem Ton-Zerstörer nichts zu sagen.

Wie Sie sich sicher schon gedacht haben, habe ich beschlossen, Ihnen zu verzeihen. Sie klingen echt nett in Ihren Mails, sogar wenn Sie nicht so tun, als wären Sie Dylan. Und Sie haben mir ein paar echt frostfreie Tipps gegeben. Ich freue mich, dass Sie meine Mails gern bekommen, auch wenn ich nicht verstehe, was Sie an mir »faszinierend« finden. Mein Leben kommt mir, verglichen mit Ihrem, so öde und langweilig vor, meine Tage sind ganz bestimmt alle grau.

Darf ich Sie was fragen? Ist Dylan im echten Leben auch so wie die Figur, die er in *Jessop Close* gespielt hat? Wie Sie ja aus meiner ersten Mail an ihn wissen *(*GEORGIE *wird röter als ein STOPP-Schild bei dieser grauenhaften Erinnerung!)*, habe ich ihn total gerne als Jimmy gesehen, und er hat ihn so toll gespielt. Ist er zu Hause auch so? Ich meine nicht diese Sachen mit der Wut – ich hoffe echt, dass er Sie nicht anschreit, wie er es bei Maureen gemacht hat!! Aber ist er einfühlsam und freundlich – und spielt er Gitarre?

Danke für Ihre letzte Mail und dafür, dass Sie alles außer Ihren Augen für mich drücken wollen. Ich hoffe, Sie sind mit meinem raffinierten Plan einverstanden, und ich erzähle Ihnen dann, wie es geklappt hat. Ich kann nicht fassen, dass Sie die Blousey gespielt haben, das ist so ungefähr die beste Rolle im ganzen Stück!!

Ihre Mailfreundin
Georgie xx

Von: nancyblue@aol.com
An: georgieharris@hotmail.com
Betreff: Viel Glück, Mädchen!!
Datum: Sonntag, 30. Juli, 10:06

Liebe Georgie,
super, Mädchen! Ich bin ja so froh, dass du zu dem Workshop gehst. Und SO, SO froh, dass du weiterhin meine Mailfreundin bleiben willst. Wie du am Kopf der Mail erkennen kannst, habe ich dir diesmal von meiner eigenen, privaten Adresse aus gemailt. Es scheint sinnvoller zu sein, jetzt wo wir echte Mailfreundinnen sind. Deswegen solltest du auch mit den Förmlichkeiten aufhören und mich einfach duzen.

Jetzt zu deinen Fragen: Natürlich bin ich nicht böse, wenn du nach mir googelst. Über diesen Ausdruck muss ich immer kichern. Ich habe einen Freund namens Ricardo, einen extrem aufgemotzten Choreographen mit einer Stirnlocke wie aus Tim und Struppi und einem chronischen Lispeln – und der sagt immer: »Mädel, solange keiner nach dir googelt, hast du es noch nicht bis nach oben geschafft.«

Nun kann ich ihm also stolz verkünden, dass nach mir gegoogelt worden ist wie nach den ganz Großen. Mein Mann Bruce ist – war (ich hasse dieses Wort »war« einfach – es ist so verdammt endgültig) – ein wundervoller Mann, und du hast vollkommen recht, er war freundlicher und zuvorkommender als jeder Mann, den ich je kennengelernt habe, und ein absoluter Glücksfall als Regisseur. Die Geschichte, wie deine Eltern sich kennengelernt haben, hat mir die Tränen in die Augen getrieben, weil es mich so sehr an die erste Begegnung zwischen Bruce und mir erinnert hat. Ich war bei unserem Kennenlernen allerdings wesentlich älter als deine Mutter – schon fast vierzig, und ich hatte bis dahin zweifellos schon eine ganze Menge Frösche geküsst. Aber das Warten hat sich wirklich gelohnt, das kannst du mir glauben. Und genau wie deine Mutter wusste ich in dem Moment, in dem mein Blick das erste Mal auf ihn fiel, dass er der Richtige für mich ist. Also mach dir keine Sorgen, Georgie – wenn du fest genug daran glaubst, dass deine Träume Wirklichkeit werden, dann werden sie eines Tages tatsächlich wahr, genau wie in dem Buch aus der Sendung mit *Oprah*.

Ich frage mich, wie viele Frauen wohl nachts im Bett liegen und davon träumen, dass ein Mann kommt und sie rettet. Stell dir mal vor, wenn in allen Betten des Landes herzförmige Comic-Sprechblasen aus den Köpfen der Frauen aufsteigen würden, während sie sich hin und her wälzen und ihre tränennassen Kissen an sich drücken. Es scheint mir eine solche Tragödie, dass sogar heutzutage Frauen sich noch immer in der Falle fühlen. Aber mach dir keine Sorgen, Georgie, wie ich in meiner letzten Mail schrieb, deine Zeit kommt schon noch, und wenn du diese Freiheit erst einmal gekostet hast, gibt es nichts mehr, das dich aufhalten kann. Hier und heute mögen deine Tage dir grau erscheinen, aber dein Geist ist ein Kaleidoskop voller Farben, und darauf kommt es an, glaub mir.

Du hast gefragt, ob Dylan wie Jimmy ist, und die Antwort lautet ja und nein. Ja, er ist einfühlsam und freundlich – glücklicherweise kommt er da ganz nach seinem Vater, aber er hat auch ein bisschen was von einem Freigeist mit einem Hang, manches übermäßig zu dramatisieren. Ich kann mir gar nicht denken, von wem er das wohl hat!! Aber alles in allem ist er ein lieber Junge, und ich bin sehr, sehr stolz auf das, was er im Moment macht.

Dennoch muss ich zugeben, dass das Haus mir stiller als eine Leichenhalle vorkommt, jetzt, wo er und Bruce weg sind. Aber immerhin habe ich noch meinen treuen Hund Woodstock und meine neue Mailfreundin, die mir Gesellschaft leisten. Übrigens kann Dylan kein bisschen Gitarre spielen, sie mussten ein Gitarre spielendes Double einsetzen für die Szenen in seinem Zimmer, in denen er den Blues spielt.

Viel Glück morgen beim Theater-Workshop. Ich nehme an, du wirst diese Mail nicht bekommen, bevor du da gewesen bist, also hoffe ich, dass alles gut läuft, und ich hoffe, dass sie dir erlauben, deine Schwester mitzubringen. Ich gehe gleich mit ein paar Freunden zum sonntäglichen Mittagessen. Wir machen das an jedem letzten Sonntag im Monat, aber um ehrlich zu sein, mir wäre es lieber, wenn wir es in Zukunft bleiben lassen würden. Es war etwas, das wir angefangen haben, als Bruce noch am Leben war. Wir vier gingen immer in einen wundervollen alten Pub in den Sussex Downs, der *The Snowdrop* heißt – sie haben da einen offenen Kamin und anständiges, frisch gekochtes Essen, und der Wirt nennt einen »Geliebte«. Obwohl ich sagen muss, dass das nicht gerade die schönste Aussicht ist, denn sein riesiger Hintern breitet sich unter seinem Gürtel aus wie gärender Brotteig in der Form. Ich habe unsere gemütlichen Sonntage dort immer geliebt, aber jetzt ist es schier unerträglich für mich, neben einem leeren Stuhl zu sitzen und mir die ganze Zeit über zu wünschen, dass, wenn ich das nächste Mal aufblicke, Bruce von der Toilette oder der Bar zurückkommt und die vergangenen neun Monate nur ein schlimmer Traum gewesen sind. Aber man muss sich ja Mühe geben, nicht wahr? Und ich weiß, meine Freunde versuchen nur, sich um mich zu kümmern. Also werde ich hingehen und ein tapferes Gesicht aufsetzen und versuchen, es nicht an mich heranzulassen. The Show must go on und so weiter.

Wie auch immer, Schluss jetzt mit diesem selbstmitleidigen Gebrabbel. Dieser Mailaustausch hat etwas enorm Verführerisches, nicht wahr? All die Worte, die einfach so auf den Bildschirm zu purzeln scheinen. Es ist viel entspannter und fließt viel freier als beim Briefeschreiben. Bruce hat vom Internet nie viel gehalten – er war der Meinung, es hielte Leute davon ab, wirklich miteinander umzugehen. Aber hätten du und ich ohne E-Mail jemals angefangen, miteinander zu reden? Und ich bin sicher, keine von uns wäre in der Lage gewesen, derart offen vor der anderen zu sein, wenn wir uns von Angesicht zu Angesicht begegnet wären.

Lass mich wissen, wie der Tag morgen für dich gelaufen ist, Georgie, und wenn du das liest, bevor du gehst: HALS- UND BEINBRUCH, Liebling!

Deine Mailfreundin
Nan xx

Von: nancyblue@aol.com
An: georgieharris@hotmail.com
Betreff: PS
Datum: Sonntag, 30. Juli, 10:22

Ein Spitzentipp für Haare, die wie Diamanten glänzen sollen: Kämm etwas Olivenöl hinein, bevor du ins Bett gehst (ungefähr eine halbe Tasse sollte genügen, je nachdem wie lang die Haare sind) und wasch es morgens aus. Klappt garantiert!

Nx

Von: georgieharris@hotmail.com
An: nancyblue@aol.com
Betreff: OMG!
Datum: Montag, 31. Juli, 16:27

Liebe Nan,
OH! MEIN! GOTT! Ich bin zum Theater-Workshop gegangen, und es war fantastisch! Okay, ich muss jetzt erst mal tief durchatmen und mich zusammenreißen, denn ich habe nur eine halbe Stunde auf diesem Computer gebucht, ich habe nämlich meiner Mutter versprochen, dass ich das Gemüse fertig geschält habe, wenn sie von der Arbeit kommt. Und Michaela kommt um vor Hunger, deshalb weiß ich nicht, wie lange sie es in der Kinderabteilung aushalten wird, ohne nach ein paar Gummibärchen zu schreien.

Heute Morgen bin ich so gegen acht aufgestanden und habe mit meiner Mutter gefrühstückt, bevor sie zur Arbeit gegangen ist, und ich habe sie ein letztes Mal gefragt, ob ich zu dem Workshop gehen darf. Ich weiß wirklich nicht, was so schlimm daran ist. Er wird vom Bezirksamt veranstaltet, kostet also keinen Penny. Aber wie üblich sagte sie nein, denn der Ton-Zerstörer muss ja schlafen, wenn er von der Arbeit kommt, und wer sonst soll denn auf Michaela aufpassen? Ein Teil von mir wollte die Scheibe Toast hinschmeißen und fragen: »Wie wär's mit einem von Michaelas Eltern?« Aber ich hab's nicht gemacht, denn Angelica sah so blass und müde aus, und es ist ja wirklich nicht ihre Schuld. Ich weiß, sie will nicht mal arbeiten. Eines Morgens in den Osterferien habe ich gesehen, wie sie in ihrer Wettbüro-Uniform am Fußende ihres Bettes saß und richtig geweint hat. All ihre Wimperntusche ist ihr in langen schwarzen Streifen das Gesicht hinuntergelaufen, und sie hat ihre Knie umklammert und schaukelte immer vor und zurück, auch noch, als ich sie umarmt habe. Als ich sie gefragt habe, was los ist, hat sie gesagt, sie wünschte, sie müsste nicht so viel arbeiten, weil sie nie Zeit hat, mit mir und Michaela Spaß zu haben. Und dann, als ich sie gefragt habe, warum sie nicht einfach aufhört oder wenigstens nur Teilzeit arbeitet, wie sie es gemacht hat, als ich klein war, hat sie gesagt, es geht nicht, weil sie ihren Teil der Hypothek bezahlen muss. Und obwohl sie nichts davon gesagt hat, wusste ich, dass sie auch meinen Teil der Hypothek meinte, denn eines Nachts habe ich gehört, wie sie und der Ton-Zerstörer sich gestritten haben und wie er sie angeschrien hat: »Wenn du und deine Tochter hier wohnen wollten, dann müsst ihr dafür bezahlen!« So ein Schwein! Sorry – ich hoffe, es macht dir nichts aus, wenn ich Schimpfwörter benutze? Ich weiß, Dylan mag keine Mädchen, die fluchen, aber vielleicht kannst du ja verstehen, dass Mädchen manchmal einfach fluchen müssen. Erst recht, wenn sie einen Stiefvater wie den Ton-Zerstörer haben! Ich weiß, dass er mich meinte, als er »deine Tochter« sagte, obwohl Michaela ja auch Mums Tochter ist. Denn Michaela ist »ihrer beider« Tochter, oder etwa nicht? Nicht nur ihre so wie ich. Manchmal bemerke ich, wie er mich ansieht (genauso wie er die Fans einer gegnerischen Fußballmannschaft und die Asylbewerber ansieht), und dann weiß ich, dass er mich hasst, weil ich nicht von ihm bin. Bei Michaela ist er so anders. Er nennt sie seine Prinzessin und lässt sie auf seinen Knien reiten, und immer kauft er ihr Geschenke. Aber ich denke, ich hatte trotzdem mehr Glück als Michaela, denn als ich vier war, war meine Mutter wenigstens in den Ferien und nach der Schule zu Hause. Und damals war sie auch viel fröhlicher. Sie ist nie krank geworden und ist immer in der Wohnung herumgetanzt, hat gesungen und sich Spiele ausgedacht. Ich habe ihre Spiele geliebt. Damals konnte sie einfach alles in einen Spaß verwandeln. Sogar den Gang zum Zahnarzt – den ich übrigens hasse. Angelica wusste, dass ich wirklich Angst davor hatte, also tat sie so, als ob wir Spioninnen wären und Informationen über all die Leute im Wartezimmer zusammentragen müssten. Es war echt cool. Damals hatte ich so gut wie überhaupt keine Angst. Ich war viel zu sehr damit beschäftigt, mir zu überlegen, warum die alte Dame, die mir gegenübersaß, einen Schal strickte. War sie in Wahrheit dabei, eine tödliche Waffe zu stricken, mit der man jemanden erdrosseln konnte? Und warum hatte der Mann, der neben mir saß, eine Aktentasche auf dem Schoß? War er im Begriff, eine streng geheime Information an einen anderen Geheimagenten weiterzugeben? Als ich schließlich aufgerufen wurde, war ich so darin versunken, Geheimnisse aufzuklären, dass mir der Bohrer und dieses schreckliche Kratzding nicht mehr viel ausmachten. Manchmal versuche ich, Mums alte Spiele mit Michaela zu spielen, aber es ist nie dasselbe. Es ist ein bisschen wie Orangensirup. Mums Spiele waren wie der Sirup, wenn er noch kräftig und leuchtend in der Flasche ist, aber wenn ich sie spiele, ist es, als wären sie verdünnt worden. Nebenbei – war das eine gute Metapher? Die Benutzung von Metaphern ist eins von meinen Lernzielen in Englisch.

Danke, dass Sie – ach nein, dass du so nette Sachen über meine Fantasie geschrieben hast. Deine Kaleidoskop-Metapher hat mir gefallen. Wenn meine Fantasie ein Kaleidoskop voller Farben ist, dann war die Fantasie von meiner Mum ein Feuerwerk, so hell und aufregend war sie. Aber so ist es nicht mehr. Jetzt ist es, als wären all die Feuerwerkskörper nass geworden, und es ist unmöglich, auch nur einen Funken aus ihnen herauszubekommen. Als wäre der Ton-Zerstörer gekommen und hätte einen großen, alten Eimer Wasser über ihnen ausgeleert. Du siehst also, es hätte keinen Sinn gehabt, mich heute Morgen mit ihr zu streiten, ich hätte sie nur noch deprimierter gemacht. Oh nein – ich sehe Michaela kommen –, warte mal, ich gebe ihr nur schnell ein paar Gummibärchen.

Okay, jetzt muss ich mich aber wirklich beeilen, die Uhr am Computer sagt mir, dass ich nur noch zehn Minuten übrig habe. Ich verstehe das nicht – ich tippe so schnell, wie ich kann, aber ich habe noch fast gar nichts geschafft. Na, wie auch immer, meine Mum ging jedenfalls gerade weg, als der Ton-Zerstörer zurückkam. Ich hasse es, wenn ich höre, wie sein klapperndes Taxi draußen vorfährt, mein Magen macht dann immer etwas total Merkwürdiges, er fühlt sich an, als würde er wie ein Pfannkuchen auf die andere Seite geworfen, und mein Mund fühlt sich so trocken an wie Sandpapier. Als er heute Morgen reinkam, hat er gemacht, was er immer macht. Er hat Michaela total fest in die Arme genommen und »Hallo, Prinzessin« gesagt und sie auf den Kopf geküsst, aber mir hat er nur zugenickt und gesagt: »Mach mir eine Tasse Tee«, obwohl ich die ganze Woche lang nett zu ihm gewesen bin und versucht habe zu verstehen, warum er so ist, wie er ist, wie du es mir geraten hast. Ich habe ihm also seinen Tee geholt und auch ein paar Scheiben Toast, obwohl er mich darum gar nicht gebeten hat, und sobald er nach oben in sein Schlafzimmer ging, habe ich ihm hinterhergerufen und gefragt, ob ich mit Michaela den Tag über zu Jessica gehen dürfe. Mein Herz schlug so schnell, während ich auf seine Antwort wartete, ich habe echt Angst gehabt, es könnte platzen. Und als er dann endlich »Ja, okay« sagte, bin ich vor Schreck fast gestorben. Ich konnte nicht fassen, wie leicht das alles gegangen war. Trotzdem konnte ich mich nicht entspannen, bis wir im Gemeindezentrum ankamen. Immer wieder musste ich denken: Was ist, wenn es eine Falle ist und der Ton-Zerstörer uns gefolgt ist? Oder was ist, wenn sie Michaela nicht erlauben zu bleiben? Oder wenn Michaela mich verpetzt? Aber trotz alledem war da ein Teil von mir, der sich echt überhaupt nicht mehr darum kümmerte. Ich habe es so satt, traurig zu sein. Und darauf zu warten, dass andere Leute mich glücklich machen, die es dann doch nicht tun. Und wenn kein anderer einen glücklich macht – nun, vielleicht muss man es dann eben einfach selbst tun?

Und ich bin ja SO froh, dass ich hingegangen bin, denn es war SO frostfrei! Die Theater-Lehrerin heißt Debbie und hat echt schönes Haar und – oh nein! –, warum geht nur die Zeit so schnell um. Pass auf, ich muss Michaela jetzt wirklich nach Hause bringen und das Gemüse fertig machen, und dann versuche ich, später noch mal wiederzukommen, damit ich dir den Rest von meinem tollen Tag erzählen kann. Ich kann nicht fassen, was für ein bunter, frostfreier Tag das gewesen ist. Und morgen sprechen wir für die Rollen vor! Später mehr, hoffe ich – die Bücherei ist heute bis acht geöffnet, das sollte also klargehen.

Deine Mailfreundin und Schauspielkollegin (na, jedenfalls so ungefähr),
Georgie xx

```
Von:       nancyblue@aol.com
An:        georgieharris@hotmail.com
Betreff:   Re: OMG!
Datum:     Montag, 31. Juli, 17:10
```

Liebe Georgie,
du meine Güte – wie aufregend! Und wie kannst du mich nur so in der Luft hängen lassen, ohne mir auch nur zu erzählen, was bei dem Workshop passiert ist! Du bist wirklich die geborene Geschichtenerzählerin, Liebling, man denke nur an den dramatischen Spannungsaufbau. Aber aufzuhören, bevor man zur Klimax kommt – das ist einfach grausam! ;)

Nebenbei, was bedeutet dieses Symbol ;) eigentlich? Dylan benutzt in seinen Mails jede Menge davon, und mir ist es peinlich, ihn danach zu fragen!

Deine Mail erinnerte mich ein bisschen an diese Quizsendung *Wer wird Millionär?*, wo es manchmal ein Kandidat ganz bis nach oben zur letzten Frage schafft, nur damit dieser hinterhältige Quizmaster schief in die Kamera lächeln und fragen kann: »Wird Mr Bloggs aus Bognor Regis es schaffen, eine Million zu gewinnen und sein Leben für immer zu verändern? Sie werden bis nächste Woche auf die Antwort warten müssen, denn unsere Zeit ist abgelaufen!«

Es gibt so viel, das ich als Antwort auf das, was du geschrieben hast, schreiben möchte, aber ich denke, ich warte lieber ab, ob ich heute noch einmal von dir höre.

Vor Spannung sterbend grüßt dich
Nan xx

Von: georgieharris@hotmail.com
An: nancyblue@aol.com
Betreff: Der tollste Tag aller Zeiten – Teil Zwei
Datum: Montag, 31. Juli, 18:13

Liebe Nan,
es tut mir so leid – egal wie sehr ich mich bemühe, es scheint, ich lande immer bei Gelaber über anderes Zeug und komme einfach nicht auf den Punkt. Diesmal bin ich also entschlossen, dir ganz genau zu erzählen, was beim Workshop passiert ist. Wie du siehst, habe ich es geschafft, noch einmal in die Bücherei zu kommen, ich habe ganze fünfundvierzig Minuten Zeit, bevor ich zu Hause sein muss, und ich brauche nur fünf Minuten bis nach Hause, also habe ich volle vierzig Minuten, um dir zu schreiben. Es kommt mir wirklich vor, als ob mir der Himmel heute zulächelt – alles läuft auf einmal so gut. Was bedeutet das eigentlich – der Himmel lächelt mir zu? Ich habe gestern gehört, wie ein Supermodel bei *Oprah* es gesagt hat, als sie davon sprach, wie ihr ganzes Leben sich verändert hat, seit sie keinen Weizen mehr isst. Ist es eine andere Art, um auszudrücken, dass Gott zufrieden mit mir sein muss und macht, dass mir schöne Sachen passieren? Oder bedeutet es, dass wirklich Leute im Himmel mir zulächeln? Ich hoffe, das zweite trifft zu, denn dann könnte es heißen, dass mein Dad auf mich herunter lächelt und macht, dass mir tolle Sachen passieren. Und vielleicht ist dein Mann Bruce ja auch bei ihm? Vielleicht wissen die beiden, dass wir uns Mails schreiben, also haben sie sich auch angefreundet? Oh Gott, mir ist gerade klargeworden, dass ich schon wieder vor mich hin labere. Sorry! Was bedeutet eigentlich Klimax? Sorry, ich musste nur daran denken, weil ich bei Sachen war, die ich nicht verstehe ... und wo steht eigentlich dein Computer? Ich würde mir gern vorstellen, wie du aussiehst, wenn du mir schreibst.

Okay – jetzt zum Theater-Workshop. Er wird im Gemeindezentrum am Ende der Hauptstraße abgehalten, ungefähr fünfzehn Minuten von hier entfernt. Ehrlich gesagt sieht es überhaupt nicht wie ein

Gemeindezentrum aus – es sieht aus wie eine echt alte Scheune. Und zwar deshalb, weil es eine echt alte Scheune ist! Angeblich die älteste erhaltene Scheune in London. Nur wird sie nicht mehr als Scheune benutzt, sondern das Bezirksamt hat sie zusammen mit den anderen alten Hofgebäuden gekauft und in Versammlungsräume, Büros und so weiter umgewandelt. Aber es sieht immer noch total schön aus, mit Eichenbalken an den Decken und einem Ententeich im Hof und dieser total urigen Teestube, die *Cow Pat* oder *Cow Byre* oder so ähnlich heißt. Sie liegt neben dem Gebäude, das früher einmal das Bauernhaus war.

Na, wie auch immer, der Theater-Workshop findet jedenfalls in der Scheune links vom Ententeich statt (wenn man von der Straße darauf zukommt. Wenn man vom Parkplatz kommt, ist es links). Ich war schrecklich nervös, weil ich doch Angst hatte, dass der Ton-Zerstörer uns gefolgt war und das alles. Und als ich dann wirklich in die Scheune hineingegangen bin, wurde es noch schlimmer, denn alle anderen Jugendlichen waren schon da, und keiner von ihnen hatte seine kleine Schwester dabei, also starrten sie mich alle an. Es war echt peinlich, und ich konnte spüren, wie meine Wangen brannten und brannten. Aber dann kam Debbie, die Workshop-Lehrerin, zu mir herüber, und sie lächelte und war echt freundlich, überhaupt nicht wie die Lehrer an der Ruislip Gardens High, und sie hat mich nach meinem Namen gefragt. Und dann kam Jessica zu uns, hat auf Michaela gezeigt und mit total lauter Stimme gefragt: »George, warum hast du denn die mitgebracht? Du weißt doch, es ist nur für Zwölf- bis Sechzehnjährige.« Ich konnte Debbie nicht mal ansehen, so peinlich war es mir. Ich starrte einfach auf den Boden und murmelte: »Ich heiße Georgie«, aber das »ie« sagte ich richtig laut. Und dann ließ Debbie glücklicherweise alle anderen ein paar Dehn- und Streckübungen machen, ehe sie wieder zu mir kam. Ich erklärte ihr, dass ich auf Michaela aufpassen musste, weil meine Mutter arbeiten war, dass Michaela aber ein wirklich liebes Kind ist und keine Probleme machen würde und dass ich jede Menge Spielsachen mitgebracht hatte, mit denen sie spielen konnte. Debbie stand einen Moment lang einfach nur so da, runzelte die Stirn und dachte darüber nach, und plötzlich sagte Michaela: »Du siehst genau wie eine Prinzessin aus.« Und dann fing Debbie an zu lachen und sagte: »Also, in Ordnung, warum eigentlich nicht?« Manchmal liebe ich Michaela einfach.

So, nachdem Debbie sich meinen Namen, mein Alter, die Schule, auf die ich gehe, und das ganze Zeug aufgeschrieben hatte, richteten wir vorn bei der Bühne einen kleinen Platz zum Spielen für Michaela ein und machten dann jede Menge Schauspielübungen. Ich habe ja nie gewusst, dass Schauspielern solchen Spaß macht! Zuerst haben wir ein Spiel gespielt, bei dem wir alle in der Halle herumgehen mussten, und Debbie rief uns zu: »Jetzt sind wir alle mal ein ...«, und dann nannte sie verschiedene Dinge, zum Beispiel »ein Elefant!« oder »ein Baum« oder »eine Ballerina«, und wir mussten weitergehen und dabei so tun, als wären wir das. (Michaela fand dieses Spiel ECHT toll!) Danach ließ Debbie uns die Anweisungen geben. Ich rief: »Wir sind jetzt alle mal Leute, die gerade gehört haben, dass sie im Lotto gewonnen haben.« (Das spiele ich oft, wenn ich zu Hause bin LOL!) Jessica rief: »Jetzt sind wir alle mal Supermodels« – die Jungs haben es gehasst. Dann rief dieser total wild aussehende Junge namens Dread (Drohung), was er aber Dred schreibt (ich wette, das ist nicht sein richtiger Name): »Jetzt sind wir alle besoffen.« Alle anderen fanden das zum Schreien komisch, nur ich nicht. Ich mag keine Besoffenen. Ich finde, sie sind traurig, nicht komisch. Aber natürlich habe ich nichts gesagt, und sowieso hat Debbie gleich danach eine andere Übung angekündigt. Dieses Mal mussten wir alle Paare bilden, und einer von uns musste so tun, als wäre er das Spiegelbild des anderen. Ich musste Jessicas Spiegelbild sein, und das war echt schwierig, weil sie total schlechte Laune hatte. »Warum musstest du denn Michaela mitbringen?«, zischte sie mir zu, während sie so tat, als würde sie sich die Haare kämmen. Ich tat so, als würde ich meine eigenen Haare kämmen (obwohl meine nicht im Entferntesten so lang, so blond oder so hübsch sind wie ihre). »Mir blieb nichts anderes übrig«, zischte ich zurück. »Meine Mutter und Tony arbeiten.« Jessica stieß einen langen Seufzer aus und schüttelte den Kopf. Dann sagte sie: »Wieso siehst du denn so elend aus?« Ich hatte nicht den Mut, ihr zu sagen, dass ich doch versuchte, ihr Spiegelbild zu sein! Aber dann, als wir alle zusammengerufen wurden und uns im Kreis hinsetzen sollten, wurde mir klar, warum sie so schlecht gelaunt war. Jamie Phelps war nicht gekommen. Ich glaube, Jessica kam überhaupt nur zu diesem Workshop, weil sie hoffte, er würde da sein. Obwohl sie sagt, wenn sie kein Supermodel werden kann, wird sie eben Schauspielerin. Als Nächstes hat uns Debbie etwas übers Theater erklärt und dass sie will, dass wir alle in den nächsten drei Wochen jede Menge Spaß haben und dass uns Bugsy Malone bestimmt gefallen wird. Und dass wir zwar viel arbeiten müssen, aber dass es das alles wert gewesen sein wird, wenn wir am letzten Abend das Stück für unsere Eltern auf die Bühne bringen. Ich gebe mir Mühe, an diesen Teil nicht zu denken. Wie soll ich denn meine Mum und den Ton-Zerstörer zu der Vorstellung einladen, obwohl sie mir beide gesagt haben, dass ich nicht zu dem Workshop gehen darf?

Als Nächstes mussten wir der Reihe nach verschiedene Emotionen darstellen, und die anderen mussten raten, was für Gefühle wir spielten. Ich versuchte, aufgeregt zu wirken, was aber wirklich nicht geklappt hat, denn die meisten Leute riefen: »Schockiert!«, und Dred brüllte: »Du hast einen Anfall!« – der blöde Schlangster. (Das ist übrigens mein Ausdruck für Jungs wie ihn – Jungs, die glauben, sie wären echt hart drauf, und die sich wie Gangster anziehen, in Wirklichkeit aber nur total schlampig aussehen, während sie der ganzen Welt ihre Unterhosen zeigen.) Bei Jessica, die gelangweilt spielte, haben alle richtig geraten, denn sie machte es total realistisch! Aber dann, kurz vor der Mittagspause, tauchte endlich Jamie Phelps auf, und Jessica war ein anderer Mensch. Ist es nicht komisch, wie manche Leute wie menschliche Zusatzstoffe wirken? Als Jamie hereinkam, war es, als würde der ganze Raum plötzlich hell, und in alle kam auf einmal viel mehr Leben. Es war nicht nur bei Jessica und den anderen Mädchen so, sondern auch bei den meisten Jungs. Und dabei war es nicht mal so, dass er irgendetwas gemacht hat. Ich glaube, es ist einfach seine Art. Er hat dieses ganz dichte dunkle Haar, das er sich nach vorn bis über seine Wangenknochen kämmt, und dazu diese großen dunkelbraunen Augen, die immer von irgendetwas zu träumen scheinen – von irgendetwas, das viel schöner ist. Und er geht auch anders als alle anderen, mit den Händen in den Taschen und dem Kopf irgendwie so zur Seite geneigt. Vielleicht lieben ihn deshalb alle so sehr, weil sie herausfinden wollen, was sein Geheimnis ist, und weil sie alle ein Teil davon sein wollen. Sogar Debbie schien zu kichern und herumzuhüpfen, nachdem er gekommen war, und sie war nicht mal böse darüber, dass er anderthalb Stunden zu spät war.

In der Mittagspause durften die anderen Teilnehmer nach draußen gehen und auf dem Gras beim Ententeich herumhängen, aber Debbie sagte, Michaela und ich müssten in der Halle bleiben, weil Michaela noch zu klein war. Es hat mir aber echt nichts ausgemacht, ich war einfach nur froh, dabei zu sein. Dann, am Nachmittag, ließ uns Debbie der Reihe nach ein Lied unserer Wahl singen. Jessica war natürlich super. Sie hat jeden Donnerstagabend Gesangunterricht, denn wenn sie es als Supermodel oder als Schauspielerin nicht schafft, will sie Popstar werden. Und Jamie war fantastisch, er hat eine echte Rock-Star-Stimme, und er hat einen Song gesungen, den er selbst geschrieben hat, darüber, dass er in einem Gefängnis gefangen ist, »wo die Luft so kalt wie Eis ist und Furcht mein Herz packt wie eine Sünde, Sünde, Sünde.« Jessica sagt, er ist mit ein paar seiner Kumpels schon in einer Band und er ist ihr Lead Singer und Gitarrist. Ich bin sicher, Debbie gibt den beiden die Hauptrollen, sie waren bis jetzt definitiv die besten Sänger. Jessica sagt, wenn sie die Blousey spielen darf und Jamie den Bugsy, dann wird sie in ihrem ganzen Leben Gott nie wieder um etwas bitten.

Ich war als Letzte mit Singen dran, und irgendwie hoffte ich, ich würde es gar nicht mehr machen müssen, denn es war wirklich schon fast Zeit, nach Hause zu gehen. Eine Menge anderer Leute fing an, sich zu langweilen, was mich ein bisschen gestört hat, denn sie unterhielten sich und alberten herum, und als ich das erste Mal versuchte zu singen, kam meine Stimme als Quieken heraus. Dann schrie Debbie Dred und seine Freunde an, sie sollten aufhören herumzublödeln, alle sollten leise sein und mir ein bisschen Respekt zeigen. Aber das hat es nur noch schlimmer gemacht, denn da stand ich nun total alleine auf der Bühne, jeder starrte mich an, und es war SO peinlich. Ich verspürte wirklich auch den Drang zu kichern – nicht weil es komisch war, denn das war es ÜBERHAUPT NICHT –, aber weil ich es echt nicht machen wollte. Und das Schlimmste war, dass der Song, den ich ausgesucht hatte, *Wonderful Tonight* war, der, den mein Vater an dem Abend, an dem sie sich kennengelernt hatten, für meine Mutter gesungen hat, und das ist ein echt langsames Liebeslied und kein bisschen komisch. Also machte ich, was ich immer mache, wenn ich versuche, nicht zu lachen, ich dachte an meinen Vater. Aber statt ihn zu sehen, wie er auf der Straße lag und starb und so weiter, sah ich ihn dieses Mal hinter dem Vorhang neben der Bühne stehen. Und er lächelte mich liebevoll an, wie er es immer tat. Dann sah ich, wie er die Lippen bewegte, und ich bin sicher, dass ich ihn flüstern hörte: »Na los, Georgie, du schaffst das!« Ich schloss also die Augen und sang, als würde ich nur für ihn singen. Ich ließ meine Augen geschlossen, bis ich das Ende des Songs erreicht hatte, und als ich sie öffnete, sah ich sie alle dort in völliger Stille sitzen, und Debbie schniefte und rieb sich die Augen. Also sagte ich: »Ähhh, ich bin fertig«, und sie sagte: »Ja, ich weiß, danke, das war sehr schön.« Und dann fingen alle an, richtig laut zu klatschen, und einer (ich glaube, es war Jamie) stieß einen total lauten Pfiff und einen Jubelruf aus!!! Oh Nan, es war so unglaublich! Hinterher kamen ganz viele von den anderen zu mir und sagten, wie toll ich gesungen habe, und sogar Dred, der Schlangster, nickte mir zu, als wir gingen. War es so für dich, wenn du auf der Bühne gestanden hast? Ich habe wieder nach dir gegoogelt (also vergiss nicht, es deinem Freund Ricardo zu erzählen!), und ich habe gesehen, dass du einen Preis gewonnen hast, als du Lady Macbeth gespielt hast, also musst du doch tonnenweise Applaus bekommen haben. Man fühlt sich dabei so unglaublich, stimmt's? So als ob man alles tun oder sein könnte.

Ich hoffe, dein Essen am Sonntag war okay. Vielleicht könntest du deinen Freunden ja vorschlagen, das nächste Mal etwas anderes zu machen? Etwas, das du mit deinem Mann nie gemacht hast, zum Beispiel Bowling oder ins Kino gehen. Dann tut es vielleicht nicht so weh.

Oh nein – die Computerzeit ist fast vorbei. Ich erzähle dir morgen, wie das Vorsprechen gelaufen ist. Ich hoffe, ich muss nicht wieder kichern oder quieken ;)

Das Symbol soll übrigens ein Smiley sein, der einem zuzwinkert – man muss sich allerdings den Hals verrenken, um es zu erkennen!!!

Alles Liebe, deine Mailfreundin,
Georgie xxx

PS: Meinst du, es ist okay, wenn ich Speiseöl für meine Haare benutze? Wir haben kein Olivenöl. Als ich den Ton-Zerstörer gefragt habe, ob wir welches besorgen können, hat er gesagt, Olivenöl ist für schmierige Itacker – was immer das heißen soll!

Von: nancyblue@aol.com
An: georgieharris@hotmail.com
Betreff: Re: Der beste Tag aller Zeiten – Teil Zwei
Datum: Montag, 31. Juli, 18:42

Liebe Georgie,
ich war gerade online und habe mich über Botox-Injektionen informiert (man nimmt ja wirklich etwas auf sich, wenn man in Erwägung

zieht, sich die Stirn lähmen zu lassen, um jünger auszusehen), als deine Nachricht mit einem Ping in meiner Inbox landete. Wie wunderbar aufregend!!! Der Himmel scheint dir wirklich zuzulächeln, und ich bin so froh darüber, Liebling, denn das ist nicht mehr, als du verdient hast. Und was für eine schöne Idee, an deinen Vater und Bruce zu denken, wie sie da oben zusammensitzen und auf uns beide hinunterlächeln. Ich denke, ich werde fortan auch daran glauben. Und ich bin sicher, die beiden verstehen sich bombig!

;) ;)
– das sind Bruce und dein Vater, wie sie grinsen und uns zuzwinkern!

Dein Gesang hat also deine Lehrerin zu Tränen gerührt? Etwas lässt mich glauben, dass du diesmal nicht nur als Chormitglied oder einer der Bestattungsunternehmer ausgewählt wirst, Liebling. Ach, es ist alles so aufregend, und ich kann es kaum erwarten, zu hören, wie es für dich weitergeht. Ich antworte, so schnell ich kann, nur für den Fall, dass du noch online bist, denn ich wollte dir einen Rat geben. Als jemand, der mehr als nur ein paar Castings mitgemacht hat, gebe ich dir meinen Spitzen-Tipp: Geh schon vorher »in die Stimmung hinein«. Für Sportler ist das ähnlich, wenn sie sich auf eine Veranstaltung vorbereiten – sie konzentrieren sich ganz und gar auf den Sieg und denken sonst an nichts anderes. Wenn du auf der Bühne stehst, musst du buchstäblich zu der Figur, die du spielst, werden. Sobald du die Rolle, die du zum Vorsprechen lesen sollst, bekommst – verwandle dich in sie. Denk an die Eigenheiten und die Körpersprache, die die Figur benutzen würde. Überleg dir, *wie* sie sprechen würde, nicht nur, was sie sagt. Und am allerwichtigsten – mach es genauso, wie du es heute gemacht hast, blende alles andere aus und genieße es. Viel Glück, Georgie, Liebling. Ich sende das hier jetzt gleich ab, damit die Chance besteht, dass du es noch bekommst, bevor du die Bücherei verlässt.

Alles Liebe,
Nan xx

PS: Ich bin nicht sicher, ob Speiseöl genauso gut wirkt wie Olivenöl, aber du kannst es ja mal versuchen!

PPS: Klimax ist der aufregende Höhepunkt am Ende einer Geschichte.

PPPS: Mein Computer steht in Bruces Büro – einem Zimmer im Dachboden mit schrägen Wänden und Blick aufs Meer. Es ist so unglaublich friedlich hier oben. Manchmal, wenn ich die Fenster offen habe, fühlt es sich an, als würde ich auf einer Wolke sitzen, besonders, wenn eine Möwe vorbeifliegt und nach ihren Gefährten ruft.

Von: georgieharris@hotmail.com
An: nancyblue@aol.com
Betreff: Re: Re: Tollster Tag aller Zeiten – Teil Zwei
Datum: Montag, 31. Juli, 18:46

Danke!!!!
Gx

Von: nancyblue@aol.com
An: georgieharris@hotmail.com
Betreff: Guten Morgen
Datum: Dienstag, 1. August, 07:03

Liebe Georgie,
ach, meine Liebe – ich fürchte, ich muss einer der ungeduldigsten Menschen auf der ganzen Welt sein, und zu warten, bis ich erfahre, wie dein Vorsprechtermin gelaufen ist, bringt mich um den Verstand!! Um alles noch schlimmer zu machen, ist es erst sieben Uhr früh, du bist also noch nicht mal beim Workshop gewesen, aber ich

konnte nicht schlafen und es ist so ein herrlicher Morgen, also bin ich vor einer Stunde aufgestanden und mit Woodstock hinunter zum Strand gegangen, um zu sehen, wie die Sonne über dem Meer aufgeht. Um ehrlich zu sein, fällt es mir in diesen Tagen schwer, in den Schlaf zu finden. Das Bett scheint ohne Bruce so weit wie die Wüste zu sein und so verdammt leer, ganz egal, wie viele Kissen ich verdammt noch mal an mich drücke. Ich habe übrigens überhaupt nichts gegen Mädchen, die fluchen – wenn wir nicht fluchen würden, würden wir irgendwann einen Mord begehen, davon bin ich überzeugt. So oder so scheine ich derzeit die meiste Zeit damit zu verbringen, mir zu wünschen, ich wäre im Bett, wenn ich wach bin, und mir zu wünschen, ich wäre wach, wenn ich im Bett bin. Allerdings wird es gerade ein bisschen leichter, wach zu sein und etwas zu unternehmen. Ich stelle fest, dass ich gute und schlechte Tage habe. Natürlich waren am Anfang alle Tage schlecht – tatsächlich haben sie sich überhaupt nicht wie Tage angefühlt, sondern wie ein einziger langer Tunnel aus Schock und Verzweiflung. Bruces Tod kam so plötzlich, musst du wissen. Nicht so plötzlich wie der von deinem Vater, aber sein Krebs war keiner, der lange fackelte – irgendwie ironisch, denn Bruce war ja auch so ein schneller Zünder. Vielleicht sind Krankheiten wie Hunde und finden Besitzer, die zu ihnen passen? Woodstock ist ohne Zweifel wie ich – eine dramatische Diva, die Publikum liebt. Wie auch immer, in seiner typischen hyperaktiven Art war Bruce einen Monat nach seiner Diagnose tot. Anfangs musste ich also noch mit dem Schock zurechtkommen, dass er ernsthaft krank war, von seinem Tod ganz zu schweigen. Aber in letzter Zeit habe ich begonnen, hier und da einen guten Tag zu durchleben. Natürlich ist keiner davon so gut wie zu der Zeit, als er noch hier war, aber zumindest kann ich sie überstehen, ohne allzu viel zu weinen, und manchmal bin ich sogar recht froh, noch hier zu sein. Ich denke, heute ist einer von den besseren Tagen. Die Sonne sah so schön aus, wie sie hinunter auf das Meer schien und es wie Blattgold aufleuchten ließ, und die Kiesel des Strandes glänzten davor wie Ufer aus Bernstein. Ich stand einfach nur da, sog alles in mich auf und war dankbar dafür, solche Schönheit erleben zu dürfen, obwohl Bruce nicht da war, um sie mit mir zu teilen. Ich hoffe, auch da, wo du bist, scheint die Sonne. Und ich hoffe, du wachst auch mit sonnigen Gedanken auf. Ich denke, ich hole nachher vielleicht sogar meine Aquarellfarben heraus und male ein bisschen im Garten – alles, um mir die Zeit schneller zu vertreiben, bis ich von dir Neues erfahre! Vielleicht backe ich auch einen Kuchen. Dylan und Bruce haben meine Kuchen immer geliebt, ganz besonders meinen weltbesten Butterkuchen. Es ist wirklich komisch, dass man, wenn man allein lebt, aufhört, schöne Dinge zu tun, weil es sich nicht mehr zu lohnen scheint. Aber warum denn nicht? Was für ein trauriger Zustand ist es denn, wenn man denkt, man selbst sei es nicht wert, verwöhnt zu werden? Weißt du was? Ich werde sogar losziehen und mir ein paar Blumen kaufen. Ich werde an dich denken, Liebling, und dir jede Menge Gedankenströme senden, die Glück bringen.

Alles Liebe,
Nan xx

Von: georgieharris@hotmail.com
An: nancyblue@aol.com
Betreff: Hipp, hipp, hurra!
Datum: Dienstag, 1. August, 17:11

Oh Nan, ich bin so aufgeregt! Ich kann kaum sprechen oder schreiben oder irgendwas machen, außer mich selbst zu umarmen und mich zu fragen, ob das alles ein Traum ist und ich jeden Moment aufwache und der Ton-Zerstörer sich den haarigen Bauch kratzt und mir sagt, ich soll ihm irgendwas machen, und alles, worauf ich mich freuen kann, ist ein Tag voller Hausarbeit und darauf, angebrüllt zu werden.

Ich habe auch ein bisschen Angst. Und ich mache mir ein bisschen Sorgen. Okay – große Sorgen. Tut mir leid, dass ich so lange gebraucht habe, um dir zu mailen, aber nach dem Workshop musste ich heute Nachmittag direkt nach Hause gehen, denn der Ton-Zerstörer wollte mit Michaela seine Mutter besuchen. Heute habe ich ihm erzählt, wir würden mit Jessica und ihren Eltern ins Kino gehen, sodass wir nicht vor Viertel nach vier zu Hause sein würden. Ich hatte schreckliche Angst, er würde nein sagen, aber dann hat Michaela ihn angebettelt, uns gehen zu lassen, also musste er nachgeben. Auf dem Weg zum Workshop habe ich Michaela zwei Tüten Gummibärchen gekauft, um mich bei ihr zu bedanken.

Nach ein paar Aufwärmübungen teilte Debbie uns in Vierergruppen ein. Jessica, ich, Dred und Jamie waren alle in derselben Gruppe, und wir mussten abwechselnd die Rollen von Blousey und Bugsy in der Szene lesen, in der sie sich zum ersten Mal begegnen. Jessica und Jamie waren spitze, aber als Dred und ich an der Reihe waren, hat er mich ständig aus dem Konzept gebracht, indem er seinen Text mit einer wirklich dämlichen Gangsterstimme las. Ich weiß, es ist ein Stück über Gangster, aber es spielt in Amerika, nicht in London, und am Ende jeder Zeile fügte er etwas wie »Verstehste, was ich meine?« oder »Nee, wa?« ein. Ich versuchte, in die Stimmung hineinzugehen, wie du es mir geraten hast, aber es hat mich echt abgelenkt, denn er hat ja nicht mal gesagt, was er sagen sollte. Und dann, als wir zum Ende der Szene kamen, in der er sagt: »Freut mich, dich kennenzulernen« und mir die Hand schütteln soll, versuchte er, mir High five zu geben, und brüllte dann »Respekt, Mann!« so laut, dass ich vor Schreck richtig zusammengezuckt bin. Danach sagte Debbie, wir sollen die Partner tauschen, und Jamie Phelps und ich mussten Bugsy und Tallulah spielen, in der Szene, in der sie ihn auf die Stirn küsst! Ich konnte es nicht glauben – und das Ganze auch noch vor Jessicas Augen! Am Anfang war mir alles total peinlich, aber dann habe ich es endlich geschafft, zu tun, was du mir geraten hast: Ich versetzte mich in die Stimmung und habe Jessica ÜBERHAUPT NICHT angesehen. Jamie machte es mir leichter, denn er hat seinen ganzen Text richtig gesprochen, und ehrlich gesagt war es richtig gut für einen, der herumläuft, als wenn er sich um nichts wirklich kümmert. Hinterher habe ich mich allerdings schrecklich gefühlt vor allem, als Jessica diesen furchtbaren Schlangster Dred küssen musste. Sie schäumte vor Wut und gab ihm eher eine Kopfnuss als einen Kuss. Nach dem Vorsprechen hatten wir unsere Mittagspause. Jessica stürmte augenblicklich mit den beiden Kates hinaus an den Ententeich, und ich konnte nicht hinter ihr herlaufen und mich bei ihr entschuldigen, denn ich musste ja mit Michaela drinnen bleiben.

Michaela wollte auch einmal auf der Bühne stehen, also tat ich so, als ob ich sie vorsprechen ließe, und forderte sie auf, mir ihr Lieblingslied von Tigger aus Winnie Pooh vorzusingen. Kaum war sie fertig, hörte ich hinter mir eine Stimme: »Das Gesangstalent liegt also in der Familie, ja?« Und als ich mich umdrehte, stand Jamie Phelps unten vor der Bühne und lächelte irgendwie unter seinem langen Pony hervor. Sofort begannen meine Wangen zu brennen. Ich hasse mein Gesicht total, wenn das passiert. Es ist, als würde ein Teil meines Körpers gegen mich rebellieren und hätte Spaß daran, mich in den peinlichsten Momenten in Verlegenheit zu bringen! Ich versuchte, es zu verbergen, indem ich mich abwandte, was total unhöflich gewirkt haben muss, aber ich wollte nicht, dass er dachte, ich fände ihn toll oder so was, denn natürlich tue ich das nicht, aber meine Wangen scheinen irgendeinen abgedrehten Eigenwillen zu haben. Ich hörte ein klapperndes Geräusch, und als ich mich umdrehte, war Jamie hinter mir auf die Bühne geklettert. Und dann hat er Michaela gefragt, ob sie den Tigger-Tanz tanzen könnte, und das Nächste, was ich sah, waren die beiden, wie sie vereint über die Bühne hopsten und: »Hihihihi!« riefen. Und als sie an mir vorüberhüpften, packte er meine Hand und sagte: »Na komm – mach mit.« Also hopsten wir alle drei wie die Verrückten herum, und es war total merkwürdig, denn ich hätte in einer Million Jahren nicht gedacht, dass so ein cooler Typ wie Jamie überhaupt weiß, wer Tigger ist, geschweige denn, dass er ihn spielen würde. Sogar als Michaela so tat, als wäre sie ein Heffalump (das sind die Monster in Winnie Pooh), und versuchte, ihn bei lebendigem Leibe aufzufressen, machte es ihm nichts aus. Er guckte mich nur an und lachte, und dann tat er so, als wäre er tot. Er ist wirklich ein guter Schauspieler, aber natürlich nicht so gut wie Dylan! Dann tat Michaela so, als würde sie mich beißen, also legte ich mich neben Jamie und tat so, als wäre ich auch tot. Und als ich aus dem Augenwinkel zu ihm herüberspähte, sah er mich an und lächelte. Aber es war ein nettes Lächeln, nicht diese verscheißernde Art, die Jungs normalerweise draufhaben. (Ich bin ja so froh, dass es dir nichts ausmacht, wenn Mädchen Schimpfworte benutzen!) Und dann, gerade als ich anfing zurückzulächeln und dabei hoffte, dass meine Wangen nicht explodieren würden, hörte ich hinter mir jemanden laut husten, und Jessica sagte: »George, was zum Teufel machst du denn da?« Jamie sprang sofort auf, fuhr Michaela durchs Haar und sagte mit seiner rauen Stimme: »Ich gehe nach draußen.« Ich stand so schnell wie möglich auf und fing an, Jessica das Spiel zu erklären, aber sie hatte sich bereits umgedreht und lief hinter Jamie aus der Scheune. Danach saßen Michaela und ich einfach nur still am Bühnenrand, und ich erzählte ihr eine Geschichte über eine Prinzessin, die allergisch gegen Küsse war und deshalb wirklich traurig war, denn sie konnte ihren Prinzen nicht heiraten. Aber die ganze Zeit konnte ich nicht aufhören, an Jamie und Jessica zu denken und an das, was gerade passiert war. Und dann fragte Michaela: »Ist Jamie dein Prinz?« – »Wovon redest du denn?«, fragte ich. »Natürlich ist er das nicht.« Und sie fragte: »Aber warum hast du ihn vorhin denn geküsst?« Kinder, Kinder.

Ich dachte, Jessica würde nach der Mittagspause wieder total schlecht gelaunt sein, aber sie war völlig in Ordnung. Sie kam gleich zu mir herüber, setzte sich neben mich, und ich konnte Zigarettenrauch gemischt mit ihrem Parfüm riechen. Sie lächelte mich fortwährend an, mit diesem wissenden kleinen Lächeln, als wüsste sie ein echt cooles Geheimnis. Vielleicht hatte Jamie ihr eine Zigarette gegeben, und vielleicht ist noch etwas anderes passiert, ich weiß es nicht. Aber dafür weiß ich etwas anderes – ICH HABE EINE DER HAUPTROLLEN BEKOMMEN!!!

Kannst du es fassen? Nach der Mittagspause las Debbie die Besetzungsliste vor und fing mit den ganzen kleinen Rollen an, zum Beispiel den Bestattern und den Sängerinnen, und jedes Mal erwartete ich, dass mein Name aufgerufen wurde, aber er kam einfach nicht. Dann kam sie zu den größeren Rollen, und noch immer wurde ich nicht erwähnt. Zu diesem Zeitpunkt war ich ernsthaft der Meinung, sie hätte mich total vergessen, und dann dachte ich, sie würde mich bitten, nicht mehr wiederzukommen, weil ich Michaela nicht mehr mitbringen durfte. Bei dem Gedanken ist mir wirklich übel geworden, umso mehr, als Jessica die Rolle der Tallulah bekam. Aber dann wurden die Dinge wirklich merkwürdig, denn Dred war als Fat Sam vorgesehen – obwohl er bei seinem Vorsprechen alles in den Sand gesetzt hatte!! Und dann sagte Debbie ganz schnell: »Blousey – Georgie Harris und Bugsy – Jamie Phelps.« Ich war total schockiert. Sie hatte mich als Blousey ausgesucht! Eine der größten Rollen in dem ganzen Stück. Und dann noch dieselbe Rolle, die du auch gespielt hast! Wie frostfrei ist das denn? Der Erste, den ich sah, als ich aufblickte, war Jamie, und wieder schickte er mir dieses wirklich nette, halbe Lächeln. Ich machte mir ein bisschen Sorgen darüber, wie Jessica es aufnehmen würde, weil ich ja wusste, dass sie die Blousey echt gern spielen wollte, aber ihr ging es gut. Vielleicht hatte Jamie sie in der Mittagspause endlich gefragt, ob sie sich mit ihm treffen wollte? Auf dem Heimweg sagte sie, sie wäre »super zufrieden«, die Tallulah zu spielen, weil es die beste Rolle war, um ihr Gesangs- und Schauspieltalent vorzuführen, denn sie hat ein längeres Solo als Blousey. Mir macht es nichts aus, ich mag Blouseys Song lieber, auch wenn er kürzer ist. Er steckt so voller Inhalt und Gefühl, und glaub mir, ich weiß alles darüber, ein »Ordinary Fool« – eine gewöhnliche Idiotin – zu sein. Und ich freue mich einfach so sehr, weil ich einmal eine große Rolle bekommen habe. Und Angst habe ich auch. Aber ich versuche, jetzt noch nicht an die tatsächliche Aufführung zu denken. Es hat ja keinen Sinn, sich deswegen Sorgen zu machen, oder? Irgendwie werde ich es schon schaffen. Und Michaela bringe ich dazu, den Mund zu halten. Und ich werde meinen ganzen Text lernen. Oh Gott, es gibt so viel, über das man sich Sorgen machen kann. Aber nicht heute. Heute werde ich feiern.

Auch hier war es die ganze Zeit wirklich sonnig, und es ist komisch, denn auf dem Weg in die Bücherei habe ich mir alle Bäume am Rand des Parks angesehen, wie die Sonne in dünnen Strahlen aus Gold durch ihre Kronen schien, als würde sie durch die Lücken zwischen den Blättern gesiebt. Es war total hübsch, und ich war so glücklich – genau wie du heute Morgen. Es tut mir aber total leid, dass du nicht schlafen kannst. Weißt du, was ich mache, wenn ich nicht schlafen kann? Ich rede mit meinem Dad. Nicht laut, denn dann würde ich Michaela aufwecken, aber in meinem Kopf. Ich mache meine Augen richtig fest zu und stelle mir vor, dass er neben mir im Dunkeln sitzt. Und dann erzähle ich ihm das ganze Zeug, das ich auf dem Herzen habe. Und das Beste ist, dass ich wenn ich mich nur genug konzentriere, hören kann, was er sagt. Du solltest es mit deinem Mann mal ausprobieren. Wenn du dich zwischen deinen Kissen einkuschelst, solltest du dir vorstellen, dass die Kissen dein Mann sind, und dann erzählst du ihm all die Sachen, die dich belasten, und wartest ab, was passiert. Warte ab, ob du hören kannst, wie er dir antwortet.

Ich hoffe, du hast dir Blumen gekauft. Ich liebe Blumen. Sie geben mir immer das Gefühl, innerlich ganz hell und sonnig zu sein, vor allem Gänseblümchen. Als ich klein war, hat Angelica mir jedes Mal, wenn wir in den Park gegangen sind, Gänseblümchenketten gemacht. Sie hat eine gemacht, die sie mir wie eine Krone auf den Kopf gesetzt hat, und eine für meinen Hals und eine kleinere für mein Handgelenk. Als ich klein war, habe ich mir gewünscht, ich würde Daisy – Gänseblümchen – heißen. Das ist so ein hübscher Name – nicht so wie Georgie. Ich habe sogar auf die Innenseite all meiner Bücher geschrieben: »Dieses Buch gehört Daisy Harris.« Inzwischen macht es mir nicht mehr so viel aus, Georgie zu heißen, solange mich gewisse Leute nicht George nennen!

Ich hatte gerade eine Idee. Ich werde in den Park gehen und eine Gänseblümchenkette für meine Mum machen, und wenn sie von der Arbeit nach Hause kommt, setze ich sie ihr auf den Kopf, kröne sie als Prinzessin Angelica und erzähle ihr, dass ich sie von Kopf bis Fuß bedienen werde, weil sie eine wunderschöne Prinzessin ist und keine Arbeit tun darf. Aber als Parasit werde ich sie nicht bezeichnen!! LOL!

Ich hoffe, du hattest einen schönen Tag und vielen Dank für deinen frostfreien Rat wegen des Vorsprechens – es hat sich wirklich ausgezahlt. Wenn du einen Rat hättest, wie ich die Blousey spielen soll, wäre ich dir echt dankbar. Morgen maile ich dir wieder mit den neuesten Neuigkeiten von den Proben. Wie kommt Dylan eigentlich in Amerika mit seinem Film zurecht? Ich wette, du vermisst ihn.

Alles Liebe von deiner Mailfreundin
Georgie xx

Von: nancyblue@aol.com
An: georgieharris@hotmail.com
Betreff: Hurra!!!
Datum: Dienstag, 1. August, 23:48

Liebste Georgie,
ach, du meine Güte! Ich bin während einer besonders langweiligen Folge von *Murder She Wrote* eingeschlafen. (Wann kommen die wohl endlich dahinter, dass es diese dumme alte Schachtel selbst ist, die all diese Morde begangen hat? Wo immer sie hingeht, hinterlässt sie eine Spur aus Leichen.) Jetzt ist es eine Viertelstunde vor Mitternacht, und erst jetzt habe ich endlich deine Mail und deine fantastische Neuigkeit gelesen. DU HAST DIE BLOUSEY BEKOMMEN!!! Ich bin ja so stolz auf dich, Liebling, und so aufgeregt! Ich hatte das Gefühl, dass irgendetwas in der Art passieren würde, als du mir von

der Reaktion deiner Lehrerin auf deinen Song am Tag zuvor erzählt hast. Okay, jetzt muss ich mich zusammennehmen und dir ein paar wirklich frostfreie Ratschläge geben. Blousey ist eine wundervolle Rolle, und du hast völlig recht – ihr Song *Ordinary Fool* ist schön und voller Gefühl.

Wenn ein Schauspieler eine Rolle bekommt, liest er sich normalerweise als Erstes das ganze Skript durch und unterstreicht sich seinen gesamten Text. Dann liest er sich alles noch einmal durch und sucht nach der wahren Motivation hinter jeder Zeile. So mag dir zum Beispiel eine Zeile oberflächlich betrachtet fröhlich und heiter vorkommen, aber wenn du weißt, dass deine Figur sich an dieser Stelle im Stück ein wenig niedergeschlagen fühlt, dann musst du das irgendwie zum Ausdruck bringen, entweder durch die Art, wie du den Text sprichst, oder durch deine Körpersprache. Mach dir in deinem Skript kurze Notizen, die dir helfen, dich zu erinnern, wie du jede Textzeile darstellen willst. Du solltest dir auch Gedanken darüber machen, was deine Figur für alle anderen Figuren empfindet, und dabei sichergehen, dass du das in deiner Darstellung wiedergibst. So zum Beispiel das, was Blousey wirklich für Bugsy empfindet, wenn sie ihn anschreit. Wie kannst du dem Publikum vermitteln, dass sie ihn tief im Inneren liebt? Ich muss ja sagen, dein männlicher Hauptdarsteller Jamie hört sich ziemlich interessant an. Ich bin ja SO froh, dass du nicht mit diesem Dred, der sich schrecklich anhört, zusammen besetzt worden bist. Oh Georgie, ich freue mich ja so sehr für dich. Siehst du – wenn du dir etwas fest genug wünschst, kann es wirklich in Erfüllung gehen!

Heute war ein ziemlich magischer Tag, oder? Es war, als hätte die Sonne heute früh einen Zauber über uns beide gelegt, sodass uns alles gelungen ist. Du hast deine Rolle bekommen, und ich habe tatsächlich einen ganzen Tag verbracht, ohne eine Träne zu vergießen. Ich bin mit Woodstock spazieren gegangen, habe gemalt und einen Zitronenkuchen gebacken, und ich habe mir gelbe Rosen ganz für mich allein gekauft. Und ich war so zufrieden dabei, wie ich es seit

Monaten nicht mehr erlebt habe. Vielleicht waren die Sonnenstrahlen die Wärme von dem Lächeln, mit dem Bruce und dein Vater auf uns hinuntersehen? Ich gehe jetzt ins Bett und werde ausprobieren, was du vorgeschlagen hast. Ich werde mit Bruce sprechen, als ob er noch immer hier bei mir wäre. Und weißt du was, anstatt »Warum?« zu jammern, wie ich es sonst immer mache, werde ich ihm einfach sagen, wie sehr ich ihn liebe.

Gute Nacht, Georgie, und bitte lass mich wissen, wie du in deiner ersten Probe zurechtgekommen bist.

Alles Liebe,
Nan xx

PS: Dylan kommt hinter dem großen Teich fabelhaft zurecht – abgesehen von einem kleinen Unfall, als sie mit einer Art ferngesteuerten Qualle gedreht haben und er einen leichten elektrischen Schlag bekam. Ich weiß – frag mich nicht!

Von: georgieharris@hotmail.com
An: nancyblue@aol.com
Betreff: Katastrophe!!!
Datum: Mittwoch, 2. August, 17:29

Liebe Nan,
die Katastrophe hat zugeschlagen! Ich schreibe dir aus der Bücherei (was für eine Überraschung!) mit einem Ölteppich auf dem Kopf und dem Gewicht eines ganzen Tages voller Demütigungen auf meinen Schultern. Je älter ich werde, desto mehr kommt es mir wie ein Fluch vor, als Frau geboren zu sein. Wir haben nicht nur jeden Monat diese blöde Periode und müssen gekrümmt vor Schmerzen herumhoppeln, nein, wir haben auch noch die grässliche Pflicht, ständig mühelos

schön auszusehen. Ich habe deinen Rat für glänzende Haare gestern Abend ausprobiert – habe etwas Speiseöl benutzt, das ich aus der Küche geklaut hatte, als niemand hingeguckt hat. Der Ton-Zerstörer brät so ungefähr alles, was er zu sich nimmt, in Öl, also wollte ich nicht, dass er mich erwischt, wie ich es benutze. Ich habe gemacht, was du gesagt hast, habe ungefähr eine halbe Tasse voll in meine Haare geschüttet und sie ganz durchgekämmt, bevor ich ins Bett gegangen bin. Morgens sah ich dann aus wie Michelle Price (ein Mädchen in der Schule, mit der niemand spricht, weil sie wie ein Alien redet und nach Urin stinkt. Sie scheint sich auch nie die Haare zu waschen, denn die sind so fettig, dass sie in dunklen Klumpen zusammenkleben, und dazwischen kann man ihre schneeweiße Kopfhaut durchschimmern sehen. Genauso sah ich heute Morgen aus, als ich ins Bad ging und in den Spiegel guckte. Aber ich habe mir keine Sorgen gemacht, denn wenn ich das Öl erst einmal ausgewaschen hätte, würde ich die glänzendsten Haare in ganz Ruislip haben. Ach Nan, wenn das doch nur wahr gewesen wäre. Die traurige Wahrheit ist aber, dass ich die fettigsten Haare von ganz Ruislip (Michelle Price eingeschlossen) behielt, denn unser Wasser funktionierte nicht! In unserer Straße war in der Nacht ein Hauptrohr geplatzt, und die Wasserwerke mussten die Wasserzufuhr für die gesamte Straße sperren. Natürlich wusste ich das alles am Anfang noch nicht. Ich wusste nur, dass ich unter die Dusche ging und das Wasser aufdrehte und nichts passierte. Zuerst habe ich gedacht, die Dusche ist vielleicht kaputt, also bin ich zum Waschbecken gegangen und dachte, ich könnte mir die Haare mit einem Krug ausspülen, wie Mum es macht, wenn sie Michaela die Haare wäscht, doch nein. Ich habe erst den Heißwasser-, dann den Kaltwasserhahn aufgedreht, aber noch immer kam kein Tropfen heraus. Hast du schon einmal einen Moment totaler, völliger Panik erlebt, in dem du einfach nur sterben oder eine unterirdische Höhle in einem tiefen dunklen Wald finden willst, in der du dich für alle Ewigkeit verstecken kannst? Nun, das war einer dieser Momente. Ich stand da und starrte in den Spiegel, auf mein bleiches, zu Tode erschrockenes Gesicht, eingerahmt von dunklen, fettigen Haarklumpen, und einzelne Worte hallten in meinem Kopf wider, als würde der König der Peinlichkeit darin stehen und in ein Megafon brüllen: GENAU WIE MICHELLE PRICE! PROBEN! JESSICA UND DIE BEIDEN KATES! DIE GANZEN ANDEREN JUGENDLICHEN! JAMIE PHELPS! DRED! DEBBIE! SCHANDE! STIRB! OH! MEIN! GOTT!

Irgendwie habe ich es geschafft, Mum aus dem Weg zu gehen, während sie sich für die Arbeit fertig machte, und dabei durchwühlte ich mein Zimmer nach irgendwas, das ich mir um den Kopf wickeln konnte, um mein ekliges Haar zu verstecken. Letzten Endes konnte ich nichts anderes finden als eine verbeulte alte Kappe mit Bärchen vorne drauf, die ich schon habe, seit ich sieben bin. Kannst du dir vorstellen, wie dämlich das aussah? Aber was hätte ich denn machen sollen? Entweder wie ein unreifes Kleinkind aussehen, das Bärchen liebte, oder wie eine fettige alte Flohdecke – ich hatte keine Wahl. Natürlich fand Michaela die Kappe toll und begann zu jammern, dass sie sie aufsetzen wollte. Also musste ich sie mit dem Versprechen, ihr noch mehr Gummibärchen zu kaufen, bestechen. Und dann, gerade als Mum zur Arbeit gegangen war und ich den Mut aufgebracht hatte, einen Fuß vor die Tür zu setzen, parkte der Ton-Zerstörer mit einem Gesicht wie sieben Tage Regenwetter sein Taxi ein. Warum sagt man das eigentlich? Ein Gesicht wie sieben Tage Regenwetter? Zunächst mal ist ja Regen durchsichtig, wie kann also ein Gesicht so aussehen? Und Regen macht ja ein Geräusch, aber wenn jemand ein Gesicht wie Regen hat, prasselt und trommelt es nicht, oder? Es sieht einfach nur echt böse aus. Und der Ton-Zerstörer sah echt böse aus. Eines der hinteren Fenster seines Taxis war eingeschlagen, und als er aus dem Auto stieg, sah ich, dass die Knöchel an seiner rechten Hand aufgeschürft waren und bluteten. Sobald er uns aus der Haustür treten sah, sagte er, wir sollten wieder reingehen, denn er wollte Frühstück haben. Und natürlich wollte er keinen Toast oder irgendetwas Einfaches, nein, es musste ein großes, gebratenes Frühstück sein. Und das kann ich dir sagen, das LETZTE, was ich an diesem Morgen sehen wollte, war noch mehr Speiseöl! Aber natürlich hatte ich keine Wahl. Ich wusste, ich musste tun, was immer er wollte. Während ich anfing, das Frühstück zu machen, ging er nach oben ins Bad, und ein paar Minuten später hörte ich ihn herumbrüllen. Dann gab es einen massiven Knall. Ich habe mich so erschrocken, dass mir der Schinken auf den Boden gefallen ist. Ich dachte, er musste einen Einbrecher entdeckt haben oder so was. Ich stellte den Herd aus und setzte Michaela auf die vordere Veranda, sodass sie schnell flüchten konnte, falls es notwendig war. Dann schlich ich mich so leise wie eine Maus nach oben, um herauszufinden, was da vor sich ging, ohne entdeckt zu werden, damit ich im Notfall die Polizei rufen konnte. Aber da war überhaupt kein Einbrecher. Als ich am Badezimmer ankam, spähte ich durch den Türspalt und sah, wie der Ton-Zerstörer über dem Waschbecken hing und Schimpfwörter ausstieß, die ich hier nicht wiederholen werde, weil sie zu hässlich waren, sogar für Frauen, die sich einig sind, dass Fluchen manchmal unvermeidlich ist. Dann spähte ich an der Tür vorbei auf die andere Seite des Badezimmers und sah, dass überall auf dem Boden Glasscherben lagen. Ich muss laut eingeatmet haben, denn das Nächste, was ich weiß, ist, dass der Ton-Zerstörer aus dem Badezimmer stürzte, knallrot im Gesicht und mit der geschwollenen Ader auf seiner Stirn, die immer, wenn er Stress hat, heraustritt und sich bläht wie die Kehle bei einem Frosch. »Wie lange stehst du schon hier?«, brüllte er mich an, und dann nannte er mich ein »neugieriges kleines Rotzbalg«, was auf so vielen Ebenen einfach falsch war (wie Jessica es ausdrücken würde). Zuerst einmal war ich nicht neugierig, ich habe mir Sorgen gemacht. Zum Zweiten bin ich nicht klein, ich bin vierzehn Jahre alt, und in manchen Ländern, wie zum Beispiel Afrika oder so, wäre ich jetzt schon verheiratet und hätte drei Kinder – auch wenn ich echt froh bin, dass ich es nicht bin! Und zum Dritten bin ich kein Rotzbalg. Ein Rotzbalg verlangt immer, seinen Kopf durchzusetzen, und ich mache das nie. Ich finde mich immer mit allem ab, nur um den Frieden zu erhalten. Wenn ich ein Rotzbalg wäre, hätte ich verlangt, zu meinem Theater-Workshop gehen zu dürfen, statt zu Hause zu bleiben und ihm sein dämliches Frühstück zu machen. Also senkte ich nur den Kopf und sagte: »Ich bin gerade erst gekommen. Ich wollte sehen, ob mit dir alles in Ordnung ist.« Du siehst, ich habe immer noch versucht, nett zu ihm zu sein. Aber natürlich machte das keinen Unterschied. »Aha, so war das also?«, erwiderte er. »Na gut, und würdest du mir jetzt netterweise mal sagen, warum wir kein verf***tes Wasser haben?« Zuerst konnte ich es nicht glauben. War er deshalb so wütend? Hatte er wirklich das Badezimmer kurz und klein geschlagen, weil wir kein Wasser hatten? Ich spähte an ihm vorbei in den Raum, um sicherzugehen, dass ich mir nichts eingebildet hatte, aber die Scherben lagen immer noch auf dem Boden. Ich wünschte allerdings, ich hätte das nicht gemacht, denn als Nächstes zog er mich ins Badezimmer, und inzwischen blutete seine Hand wirklich schlimm, und er sagte: »Du willst dir das mal genauer angucken? Prima, warum machst du es dann nicht sauber?« Jetzt, wo ich drinnen war, konnte ich sehen, woher die ganzen Scherben kamen – er hatte die Duschtür eingeschlagen. Mir war ein bisschen übel, aber ich wollte nichts sagen oder ihn auch nur ansehen, also fing ich an, die Scherben aufzusammeln und sie auf den Wäschekorb zu legen. Und die ganze Zeit über wusste ich, dass er da immer noch stand, denn ich konnte ihn atmen hören, total komisch, als wäre er gerade ein Rennen gelaufen oder so was. Dann hörte ich einen wimmernden Laut von unten, und mir fiel ein, dass Michaela draußen auf der Veranda saß. Aber es war in Ordnung, denn der Ton-Zerstörer hörte sie auch und ging sofort nach unten. Ich hatte wirklich Angst, dass er wütend auf sie sein würde, weil sie ein Geräusch gemacht hatte, aber das war er nicht. Ich schlich mich auf den Treppenabsatz und hörte, wie er in einer netten, sanften Stimme sprach, die er extra für sie reserviert, und er erzählte ihr, dass eine total riesige Spinne im Badezimmer gewesen war und dass sie giftig war und er Angst gehabt hatte, sie könnte uns töten. Ist es nicht komisch, wie man mit den richtigen Worten die Wahrheit einer Sache total verändern kann? In diesen wenigen Sätzen wurde der Ton-Zerstörer vom rasenden Duschen-Zertrümmerer zum heldenhaften Kinder-Retter. Er war so überzeugend – wenn ich das Badezimmer nicht mit eigenen Augen gesehen hätte, hätte ich ihm selbst geglaubt. Er hat nicht nur eine total andere Stimme für Michaela – er ist ein total anderer Mensch für sie. Ein Held, kein Tyrann.

Nachdem ich die Scherben beseitigt hatte, wollte ich wirklich nicht nach unten gehen. Meine Hände zitterten total, und in meinen Augen standen Tränen. Aber es wurde später und später, und ich musste zum Theater-Workshop gehen, also brachte ich die Scherben in einer alten Plastiktüte nach unten in die Küche. Der Ton-Zerstörer saß am Tisch, hatte sich ein Geschirrhandtuch um die blutende Hand gewickelt und hielt Michaela auf seinen Knien. Sie sangen »Imse, bimse, Spinne«. Ich bin geradewegs an ihnen vorbeigegangen und habe die Scherben in den Mülleimer geworfen. Dann bin ich zum Herd gegangen und habe die Platte wieder angestellt. »Ist schon gut«, sagte der Ton-Zerstörer hinter mir. »Das mache ich selbst. Du gehst mit deiner Schwester ein bisschen raus.« Und als ich mich umdrehte, hielt er einen Zwanzig-Pfund-Schein in der Hand. »Geh mit ihr ins Kino oder so was«, sagte er, und dieses Mal benutzte er seine sanfte Michaela-Stimme für mich. Es fühlte sich alles ein bisschen wie ein Traum an, also nahm ich ihm das Geld so schnell wie möglich ab für den Fall, dass ich aufwachen sollte.

Wir mussten den ganzen Weg bis zum Workshop rennen, und trotzdem kamen wir fünfzehn Minuten zu spät. Glücklicherweise war Debbie nicht sauer deswegen, aber ich sah, wie Jessica mich mit einem Stirnrunzeln ansah und den Kopf schüttelte. Dann flüsterte sie den beiden Kates etwas zu, und die fingen an zu kichern. Bei dem ganzen Drama bei uns zu Hause hatte ich die dämliche Bärchen-Kappe völlig vergessen, aber trotz der Peinlichkeit wusste ich, dass sie noch immer um Längen besser war als die fettigen Haare darunter, also ignorierte ich sie und wandte mich ab.

Als Erstes setzten wir uns heute im Kreis hin und machten eine Leseprobe des ganzen Stücks. Debbie hat gesagt, alle professionellen Schauspieler machen das, bevor sie mit ihren Proben beginnen, also nehme ich an, dass du alles darüber weißt?

Glaubst du, dass, wenn in dem Moment, in dem du morgens aufstehst, etwas Schreckliches passiert, der restliche Tag auch schiefgeht? So war jedenfalls dieser Tag für mich. Zuerst kein Wasser und fettige Haare. Dann der Ton-Zerstörer, der durchgeknallt ist. Dann musste ich mit einer Bärchen-Kappe bei den Proben erscheinen. Und dann habe ich auch noch meine Leseprobe total in den Sand gesetzt. Gleich am Anfang habe ich meine erste Zeile total falsch gelesen und zu Jamie »Mund den Halt« gesagt statt »Halt den Mund«! Und dann fingen natürlich meine Wangen an zu brennen, und die Hitze muss meine Augen geschmolzen haben oder so was, denn die Worte auf meinem Skript begannen alle wie Fische herumzuschwimmen. Jessica saß mir gegenüber, und ich konnte sie jedes Mal, wenn ich einen Fehler machte, seufzen hören. Sofort als Debbie uns eine Pause machen ließ, rannte ich zu den Toiletten. Ich weiß nicht, wie ich es geschafft habe, nicht zu weinen – ich glaube, es war die Angst, zu den fettigen Haaren und der dämlichen Kappe auch noch rote Augen zu haben. Als ich mich endlich zusammengerissen hatte und aus der Toilette kam, saß Jamie Phelps auf dem Fensterbrett im Korridor und starrte nach draußen. Ich schämte mich so sehr, sodass ich versuchte, mich an ihm vorbei wieder in die Halle zu schleichen, aber gerade als ich auf gleicher Höhe mit ihm war, sagte er: »Sieh mal.« Ich blieb wie angewurzelt stehen und fragte: »Was?« – »Sieh mal«, wiederholte er, drehte sich noch immer nicht um, nickte aber in Richtung Himmel. Ich folgte seinem Blick und sah eine einzelne Wolke vorbeiziehen, deren Ränder von der Sonne ganz rosig und golden waren. »Das bringt einen zum Nachdenken, oder?«, fragte er. Ich nickte, obwohl ich eigentlich keine Ahnung hatte, was er meinte. Dann rief uns Debbie, die Pause war vorbei, und wir mussten wieder hineingehen.

Danach liefen die Dinge ein bisschen besser. Wir waren mit der Leseprobe beim zweiten Akt angekommen, und als Jessica ihren Eröffnungssong sang (natürlich wirklich gut – und ihr langes blondes Haar war ganz glänzend und fettfrei), dachte ich an das, was Jamie über die Wolke gesagt hatte, und versuchte mir vorzustellen, auf was für Gedanken sie ihn gebracht hatte. Dass wir so tun sollten, als seien wir genau wie die Wolken und würden völlig sorgenfrei vorbeifliegen, auch wenn unsere Haare wie ein Ölteppich aussehen und unsere Mutter mit einem Psychopathen verheiratet ist? Dass das Universum so enorm gigantisch ist, dass unser Leben und unsere Probleme eigentlich überhaupt nicht so viel bedeuten? Dass Wolken jede Menge unterschiedlicher Farben haben können, nicht nur grau und weiß? Ich konnte mich nicht entscheiden und wünschte, ich hätte den Mut, ihn zu fragen. Aber dann war unsere Szene dran, und als wir zu der Stelle kamen, wo Bugsy seinen Finger küsst und ihn Blousey auf die Nase tippt, konnte ich nicht anders und musste über mein Skript hinweg Jamie ansehen, und er sah geradewegs zurück und lächelte wieder sein träges Lächeln. Und dann wusste ich sicher, was er gemeint hatte, als er sagte: »Das bringt einen zum Nachdenken«, denn ich fühlte ein Kribbeln ganz unten in meinem Magen. Und mir wurde klar, egal wie schlimm die Dinge sind, es gibt immer einen Silberstreifen (oder in diesem Fall einen rosigen, goldenen). Man sieht einen schönen Himmel oder ein Lächeln, oder man hört ein schönes Lied, und dabei fühlt man sich lebendiger, als man es je für möglich gehalten hätte.

Leider ist dann in der Mittagspause wieder alles schiefgelaufen. Jessica und die beiden Kates kamen sofort, als die Leseprobe beendet war, zu mir, und Jessica fing an, mich wegen der Kappe zu befragen. Ich hatte erwartet, dass Jessica nach ihrer Katastrophe mit den pink gefärbten Haaren neulich Verständnis haben würde, aber sie schüttelte nur wirklich langsam ihren Kopf und stieß einen massiven Seufzer aus, als wollte sie sagen: »Ach George, du bist so – so total bekloppt.« Ich war ehrlich ziemlich erleichtert, als sie alle nach draußen gingen und mich mit Michaela allein ließen.

Glücklicherweise machten wir an diesem Nachmittag ein bisschen eher Schluss, weil Debbie einen Arzttermin hatte. Ich habe nicht mal gewartet, um mit Jessica und den beiden Kates zusammen gehen zu können, ich war einfach nur müde und hatte die Nase voll.

Ist es nicht komisch, wie zwei Tage hintereinander so völlig verschieden sein können? Gestern war ich so voller Energie, ich kam mir vor wie Michaelas Aufziehmaus, wenn sie so weit, wie es nur geht, aufgezogen ist und in alle Richtungen loszischt. Aber heute wollte ich einfach nur nach Hause kriechen und meinen Kopf unter der Bärchen-Kappe vor Elend hängen lassen. Um alles noch schlimmer zu machen, war Michaela wirklich mies drauf, weil sie sich zu Tode gelangweilt hatte, als sie leise sein musste, während wir stundenlang lasen. Ich musste den größten Teil der zwanzig Pfund vom Ton-Zerstörer für Geschenke für sie ausgeben, um es wiedergutzumachen, auch wenn ich mir furchtbar gern eine anständige Kappe gekauft hätte. Dann musste ich sie überreden, zu lügen und zu sagen, wir wären bei Jessica gewesen, um uns noch einmal *High School Musical* anzusehen. »Will aber nicht!«, schimpfte sie den ganzen Weg zurück durch den Park. Erst als ich anfing zu weinen, hörte sie endlich auf. Ich weine normalerweise nicht, ganz ehrlich, aber ich hatte solche Angst, sie würde dem Ton-Zerstörer von dem Theater-Workshop erzählen und ich würde eine Million Jahre lang Hausarrest bekommen. Ich konnte nicht anders, ich musste einfach heulen. Irgendwie bin ich aber froh darüber, denn dadurch habe ich Michaela dazu gebracht, wieder so niedlich zu sein wie sonst. Sie hat mich ganz fest gedrückt und mit ihren winzigen Fingern meine Tränen abgewischt, und dann hat sie gesagt: »Keine Sorgen machen, Georgie. Ich hab dich noch lieb. Und ich komm auch mit zu dem Workshop (nur spricht sie es ›Wortshop‹ aus), wenn du mir nur drei Tüten Gummibärchen kaufst.«

Als wir schließlich in unserer Straße ankamen, wurde ich wieder total nervös. Wir wohnen an einem Wendekreis (in einer Sackgasse – genau wie mein Leben, haha!) in der Form eines Dauerlutschers. Man geht das gerade Stück entlang (also den Stiel des Lutschers), und dann bildet die Straße einen Kreis mit etwas Grün und ein paar Bäumen in der Mitte, bis man dann irgendwann wieder zu dem Lutscherstiel kommt. Unser Haus steht ganz oben an dem Kreis, man kann es also nicht richtig sehen, bis man das Grün zur Hälfte umrundet hat. In unserer Straße passiert nie was. Wenn die Langeweile eine Hauptstadt hätte, dann wären all ihre Straßen so öde wie Dulverton Close. Heute aber wurde mir bei jedem Schritt, den ich machte, ein bisschen übler. Was, wenn der Ton-Zerstörer einen neuen Wutanfall bekommen und den Rest des Hauses auch zertrümmert hatte? Was, wenn er es komplett niedergebrannt hatte, weil er nicht unter die Dusche konnte? Als wir die Kurve erreichten, sah ich den Transporter von seinem Kumpel Darren in der Auffahrt, und hinten auf der Ladefläche lagen die Überreste von unserer alten Duschtür. Während wir weg waren, war Darren gekommen und hatte eine neue Duschkabine eingebaut. Der Ton-Zerstörer hatte auch das Fenster von seinem Taxi reparieren lassen. Es war, als wäre nichts von alledem jemals passiert, und als Mum nach Hause kam, wurde der Ton-Zerstörer wieder mal zu einem völlig anderen Menschen – zu dem heldenhaften Ehemann, der seiner Frau als Überraschung eine neue Dusche gekauft hat, während sie bei der Arbeit war. Ich saß am Tisch und stocherte mit der Gabel in meinen Würstchen herum, ohne ein Wort zu sagen. Und als Michaela fragte: »Aber Daddy, was war denn mit der giftigen Spinne?«, sah er nur Angelica an und zwinkerte ihr zu. Der heldenhafte Ehemann mit dem tollen Sinn für Humor.

Ich gehe jetzt lieber nach Hause, ich habe gesagt, ich bleibe nur eine Stunde weg. Nicht dass sie es überhaupt bemerken würden, sie sind viel zu beschäftigt, sich die tolle neue Dusche anzugucken. Wenigstens läuft das Wasser wieder, sodass ich mir endlich meine ekligen Haare waschen kann. Tut mir leid, dass meine Mail heute so trübsinnig war. Ich hoffe, du hattest wieder einen netten Tag, und es tut mir wirklich leid zu hören, dass Dylan einen Unfall hatte. Geht es ihm denn jetzt wieder gut? Ich kann es echt nicht fassen, dass er im wirklichen Leben einen Stromschlag bekommen hat, nach dem, was sie ihm in *Jessop Close* angetan haben!

Alles Liebe, deine Mailfreundin
Georgie xxx

Von: nancyblue@aol.com
An: georgieharris@hotmail.com
Betreff: Re: Katastrophe!!!
Datum: Donnerstag, 3. August, 08:08

Liebe Georgie,
ist alles in Ordnung bei dir? Ist dein Stiefvater früher schon einmal so gewalttätig geworden? Bitte sag mir, wenn du der Meinung bist, dass mich das nichts angeht, Liebling, aber ich mache mir schreckliche Sorgen. Ich kann es nicht ertragen, mir vorzustellen, dass du in deinem eigenen Zuhause Angst haben musst. Und ich verfluche den Tag, an dem ich dir die unglückselige Ölbehandlung empfohlen habe. Aber wie groß ist denn die Wahrscheinlichkeit, dass das Wasser ausgerechnet an dem Tag abgestellt wird, an dem du beschließt, es auszuprobieren? Ich weiß gar nicht, was ich dazu sagen soll. Es ist jetzt acht Uhr morgens, und ich sitze oben in Bruces Büro und sehe über das Meer. Und ich denke, dass sowohl der Ozean als auch der Himmel eine Weite an sich haben, die die Macht besitzt, sich zu öffnen und uns im Ganzen zu verschlingen. Und auch wenn diese Macht zuweilen erschreckend sein kann, kann sie ein andermal auch wieder beeindruckend sein. Die See ist heute Morgen ruhig – eine stille Fläche, die sich vor mir ausbreitet und den durchbrochenen Sonnenschein von oben widerspiegelt. Und während ich hinaus auf dieses dunkle schimmernde Wasser starre, wünsche ich mir, ich könnte seine Kraft auffangen und sie dir als Anhang, oder wie auch immer das heißt, mit dieser Mail senden, damit du sie öffnen und benutzen könntest, wann du willst. Ich hoffe, heute wird ein besserer Tag für dich, Georgie. Ich hoffe, wenn du aufwachst, fühlst du dich wieder sonnig und stark. Bitte lass mich wissen, wie es dir geht.

Alles Liebe,
Nan xx

Teil Drei

Der Junge mit dem wehmütigen Lächeln

Von: georgieharris@hotmail.com
An: nancyblue@aol.com
Betreff: Merkwürdig!
Datum: Donnerstag, 3. August, 19:30

Liebe Nan,
es ist sieben Uhr abends, und nun rate mal, was los ist! Ich bin nicht in der Bücherei!!! Ich habe beschlossen, stattdessen in das Internet-Café an der Hauptstraße zu gehen. Ich musste ein Pfund für eine Stunde am Computer bezahlen, aber das ist es echt wert. Die Atmosphäre ist hier so viel besser als in der Bücherei. Zuerst mal hat keiner der Leute, die hier arbeiten, einen Buckel, und es schielt auch keiner – sie sind alle total jung und haben enge schwarze Jeans und T-Shirts an. Außerdem läuft im Hintergrund Musik, und das macht das Ganze entspannter. Ich hasse es, wie sie in der Bücherei von Stille besessen sind, dabei würde ich am liebsten auf den Tisch springen und singen, so laut, wie ich kann, nur weil ich weiß, dass ich das eben nicht darf. Aber hier kann ich mit der Musik mitsummen oder husten, wann immer ich will. Und ich kann nach Herzenslust den Duft des frisch gebackenen Kuchens einatmen. Das ist ein weiterer frostfreier Vorzug dieses Lokals, denn es ist genauso ein Café wie ein Ort, um ins Internet zu gehen – deshalb heißt es ja Internet-Café.

Jedenfalls wirst du dich freuen zu hören, dass die Dinge heute viel besser gelaufen sind. Es war, als hätte dieses scheußliche Speiseöl einen Fluch über mich verhängt oder so. Aber deine Schuld ist es ganz und gar nicht. Wie hättest du denn ahnen sollen, dass die Wasserwerke uns das Wasser abdrehen? Und bitte, mach dir keine Sorgen um mich. Ich habe den Ton-Zerstörer so wie gestern noch nie erlebt – na ja, höchstens damals, als er meine Dylan-DVD zerbrochen hat. Und dann konnte er mal den Deckel vom Ketchup nicht aufbekommen, da hat er die ganze Flasche ins Waschbecken geschmissen, aber ich denke mal, so was passiert halt, wenn man »ungelöste Probleme mit Jähzorn« hat, oder? Er hat noch nie einer von uns was getan. Das würde er nicht wagen, denn wie ich dir erzählt habe, ist er ein typischer Tyrann und im Herzen ein großer fetter Feigling. Und sowieso würde meine Mum auf keinen Fall bei ihm bleiben, wenn er jemals mir oder Michaela wehtun würde. Sie würde mit uns irgendwo anders hingehen – ich weiß, das würde sie tun.

Aber ich will nicht die Zeit damit verschwenden, über den Ton-Zerstörer zu labern, wenn ich dir stattdessen von all den merkwürdigen Dingen erzählen kann, die heute passiert sind. Es ist wirklich ziemlich unheimlich, denn obwohl ich deine Mail noch gar nicht gelesen hatte, bevor ich heute Abend hierherkam, war es, als hätten deine Gedanken mich irgendwie trotzdem erreicht. Wie durch irgendeine Art von drahtloser seelischer Verbindung. Glaubst du, es ist möglich, dass bestimmte Gedanken über jemanden, wenn du sie nur fest genug denkst, bei ihm ankommen können? Nicht durch Gedankenlesen oder so was Gruseliges, aber indem man irgendwie fühlt, dass da draußen jemand ist, der sich wünscht, dass man stark oder glücklich oder wie auch immer ist? Ich jedenfalls fühle mich heute viel stärker, so viel steht fest. Gleich als mein Wecker heute Morgen klingelte, setzte ich mich im Bett auf und dachte: Ich werde heute NICHT wieder einen Tag wie gestern haben, ganz egal was passiert. Also stand ich auf und ging unter die Dusche – was für ein Luxus! Und ich muss sagen, dass meine Haare sich weicher anfühlten als je zuvor. Na ja, ich hatte ihnen ja auch die längste Öl-Behandlung der Welt verpasst, LOL! (Und diesmal lache ich wirklich laut – denn in einem Internet-Café darf man so laut lachen, wie man will, und niemand runzelt die Stirn oder schielt einen an.) Wie auch immer, nachdem Mum zur Arbeit gegangen war und bevor der Ton-Zerstörer zurückkam, bin ich in ihr Zimmer gegangen und habe was von ihrem Volumen-Mascara und ihrem Lippenstift in »cool pink« aufgetragen. Mum erlaubt mir nicht, mich zu schminken, außer zu total besonderen Gelegenheiten, aber nach meiner Demütigung von gestern war ich entschlossen, heute so gut wie möglich auszusehen. Ich hatte beschlossen, ich würde heute eine glamouröse Schauspielerin sein – genau wie du.

Nachdem ich mir die Haare abgetrocknet hatte, versuchte ich, sie mir zu einem hohen Pferdeschwanz zu binden, aber Michaela lachte und sagte, ich würde aussehen wie eine Ananas. Also ließ ich sie wieder fallen und kämmte sie nur lose zurück, wobei ich vorn ein paar Strähnen hängen ließ. In der Ausgabe von *Sugar* stand letzten Monat, das sei der Look der »Pariserin, die gerade aus dem Bett gekommen ist«. Ist das nicht komisch, wie viel Arbeit es kostet, auszusehen, als wäre man gerade aus dem Bett gekommen? Man muss eine Stunde früher aufstehen, um das zustande zu bringen. Aber wie auch immer, letzten Endes ist es wirklich gut gelungen. Sogar Michaela hat gesagt, ich sähe »fast wie eine Prinzessin« aus.

Mein Plan war, aus dem Haus zu gehen, bevor der Ton-Zerstörer nach Hause kam, aber heute war er besonders früh, und Michaela war noch dabei, ihre Coco-Pops zu essen. Er guckte mich irgendwie merkwürdig an, während er in die Küche ging, und sagte: »Sieh an, sieh an, was ist denn das hier?« Ich hatte keine Ahnung, wovon er redete, also ignorierte ich es und sagte (ganz beiläufig): »Ich dachte, ich gehe heute mal mit Michaela zum Lido, weil die Sonne so schön scheint.« (Der Lido ist so eine Art Strand bei uns in der Nähe, der gar kein richtiger Strand ist. Es gibt da Sand und Wasser und das alles, aber das richtige Meer ist es nicht. Es ist von Menschen angelegt worden. Und Tim Clark aus meiner Klasse ist da mal schwimmen gegangen und hat fast einen Scheißhaufen verschluckt, also würde ich da nicht mal einen Zeh ins Wasser stecken.)

Wie üblich schien es eine Ewigkeit zu dauern, bis der Ton-Zerstörer antwortete. Und je länger ich wartete, desto heißer brannten meine Wangen, also tat ich so, als würde ich im Schrank nach etwas suchen, damit er mich nicht sehen konnte. Michaela fing an, mit ihrem Löffel auf den Tisch zu hämmern und zu rufen: »Lügen haben kurze Beine!« Ich dachte, ich breche meinen Marmeladentoast wieder aus, solche Angst hatte ich. »Wer lügt denn, Prinzessin?«, fragte der Ton-Zerstörer. Eins. Zwei. Drei. Vier. Ich zählte die Sekunden des Schweigens. Wäre dies ein Film gewesen, so hätte irgendwo in einer Ecke eine dieser großen, alten Großvateruhren vor sich hin getickt, während ihr schweres Pendel dem Moment meines Untergangs entgegenschwang. Aber Michaela sagte nichts mehr, sie fing einfach an zu lachen wie Tigger, wieder und wieder: »Hihihihi!«

»Na schön«, sagte der Ton-Zerstörer, und zuerst bekam ich gar nicht mit, dass er mit mir sprach. »Aber ich will, dass ihr um vier zurück seid, denn ihr bleibt heute Nacht bei eurer Oma.«

Was?!!!! »Aber wie lange sollen wir da denn bleiben?«, fragte ich und gab mir wirklich Mühe, nicht loszuschreien. »Bis morgen zum Abendbrot«, antwortete er. Dann nahm er seine Zeitung und verließ den Raum, wobei er murmelte: »Ich lege mich dann mal ins Bett.«

Bett? Wie konnte er sich ins Bett legen, wenn mein ganzes Leben über mir zusammenbrach?!! Wir würden vor morgen Abend nicht zurück sein! Die Mutter vom Ton-Zerstörer wohnt im Osten Londons, am anderen Ende der U-Bahn-Linie. Sie hätte genauso gut am anderen Ende der Welt wohnen können. Es gab keine Möglichkeit für mich, morgen zu den Proben zu gehen. Und nachdem ich gestern meine Leseprobe versaut hatte, würde Debbie meine Rolle ganz sicher jemand anderen geben.

Auf dem ganzen Weg zum Gemeindezentrum hatte ich das abscheuliche Gefühl, in die Tiefe zu stürzen. Trotz meiner neuen »Pariserin, die gerade aus dem Bett gekommen ist«-Frisur, meinen volumisierten Wimpern und meinen schimmernden Lippen fühlte ich mich innerlich, als würde ich zu der gestrigen Katastrophen-Gestalt mit der Bärchen-Kappe zusammenschrumpfen. Was sollte ich nur tun? Wie sollte ich es Debbie beibringen? Ich beschloss, es ihr sofort zu sagen, wenn ich ankam, damit ich es hinter mir hatte. Aber bevor ich auch nur die Chance hatte, mit ihr zu sprechen, hielt sie uns allen einen Vortrag darüber, wie hart wir würden arbeiten müssen, um das Stück in weniger als drei Wochen auf die Bühne zu bringen. Also konnte ich es ihr einfach nicht sagen, sie sah zu gestresst aus.

Und danach war ich so beschäftigt, dass ich gar keine Zeit hatte, an morgen zu denken. Debbie teilte uns in Gruppen ein, damit wir verschiedene Szenen zusammen proben konnten – was bedeutete, dass ich mit Jamie in einer Gruppe war und die arme alte Jessica den schrecklichen Dred am Hals hatte. Du hättest sehen sollen, was er heute anhatte, seine Hosen hingen so tief, dass man sehen konnte, wie sein gesamter Hintern über den Hosenbund schwabbelte. Und er hatte diese dämliche Kappe auf dem Kopf (natürlich verkehrt herum), auf der in kleinen, glänzenden Strasssteinchen *»No.* 1 *Gangster«* stand. *»No.* 1 *Schlangster«* hätte da stehen sollen.

Jedenfalls sollte die Gruppe, in der ich war, auf der Bühne proben, weil wir die allererste Szene hatten. Wir durften von unseren Skripts ablesen (Debbie will, dass wir bis Montag unseren Text gelernt haben – schluck!), aber diesmal sollten wir gleichzeitig anfangen, unsere Rollen richtig zu spielen. Jamie und ich standen vor der Bühne, während Debbie die Hoods anwies, ihren Sahneangriff auf einen Jungen namens Peter, der den Roxy Robinson spielt, zu verüben. Warum hat sie die Rolle eigentlich nicht Dred gegeben? Dann wäre er in den ersten zwei Minuten umgebracht worden! Wie auch immer, während wir da im Dunkeln neben der Bühne standen, drehte sich Jamie plötzlich zu mir um und flüsterte: »Deine Haare gefallen mir.« Ich war so schockiert, ich wusste nicht, was ich sagen sollte. Als es mir endlich gelang, »Was?« zu fragen, las Jamie bereits seine erste Zeile aus der Szene. Aber er muss mich trotzdem gehört haben, denn gleich, als er fertig war, wandte er sich mir wieder zu und sagte: »Deine Haare. Sie gefallen mir.« Dieses eine Mal machte es nichts, dass meine Wangen knallrot wurden, denn es war so dunkel, dass er es nicht sehen konnte. Kein Wunder, dass Paris die Stadt der Romantik ist, wenn das die Reaktion ist, die die Frauen da bekommen, sobald sie morgens aus dem Bett steigen. Damit will ich nicht sagen, dass Jamie sich irgendwie romantisch benahm oder so, denn das tat er nicht. Er war einfach nur nett. Und dann, kurz bevor ich auf die Bühne ging, sah er mich durch seinen langen Pony an und schenkte mir wieder so ein schönes, halbes Lächeln. Ich weiß nicht, was es mit seinem Lächeln auf sich hat, aber es gibt mir jedes Mal ein echt komisches Gefühl im Innern, als ob eine Million Schmetterlinge in meinem Bauch eine Party feiern. Ich glaube, das ist so, weil sein Lächeln irgendwie traurig wirkt, falls das einen Sinn macht. Jedenfalls habe ich mich danach viel besser gefühlt, und als ich auf die Bühne kam, habe ich nicht nur »Halt den Mund« richtig gesagt, sondern ich habe es wirklich mit Gefühl gesagt. Ich habe getan, was du mir geraten hast, und angefangen, mir Notizen in mein Skript zu schreiben, darüber, wie Blousey sich wirklich bei jeder Zeile fühlen muss. Ich nahm an, dass sie am Anfang nervös und angespannt sein würde, weil sie ja auf dem Weg zu einem Vorsprechtermin ist. Ich hatte überhaupt keine großen Schwierigkeiten, das zu spielen!!!

Nachdem wir unsere ersten paar Szenen gespielt hatten, holte Debbie Jessicas Gruppe auf die Bühne und sagte mir und Jamie, wir sollten unsere gemeinsamen Szenen draußen weiterproben. Ich weiß nicht, warum, aber allein dass sie das sagte, ließ die Schmetterlinge schon wieder flattern! Michaela wollte zusehen, wie Jessica ihren Song sang, also blieb sie mit Debbie in der Halle, und ich folgte Jamie nach draußen zum Ententeich. Keiner von uns sprach ein Wort, bis er sich am bewachsenen Ufer unter dem Weidenbaum in das Gras setzte – obwohl das Gras in der Sonne mehr oder weniger zu Stroh geworden war. Dann blickte er zu mir auf und sagte: »Also?« Wie eine Frage. Und die einzige Antwort, die mir einfiel, war: »Also was?« Womit ich mich anhörte wie eine totale Idiotin, aber ich wusste nicht, was ich sonst sagen sollte.

Ich setzte mich hin und tat so, als würde ich der Reihe von Enten zusehen, die langsam über den Teich glitten, damit ich mein Gesicht von ihm abwenden konnte, denn – du kannst es dir sicher schon denken – meine Wangen wurden mal wieder knallrot. Die tropische Mittagssonne machte es nicht besser. »Also«, wiederholte er, »freust du dich, dass du die Blousey spielst?« Diesmal traute ich mir nicht zu, etwas zu sagen, also nickte ich nur. »Ich mich auch«, sagte er. Ich konnte nicht anders, ich musste mich umdrehen und ihn ansehen. Was meinte er? Freute er sich, weil ich die Blousey spielte, oder freute er sich, weil er die Rolle spielte, die er bekommen hatte? Ich wusste nicht, was ich machen sollte, also sah ich wieder auf den See und betrachtete die Enten, und ich konnte es nicht verhindern und sagte: »Das bringt einen zum Nachdenken, was?« Ich habe keine Ahnung, warum ich das sagte, ich habe überhaupt nicht an irgendetwas gedacht, außer: Verdammt, warum kühlen meine Wangen nicht endlich ab?

Ich hörte, wie Jamie sich neben mir bewegte, und betete, er würde einfach Ja sagen, wie ich es gemacht hatte, als er dasselbe über die Wolke gesagt hatte. Aber nein. »Was lässt es dich denn denken?«, fragte er. »Die Enten«, sagte ich, unfähig, mir etwas anderes einfallen zu lassen, das ich hätte sagen können. »Was ist mit denen?«, fragte er. Oh Gott, mir war zumute, als wäre ich in den Teich gefallen und ein Bündel Algen würde mich tiefer und tiefer hinunterziehen. »Na ja, die bringen mich eben zum Nachdenken. Die Enten«, sagte ich in dem Versuch, mir mehr Zeit zu verschaffen. Aber er erwiderte augenblicklich: »Woran lassen sie dich denn denken?« – »Ans Leben«, antwortete ich verzweifelt. »Ach ja?«, fragte er. »Ja.« Ich schloss die Augen und biss mir fest auf die Zunge. Warum konnten wir nicht einfach mit unserer Probe weitermachen? »Und was lassen sie dich über das Leben denken?« Wieder hörte ich, wie Jamie sich neben mir bewegte, und als ich mich umdrehte, sah ich, dass er sich auf die Seite gelegt hatte und seine Augen mit der Hand vor der Sonne schützte, während er den Teich betrachtete. Ich seufzte. Was ließen die Enten mich übers Leben denken? Zuerst ließen sie mich denken: Ich wünschte, ich hätte ein Gewehr, dann könnte ich sie alle erschießen, weil sie mich in solche Schwierigkeiten brachten! Aber dann kam mir eine Erinnerung, die aufflackerte wie eine alte Filmszene. Es war ein Bild von mir und meinen Eltern – eine der wenigen klaren Erinnerungen, die ich an meinen Vater habe. Wir waren in unseren nahen Park zum Picknicken gegangen, und die Krusten unserer Sandwichs verfütterten wir an eine Entenfamilie. Ich erinnere mich, dass mein Vater ihnen allen Namen gab und mit ihren Stimmen sprach, während er sie fütterte. Er ließ sie verrückte Sachen sagen, zum Beispiel: »Nein, danke, für mich nicht – ich bin auf Diät« oder: »Wie kannst du es wagen, mich mit deinem stinkenden alten Brot abzuschmeißen?« Und dann machte Mum auch noch mit, sprach mit der Stimme der Entenmutter und tat so, als wäre sie eine richtig boshafte Tyrannin, die das ganze Brot für sich wollte. Und das war noch komischer, denn es war genau das, was die Entenmutter machte, sie schubste den Vater aus dem Weg, sodass sie das Brot als Erste erwischte.

Ich holte tief Luft und schloss die Augen. »Sie lassen mich denken, dass man, egal wie blöd das Leben manchmal sein kann, immer seine glücklichen Erinnerungen hat, wie eine Kiste mit wertvollen Juwelen, die einen zum Lächeln bringen.« Dann hielt ich den Atem an und wartete darauf, dass Jamie lachte oder sich über mich lustig machte. Aber er machte gar nichts, und als ich meinen Mut zusammennahm und auf ihn hinuntersah, betrachtete er noch immer die Enten und nickte langsam. Als ob er wirklich verstanden hätte, was ich gesagt hatte. Danach gingen wir zusammen unseren Text durch, bis zu der Szene, wo Bugsy und Blousey zusammen ausgehen. Als wir zu der Stelle kamen, in der ich ihn »umarmen« muss, ignorierte ich einfach die Regieanweisungen, doch ein paar Zeilen weiter, als Bugsy seinen Finger küsst und damit Blouseys Nase berührt, tat Jamie es wirklich und sah mich total merkwürdig an, als ob er mir mit seinen großen braunen Augen irgendetwas sagen wollte. Aber genau in diesem Moment kamen die anderen zur Mittagspause nach draußen gestürmt, also musste ich wieder reingehen und mich um Michaela kümmern. Mir war wirklich komisch zumute. Als ob etwas passiert wäre, aber niemand außer mir und Jamie wüsste davon. Ein bisschen, als wenn man eine Nachricht mit unsichtbarer Tinte schreibt, und nur man selbst und der, der den Marker für die Tinte hat, weiß, dass dort etwas steht. Für alle anderen ist es nichts als ein leeres Blatt Papier.

Noch einmal versuchte ich, Debbie zu sagen, dass ich morgen nicht kommen kann, aber sie rannte los, um in der Hauptstraße ein paar Wasserpistolen für die Aufführung zu kaufen, also hatte ich wieder keine Chance. Und dann kamen Jessica und Kate Nummer eins nach drinnen, um mit mir zu reden, was mich ein bisschen überraschte, denn normalerweise wollen sie sich in der Mittagspause lieber sonnen und rauchen. Das Erste, was Jessica zu mir sagte, war: »Was hast du denn mit deinen Haaren gemacht?« Und ihr Ton war irgendwie bissig. Ich fing an, ihr von dem Artikel in der Zeitschrift zu erzählen, aber sie lächelte nur und schüttelte den Kopf. »Vergiss es«, sagte sie, und dann fingen sie und Kate an, darüber zu reden, auf wen sie im Workshop am meisten abfuhren. Es war komisch, denn wenn Jessica früher über Jamie Phelps gesprochen hatte, hatte ich ihn immer mit ihren Augen gesehen, aber nach der Sache heute am Teich kommt er mir vor wie ein anderer Mensch. Ich nehme an, wir alle verpassen anderen Menschen unsere eigenen persönlichen Definitionen, stimmt's? Für Jessica ist Jamie zum Beispiel »ein total gut aussehender Typ«, während ich ihn als den Jungen mit dem wehmütigen Lächeln sehe. Das sagte ich ihr aber nicht, stattdessen zwang ich mich einfach, zu lächeln und zu nicken, während sie weiter und weiter darüber redete, wie sie ihm »das Gesicht abknutschen« wollte.

Es war merkwürdig, weil ich Jessica sonst immer wirklich unterstütze, mit ihren Diäten und ihren Schönheitskuren und ihrem Liebesleben, aber heute hätte ich sie am liebsten angeschrien, sie solle den Mund halten, vor allem weil sie immer noch mit diesem dämlichen amerikanischen Akzent spricht. Glaubst du, man kann aus seinen Freundinnen herauswachsen wie aus seinen Klamotten? Als ich heute Jessica ansah, wie sie am Rand der Bühne saß und über Jamie plapperte, erinnerte sie mich an das rote Partykleid aus Samt, das ich mal hatte, als ich ein kleines Mädchen war. Es hatte tolle Plastikedelsteine auf dem Saum, und als ich es das erste Mal sah, fand ich, es sei absolut umwerfend und ich sähe so erwachsen aus, aber heute kommt es mir nur noch dämlich und übertrieben vor.

Nach der Mittagspause wollte Debbie an den Gesang- und Tanzeinlagen arbeiten, wir waren also mega beschäftigt, und der Nachmittag verging wie im Flug. Ganz am Schluss musste ich *Ordinary Fool* singen, aber diesmal fühlte ich mich nicht mal annähernd so nervös. Ich sah einfach hinüber zu Jamie, bevor ich anfing, denn ich wusste, er würde mir wieder so ein Lächeln senden. Und wieder fühlte ich mich, als hätte ich ein geheimes Zeichen bekommen, das nur ich verstehen konnte und das mir Kraft gab. Hast du es nicht geliebt, diesen Song zu singen, als du die Blousey gespielt hast? Er steckt so voller Bedeutung, nicht wahr? Ich brauchte nichts weiter zu tun, als an mein trauriges Leben zu denken und an all die Träume, die ich hatte und die sich nicht erfüllt haben, und während ich sang, brachte ich um ein Haar mich selbst zum Weinen. Als ich fertig war, nahm Debbie mich in den Arm und sagte: »Gut gemacht«, also dachte ich mir, dass ich ihr genauso gut jetzt sagen konnte, dass ich morgen nicht kommen würde. Außerdem war es fünf Minuten vor vier, es hieß also: jetzt oder nie. Als ich es ihr sagte, wurden erst mal alle still – vermutlich warteten sie darauf, dass sie wütend werden würde – aber sie war überhaupt nicht böse. Und sie hat meine Rolle keiner anderen gegeben. Stattdessen fragte sie mich, ob ich mich vielleicht irgendwie am Wochenende mit Jamie treffen könnte, um unsere Szenen durchzuspielen!! Ich wusste nicht, was ich sagen sollte, aber ich sah natürlich nicht in Jessicas Richtung, so viel stand fest. Und dann hörte ich Jamie sagen: »Klar, kein Problem«, also nickte ich nur. Und dann sagte Debbie: »Das war's für heute«, also standen wir alle auf und gingen.

In der Minute, in der wir fertig waren, kamen Jessica und die beiden Kates herüber, und Jessica lächelte auf wirklich merkwürdige Weise, als ob ihr jemand die Mundwinkel mit einem Brecheisen in die Höhe drückte. »Warum kannst du denn morgen nicht kommen, George?«, fragte sie, und ihre Worte wirkten genauso gezwungen wie ihr Lächeln. »Ich muss zu der Mutter von meinem Stiefvater gehen«, antwortete ich und sammelte Michaelas Spielsachen ein. »Kannst du ihm nicht sagen, dass es wichtig ist?«, zischte sie zurück.

»Kannst du ihm nicht sagen, dass du proben musst?« Ich schüttelte den Kopf. Und dann hatte ich eine geniale Idee. Ich würde ihr die Wahrheit sagen, dann würde sie Mitleid mit mir haben und begreifen, dass ich keine Wahl hatte. Und sie würde nicht mehr wütend auf mich sein, weil ich eine private Probe mit Jamie bekam. »Meine Eltern wissen nicht mal, dass ich hierherkomme«, flüsterte ich. Das sollte schon genügen, dachte ich. Normalerweise ist es Jessica, die ihre Eltern anlügt, also würde sie sicher beeindruckt sein zu hören, dass diesmal ich es tat. Doch statt ihren Kopf zurückzuwerfen und zu lachen oder mich in den Arm zu nehmen (wie ich irgendwie gehofft hatte), starrte sie mich nur an. Dann sah sie die beiden Kates an. Ihr gespieltes Lächeln war total verschwunden. »Ist das dein Ernst?«, fragte sie endlich, sah wieder mich an und schüttelte den Kopf. Irgendetwas an der Art, wie sie mich ansah, erinnerte mich an den Ton-Zerstörer, und ich fühlte, wie meine Wangen erröteten und meine Augen zu brennen begannen. Für den Bruchteil einer Sekunde hatte ich Angst, ich würde anfangen zu weinen. Ich habe es so satt, dass die Leute mit mir sprechen, als ob ich eine totale Idiotin wäre, die nichts richtig machen kann. Aber dann spürte ich, wie mich jemand an der Schulter berührte. Ich drehte mich um und sah Jamie, der mir ein Stück Papier hinhielt. »Hier ist meine Nummer«, sagte er mit seiner rauen Stimme. »Ruf mich Samstag früh an, dann treffen wir uns.« Aber noch ehe ich antworten konnte, ist er gegangen. Ich sah das Stück Papier an und dann Jessica, und plötzlich wollte ich nicht mehr weinen, sondern lachen. Denn irgendwie war es mir an diesem merkwürdigsten aller merkwürdigen Tage gelungen, die Telefonnummer des Jungen zu ergattern, den sie seit zwei vollen Jahren liebte! Und ich weiß ja, ich habe diese Nummer nicht bekommen, weil er mich mag oder weil er sich mit mir verabreden will oder so was in der Art, aber es war so schön, ein einziges Mal etwas zu haben, das Jessica wollte. Ich glaube, Jessica konnte auch nicht glauben, was da ablief. So wie ihre Augen vor und zurück sprangen, sah es aus, als wisse sie nicht, ob sie Jamie hinterherlaufen oder bei mir – und der kostbaren Telefonnummer – stehen bleiben sollte. Ich hob Michaelas Tasche auf und nahm sie an die

Hand. »Komm, Michaela, wir müssen los«, sagte ich, und wir gingen geradewegs nach draußen. Jessica und die beiden Kates ließen wir wie ein Glas mit Goldfischen, die geschockt nach Luft schnappen, stehen.

So, nun kennst du ihn also – meinen merkwürdigen Tag. Hab vielen Dank für deine Mail und all die schönen Sachen, die du über das Meer geschrieben hast und seine Kraft, die du mir schicken willst. Es ist so schön zu wissen, dass es da draußen jemanden gibt – den ich noch nie gesehen habe –, den es wirklich interessiert, was mir passiert.

In der Schule reden sie immer davon, dass Fremde gefährlich sind und man nicht mit Leuten, die man nicht kennt, online reden soll. Und ich verstehe auch, warum sie das machen. Ich weiß, dass es da draußen üble Leute gibt. Und ich weiß auch, dass ich dich eigentlich gar nicht kenne und dass ich dich noch nie gesehen oder mit dir gesprochen habe. Und ich weiß, meine Lehrer würden vermutlich sagen, ich sollte dir nicht mailen, denn du bist immer noch eine Fremde. Aber ich bin vierzehn Jahre alt, ich bin kein kleines Kind mehr. Man kann mir zutrauen, meine eigenen Entscheidungen zu treffen. Und ich bin so froh, dass ich mich entschieden habe, deine Mailfreundin zu werden.

Morgen werde ich keine Gelegenheit haben, dir zu mailen, weil ich ja bei der Mutter vom Ton-Zerstörer bin. Es ist komisch, weil ich ja vorher so deprimiert darüber war, dass ich nicht zur Probe gehen konnte, aber jetzt, wo ich Jamies Nummer in der Tasche habe, fühle ich mich, als hätte man mir eine magische Kristallkugel mit Superkräften gegeben! Alles, was ich tun muss, ist, sie zu berühren, und schon fühle ich mich fantastisch.

Alles Liebe,
Georgie xxx

Von: nancyblue@aol.com
An: georgieharris@hotmail.com
Betreff: Re: Merkwürdig
Datum: Freitag, 4. August, 10:03

Liebe Georgie,
dem Himmel sei Dank dafür. Ich bin so erleichtert, dass die Dinge für dich wieder ein bisschen heller aussehen. Und ich bin so froh darüber, dass du meine letzte Mail mochtest. Ich gebe zu, es ist mir schon in den Sinn gekommen, dass unsere Mailfreundschaft als ein bisschen »ungewöhnlich« angesehen werden mag. Man hört so furchtbare Geschichten über finstere Gestalten, die das Internet benutzen, um junge Menschen zu täuschen. Und das aus den abscheulichsten Gründen. Ich weiß, als wir anfingen, uns zu unterhalten, habe ich so getan, als wäre ich Dylan. Aber du weißt ja, warum ich das gemacht habe, und du weißt jetzt, wer ich bin. Und als angeblich verantwortungsvolle Erwachsene (jetzt lache ich aber *sehr* laut) habe ich ein neues Foto von mir und Dylan angefügt, das hier im Garten in Hove aufgenommen wurde. Nur damit du sicher sein kannst, dass du einer kleinen alten Dame mailst und nicht irgendeiner Art von scheußlichem Betrüger. Und dann dachte ich auch, dass du vielleicht gern ein Privatfoto von Dylan für deine Sammlung hättest.

In der Tat, was für einen Tag du da hattest! Deine neue Frisur hört sich hinreißend an, und ja, du musst jetzt die am besten durchfeuchteten Haare von ganz Großbritannien haben! Darf ich dir etwas sagen, Liebling, und bitte ignoriere mich, wenn du findest, dass es mich nichts angeht, aber meinst du, Jessica könnte eifersüchtig auf dich sein? Ich frage nur, weil es für einen Außenseiter, der zwischen den Zeilen liest, sehr stark den Anschein hat. Bitte lass dir von ihr nichts verderben. Besser man wird beneidet als bemitleidet, sage ich immer, und glaub mir, ich habe mehr als genug neidische, missgünstige Frauen in meinem Leben getroffen. Die Welt der Schauspieler ist voll von ihnen, meine Liebe, also gewöhnst du dich besser daran!!

Um zu angenehmeren Themen zu kommen, muss ich sagen, dass Jamie Phelps sich wirklich interessant anhört. Der Junge mit dem wehmütigen Lächeln. Hmm, was könnte sich wohl dahinter verbergen, frage ich mich. Als Schauspieler ist man schnell fasziniert von Menschen und von der Frage, wie sie ticken – das hat alles mit dem Hineinversetzen in eine Rolle zu tun und mit dem Nachdenken über Motivationen. Du weißt bestimmt, wovon ich rede, jetzt, wo du an deiner Rolle als Blousey arbeitest. Ich frage mich, wie der geheimnisvolle Jamie tickt. Aber ganz sicher wirst du der Sache an diesem Wochenende auf den Grund gehen können. Ich kann es nicht erwarten, das nächste Mal Neues von dir zu hören, und hoffe, der Besuch bei der Mutter vom Ton-Zerstörer ist nicht allzu unerträglich. Ist das nicht die, die mit offenem Mund kaut und ständig »Ist ja nicht zu glauben« sagt?

Ich gehe jetzt zu einem Lyrik-Kurs – das gehört auch zu meinen Bemühungen, die Show weitergehen zu lassen. Ich könnte zwar nicht mal ein Gedicht schreiben, wenn es dabei um mein Leben ginge, aber was soll's, ich versuche es eben.

Alles Liebe,
Nan xx

PS: Es war mal ein Mädchen aus Ruislip
Die ...

Verdammt, ich kann dir nicht mal einen Limerick schreiben. Was zum Teufel reimt sich denn auf Ruislip? Warum kannst du denn nicht in Wales oder Kent wohnen?

Von: georgieharris@hotmail.com
An: nancyblue@aol.com
Betreff: Nicht zu glauben!
Datum: Samstag, 5. August, 09:22

Es gibt eine alte Frau aus Mile End
Deren Stief-Enkelkind bald wegrennt.
Sie sagte nur: »Nicht zu glauben«
Kaute offenmündig Trauben
Und las im Kaffeesatz für jeden, den sie kennt.

Hi Nan,
VIELEN, VIELEN DANK FÜR DAS FOTO!!! Du hättest es mir nicht schicken müssen – du weißt, dass ich dir vertraue –, aber ich bin so froh, dass du es getan hast. Ihr beide seht wirklich toll aus!

Ich mache nur schnell einen Zwischenstopp in der Bücherei, bevor ich zu meiner Probe mit Jamie gehe. Oh mein Gott, ich bin ja so nervös! Ich weiß, das ist keine richtige Verabredung oder so, aber in meinem ganzen traurigen Leben kommt es dem vermutlich am nächsten. Meine »Pariserin, die gerade aus dem Bett kommt«-Frisur ist die reinste Katastrophe, es sieht mehr nach »gerade durch ein Gebüsch gezerrt« aus. Und ich hatte keine Gelegenheit, mich zu schminken, denn Mum ist zu Hause und flirtet mit ihrem Ton-Zerstörer, seit sie ihren Tag ohne uns Kinder hatten, und davon wird mir KOTZÜBEL. Na ja, wenigstens habe ich mal nicht Michaela dabei. Ich treffe mich in fünf Minuten an der Bushaltestelle mit Jamie, also gehe ich mal besser. Ich hoffe, dein Lyrik-Kurs ist gut gelaufen. Der Limerick handelt von der Mutter vom Ton-Zerstörer, falls du das nicht erraten hast. Es ist doch sehr rücksichtsvoll von ihr, an einem Ort zu wohnen, der sich auf »rennt« reimt, findest du nicht?

Georgie xxx

Von: nancyblue@aol.com
An: georgieharris@hotmail.com
Betreff: Re: Nicht zu glauben!
Datum: Samstag, 5. August, 13:47

Oh, Liebling, ich kann es nicht erwarten zu erfahren, wie es für dich gelaufen ist. Ich weiß, es ist keine richtige Verabredung, aber es hört sich zweifellos so an, als würde es zwischen dir und Jamie ganz schön knistern. Ich liebe deine Art, es zu beschreiben – eine Nachricht in unsichtbarer Tinte, die nur ihr beide lesen könnt. Ach, ich wünschte, ich könnte so schreiben! Mein Lyrik-Kurs war die reinste Katastrophe – und um ehrlich zu sein, voller Freaks! Muss man eigentlich geisteskrank sein, um Lyrik zu schreiben? Oder anämisch? Oder die Ansicht vertreten, dass Gummistiefel und ein BH, den man über seinem selbst gefärbten T-Shirt trägt, ein tolles Outfit ergeben? Ich dachte immer, Schauspieler wären die Exzentriker! Mein Versuch, Kurse zu besuchen und mein Leben wieder in Schwung zu bringen, hatte ja nur den einen Zweck, mich aufzuheitern. Zwei Stunden in einem zugigen (sogar in dieser Hitzewelle) Kellerraum einer Bücherei zu verbringen und zuzuhören, wie Bristols lebende Leichen einen Klagegesang nach dem anderen über Depressionen, Einsamkeit und in einem Fall sogar über den kaltblütigen Mord an einem Baby vortragen, hat diesen Zweck für mich wirklich nicht erfüllt, das kann ich dir sagen. Ich hätte die zwei Stunden genauso gut im örtlichen Leichenschauhaus verbringen und zusehen können, wie die ganzen Leichen hereingerollt werden. Aber genug von diesem Elend. Ich hoffe, du hast einen schönen Tag, Liebling, und ich kann es nicht erwarten zu erfahren, wie die Probe gelaufen ist.

Alles Liebe,
Nan

PS:
Es war mal eine JUNGE Frau aus Hove
Die hatte der Pläne zuhauf.

Sie versuchte zu dichten
Doch sie konnt' es mitnichten
Und hängte sich schließlich gar auf.

So ganz grammatikalisch korrekt ist das nicht, oder? Siehst du, ich habe es dir ja gesagt, ich habe nicht einen einzigen Funken dichterisches Talent in mir.

Von: georgieharris@hotmail.com
An: nancyblue@aol.com
Betreff: OH MEIN GOOOTT!!!
Datum: Samstag, 5. August, 19:14

Oh Nan. Oh mein Gott! Ich bin wieder im Internet-Café, es ist schon zehn nach sieben am Abend, und ich kann einfach nicht aufhören zu lachen. Ein Glück, dass ich nicht in der Bücherei sitze, stimmt's? Du wirst nicht glauben, was passiert ist. Okay, Georgie, nun atme mal tief ein und beruhige dich! Ich weiß nicht, wo ich anfangen soll, und ich weiß doch, wie du es hasst, wenn ich immer so lange brauche, um zur Klimax zu kommen, also werde ich einfach mit dem Ende anfangen – ich glaube, ich habe eine echte Verabredung! Ein »Date«! Auf Englisch ist das eine von diesen schrecklichen verschrumpelten, getrockneten Früchten, aber das meine ich nicht. Ich glaube, ich habe ein *Date.* Mit Jamie. Nun ja, ich denke, es hängt letzten Endes davon ab, wie man Date definiert. Aber ich habe den größten Teil des Tages mit ihm verbracht und bin jetzt unterwegs, um mich wieder mit ihm zu treffen. Denn er hat mich gefragt, ob ich heute Abend mit ihm ausgehe – und das nennt man normalerweise ein Date, oder? Wenn ein Junge dich einlädt, dich mit ihm zu treffen, und zwar nicht, um deinen Text zu üben oder für die Schule zu lernen oder irgendwas Langweiliges in der Art. Die Sache ist aber – es ist nicht so ein Date, wie man es in Büchern liest oder im Fernsehen sieht. Wir gehen nicht ins Kino oder Pizza essen oder so was. Und es werden auch andere Leute dabei sein, wir sind also nicht alleine. Hmm, ich glaube, ich muss eine Liste anlegen. Das rät Mum mir immer, wenn ich wegen irgendetwas in der Klemme sitze – stell eine Liste mit allen Argumenten dafür und dagegen auf. Hier ist sie also:

BEWEISE DAFÜR, DASS DER HEUTIGE ABEND EIN DATE IST:

Jamie hat mich gefragt, ob ich Lust habe, heute Abend mit ihm auszugehen – in genau diesen Worten.

Er hat mir wieder sein schönes wehmütiges Lächeln geschickt, als er mich gefragt hat – und er hat mit dem Daumen die Seite meines Gesichts gestreichelt.

Ehrlich gesagt ist das einen eigenen Extra-Punkt wert – er hat mit dem Daumen die Seite meines Gesichts gestreichelt, und es fühlte sich total romantisch an.

BEWEISE DAFÜR, DASS DER HEUTIGE ABEND KEIN DATE IST UND DASS ICH NUR EIN BEDAUERNSWERTES DUMMCHEN BIN

Wir gehen in den Mad Bess Wald – nicht ins Kino oder zu Pizza Hut oder irgendwo anders hin, wo man typischerweise auf ein Date geht.

Es werden auch andere Leute da sein – Jamies Kumpels aus der Band und seine Freunde.

Wir gehen zu einer »Jamming Session« am Lagerfeuer. Gehört das wirklich zu den Dingen, die man bei einem Date macht?

Okay, also ist es am Ende vielleicht doch kein Date, aber ich gehe mit Jamie aus, und ich habe gerade den faszinierendsten Tag meines

Lebens verbracht. Ich treffe mich mit ihm um acht Uhr am Kriegerdenkmal, aber erst mal muss ich dir erzählen, was heute passiert ist. Jetzt kommt also der Anfang meiner Geschichte: Als ich mich vorhin an der Bushaltestelle mit ihm getroffen habe, war mir das total peinlich. Es ist komisch, wenn man jemanden an einem anderen Ort oder in einer anderen Situation trifft als die, die man gewohnt ist, oder? Einmal, als ich etwa in Michaelas Alter war, habe ich meine Lehrerin Miss Baldwin getroffen, als ich mit meiner Mutter und meinem Vater eislaufen war. Sie war mit einem Mann mit einem dichten braunen Bart zusammen, und sie war total geschminkt und trug goldenen Schmuck, und ich weiß noch, dass ich sah, wie sie sich am Rand der Eisbahn küssten. Ich war so schockiert, sie bei so etwas zu sehen, dass ich anfangen wollte zu weinen. Ich glaube, bis zu diesem Moment war mir noch nicht klar geworden, dass Lehrer auch ein Leben außerhalb der Schule haben. Ich nehme an, ich muss gedacht haben, sie würden sich, wenn wir alle nach Hause gegangen waren, zusammen mit den Büchern und Malkästen im Schrank verstauen. Aber wie auch immer, jedenfalls erinnere ich mich, dass es mir wirklich peinlich war, als ich sie dort traf, und genauso fühlte ich mich heute, als ich sah, wie Jamie da in seiner Jeans und seinem Kapuzen-Sweatshirt an der Bushaltestelle stand. Außerhalb der Schule und des Theater-Workshops wirkte er älter, und für den Bruchteil einer Sekunde überlegte ich, ob ich in den wartenden Bus springen und wegfahren sollte, ohne dass er mich bemerkte. Aber ich hatte keine Chance, denn bevor ich auch nur irgendwas tun konnte, hörte ich ihn rufen: »He, Blousey, was ist los?« Und dann konnte ich nicht anders, als zu lächeln, obwohl – welche Überraschung – meine Wangen wieder mal zu glühen begannen. Ich habe mal in einer Zeitschrift gelesen, dass man sich, wenn man vermeiden will, dass man rot wird, vorstellen muss, einem sei total eiskalt. Also habe ich mir heute, während ich auf Jamie zuging, vorgestellt, ich wäre ein nackter Eskimo, der unter einer Lawine eingeklemmt ist und ein Eis am Stiel leckt, aber es machte überhaupt keinen Unterschied. Meine Wangen brannten immer noch, als würde ich eine Pelzmütze und einen Mantel tragen und in der Wüste Sahara ein richtig scharfes Currygericht essen! Es stellte sich heraus, dass der Bus an der Haltestelle der war, den wir nehmen mussten, um zu Jamie nach Hause zu kommen. Ich konnte nicht fassen, dass er mit mir zu sich nach Hause gehen wollte! Ich dachte, wir würden nur in den Park oder so gehen. Jamie wohnt in einer Gegend namens Ickenham, das ist so ein Viertel wie ein kleines Dorf, kurz hinter der Grenze von Ruislip. (Ein richtiges Dorf ist es natürlich nicht, denn es liegt ja in London und hat auch eine U-Bahn-Station und eine belebte Hauptstraße, aber es hat auch einen kleinen Rasenplatz bei den Geschäften und einen echt alten Pub, der *Coach and Horses* heißt – vor der Tür gibt es da immer noch eine Stange, an der man seine Pferde anbinden kann!) Jamies Haus steht in einer Straße hinter dem Pub und ist einfach umwerfend. Nicht weil es eine große, vornehme Villa oder so was wäre – in Wahrheit ist es nämlich ein Haus vom sozialen Wohnungsbau, oder zumindest war es das. Ich glaube, jetzt gehört es seinen Eltern. Von außen sieht es ziemlich normal aus, ein Reihenendhaus mit einem kleinen Vorgarten, der gepflastert ist und voller Motorräder steht. Sein Vater ist Motorrad-Mechaniker. Normalerweise macht es mich traurig, wenn ich ein Motorrad sehe, weil es mich an meinen Dad und die Art, wie er gestorben ist, erinnert, aber heute nicht. Heute fühlte ich mich irgendwie zu Hause, als ich die Motorräder, die Motorenteile und das Öl sah. Ich musste dabei an unsere alte Wohnung in Kilburn denken und an den Hinterhof, wo mein Vater sein Motorrad aufbewahrte. Aber das Innere von Jamies Zuhause ist das Beste. Oh Nan, ich wünschte, ich hätte ein paar Fotos, die ich dir schicken könnte, du würdest es lieben. Sobald man eintritt, fühlt man sich in die alten Zeiten zurückversetzt, du weißt doch, als es noch Flower-Power und dieses ganze Hippie-Zeug gab. Alles ist in richtig leuchtenden Farben gestrichen – der Flur ist türkis mit einem Muster aus großen blauen Schlangenlinien. Ich weiß, das hört sich vermutlich scheußlich an, aber es sieht toll aus, glaub mir. Die Küche und das Wohnzimmer gehen ineinander über, wodurch das Erdgeschoss richtig groß wirkt. Die Wände der Küche sind mit winzigen bunten Kacheln bedeckt, sodass man sich vorkommt, als würde man im Inneren eines gigantischen Mosaiks stehen, und dann gibt es ein Regal mit Millionen von verschiedenen Kräutern und Gewürzen, aus dem es genauso riecht wie im Reformhaus. Das Wohnzimmer ist dunkelgrün gestrichen, und an den Wänden hängen Massen von diesen echt frostfreien Bildern. Es ist diese Art von Bildern, bei denen man auf den ersten Blick nichts als Muster sieht, aber je länger man hinguckt, desto mehr erwachen sie zum Leben. Ein bisschen wie diese Tests, die sie mit Verrückten machen, bei denen sie ihnen Bilder geben und sie fragen, was sie sehen. Und wenn sie sagen, eine Vase mit Blumen, dann sind sie gesund, aber wenn sie sagen, sie sehen einen zertrümmerten Kopf, dann sind sie Psychopathen. Ich frage mich, was der Ton-Zerstörer wohl sehen würde – haha!!

Von einem Bild war ich wirklich begeistert. Es war so groß wie ein riesiger Flachbildschirm und erinnerte mich an das Meer – es war ganz in Grün- und Blautönen gehalten und bedeckt von kleinen metallischen Tupfen, die genauso aussahen wie Fische, die aus den Wellen auf- und wieder untertauchten. Ich fragte Jamie, was das sein sollte, und als er mir keine Antwort gab, drehte ich mich um und stellte fest, dass er zu Boden sah, wobei sein langer Pony das Gesicht total bedeckte. »Das Bild«, sagte ich, weil ich dachte, er hätte vielleicht nicht verstanden, was ich meinte. Dann blickte er auf, und nun rate mal, was los war? Seine Wangen waren knallrot! »Was glaubst du denn, was es sein soll?«, murmelte er und wandte den Blick Richtung Fenster. Ich widmete mich wieder dem Bild. »Ich glaube, es ist das Meer«, antwortete ich. Und dann dachte ich an deine Mail über das Meer. »Und ich glaube, es zeigt die Kraft und das Geheimnis des Meeres und wie wir glauben es zu kennen, obwohl wir in Wahrheit nicht mal eine Ahnung von all den Kreaturen haben, die da unten leben, und auch nicht wissen, wozu das Meer wirklich fähig ist.« Ich musste weiter das Bild anstarren, denn nun glühten auch meine eigenen Wangen. Warum kann ich nie auf eine seiner Fragen eine direkte Antwort geben? Warum muss ich immer wie eine Idiotin vor mich hin quasseln? Wenigstens habe ich nicht gesagt, es wäre ein zertrümmerter Kopf – LOL!! Aber es war in Ordnung, denn er kam zu mir herüber und sagte, seine Mutter hätte das Bild gemalt, und es wäre das Meer, und sie würde sich wirklich freuen, dass ich das erkannt hätte.

Wir verbrachten ungefähr eine Stunde mit der Arbeit an Bugsy Malone, und dann kam Jamies Mutter von der Arbeit nach Hause. Sie arbeitet in einem Tätowier-Studio in Ruislip Manor und entwirft Tätowierungen! Sie ist ECHT nett. Jamie hat ihr erzählt, dass mir ihr Bild gefällt, und sie hat mich ganz fest umarmt und mich Schatz genannt. Es war alles so anders als das, was ich erwartet hatte. Zuerst mal hatte ich gar nicht erwartet, dass wir zu ihm nach Hause gehen würden. Und zweitens hatte ich erwartet, dass seine Familie schrecklich sein würde. Warum, weiß ich nicht – vielleicht weil er so wehmütig lächelt? Aber seine Mum ist super, und obwohl ich seinen Vater nicht kennengelernt habe, scheint er auch echt nett zu sein. So wie seine Mutter über ihn spricht und ihn ihren Klammeraffen nennt, merkt man, dass sie ihn wirklich liebt. Jamie hat zwei ältere Brüder, aber keiner von ihnen wohnt noch zu Hause. Der eine ist verheiratet und hat zwei Kinder ungefähr in Michaelas Alter, er wohnt oben in Stevenage, und der andere zieht mit dem Rucksack durch Asien.

So, jetzt weiter. Nachdem wir also ein bisschen geprobt hatten – oh Nan, als er diesmal seinen Finger küsste und meine Nase berührte, war es, als hätte er den Kontrollknopf für die Schmetterlinge in meinem Magen gedrückt und sie auf Zeitraffer gestellt! Jedenfalls haben wir dann zu Mittag gegessen. Donna, Jamies Mum, hat uns Sandwiches mit Schinken und Würstchen und diesem echt lockeren Weißbrot gemacht. Und dann hat Jamie mich gefragt, ob ich sein Zimmer sehen möchte. Ich muss zugeben, dass mir zu diesem Zeitpunkt ein bisschen übel war. Ich war noch nie zuvor im Zimmer eines Jungen gewesen – na ja, jedenfalls nicht in dem von einem älteren Jungen, der eine solche Wirkung auf meine Wangen und meinen Magen hat. Ich wusste nicht, was ich sagen sollte, also ging ich einfach hinter ihm nach oben, und mein Herz und die Schmetterlinge flatterten wie verrückt. Als wir oben ankamen, zeigte er mir seine Gitarren. Er hat zwei, eine blaue akustische und eine weiße elektrische, und er hat mir zwei Songs vorgespielt. Und dann haben wir uns die DVD von – oje, mir fällt der Titel nicht ein – angesehen. Ich weiß nur noch, dass der Film von einer Bande idiotischer Bankräuber handelte, die alles versauen, aber es trotzdem irgendwie schaffen, am Ende gut rauszukommen. Diesen Film anzusehen war ein bisschen so, als würde man versuchen, ein Buch zu lesen, nachdem man gerade die beste Nachricht seines Lebens erhalten hat. Man versucht, sich auf die Figuren und die Geschichte zu konzentrieren, aber sie ersticken praktisch unter einer Stimme im eigenen Kopf, die ganz andere Sachen schreit. In meinem Fall: »OH MEIN GOTT, DU SITZT MIT JAMIE PHELPS AUF EINEM BETT. DU SITZT AUF DEM BETT VON JAMIE PHELPS.« Und dann: »OH GOTT, WIR SIND UNS SO NAH, WIR BERÜHREN UNS JA FAST.« Und dann: »WIR BERÜHREN UNS!«

Es waren nur unsere Arme, die sich berührten, aber ich dachte, ich sterbe. Jetzt weiß ich, was es bedeutet, wenn in den Liebesromanen von der Mutter vom Ton-Zerstörer steht, dass »kleine elektrische Schläge direkt in Violets (oder wie immer die schmachtende Heldin heißt) intimste Zonen fuhren«. Gott sei Dank bin ich aber nicht gestorben. Noch nicht mal, als ich gesagt habe, ich müsste jetzt gehen, und er mich mit seinen großen braunen Augen ansah, mir sein Lächeln schickte und mich fragte: »Hast du Lust, heute Abend mit mir auszugehen?« Oder als er den Daumen auf meine Wange legte und so sanft wie ein Hauch darüber streichelte.

Und hier bin ich nun – zehn Minuten bevor ich ihn wiedertreffe. Meiner Mum habe ich erzählt, dass ich etwas mit Jessica unternehme. Es hat super geklappt, denn anscheinend hat Jessica den ganzen Nachmittag über versucht, mich anzurufen. Hmm, ich frage mich, warum?!! Und meine Mutter hatte ihre megagute Laune, also war sie total cool, als ich ihr sagte, dass ich weggehen will. Sie hat sogar gesagt, ich dürfte bis elf wegbleiben, denn ich hatte ihr erzählt, wir würden ins Kino gehen. Als ich Jessica zurückrief, sagte ich zu ihr, ich könne jetzt nicht reden, weil ich gleich mit meiner Familie essen gehen würde. Sie war nicht gerade glücklich darüber, aber wenigstens wird sie das davon abhalten, heute Abend noch mal anzurufen und alles zu verraten. Ich mache mich dann jetzt also auf den Weg. Wünsch mir Glück!

Alles Liebe,
Georgie xxx

Von: nancyblue@aol.com
An: georgieharris@hotmail.com
Betreff: Re: OH MEIN GOOOTT!!!
Datum: Samstag, 5. August, 23:57

Gut, gut, gut – ein Date also, ja? Ich wusste einfach, dass etwas in der Art passieren würde. Als es heute Abend endlich kühl genug war, um mit Woodstock spazieren zu gehen, habe ich zu ihm gesagt: »Liebe liegt in der Luft« – wenigstens in Ruislip. Ach Liebling, es ist ja so aufregend. Und zu der Frage, ob es nun ein Date ist oder nicht – für mich klingt es sehr danach, dass er dich mag –, warum sollte er dich sonst zu sich nach Hause einladen? Oder dich bitten, heute Abend mit ihm und seinen Freunden wegzugehen? Oder dein Gesicht mit seinem Daumen streicheln? Date oder nicht, das ist alles furchtbar spannend.

Es ist jetzt fünf Minuten vor Mitternacht, also nehme ich an, dass du zurück bist, dich in dein Bett gekuschelt hast und jeden Augenblick des Tages im Kopf noch einmal erlebst. Wenigstens wenn du nur im Entferntesten so bist, wie ich war. Die ersten Verabredungen sind ja so aufregend – ein Cocktail aus Angst und Freude mit einem Schuss Anziehungskraft und ein paar Spritzern Erwartung obendrein. Und sie machen einen entweder betrunken vor Liebe oder geben einem den Kater der Enttäuschung. Ich hoffe natürlich, in deinem Fall trifft das Erste zu. Was hältst du denn von dieser Metapher? Ich spiele mit dem Gedanken, meine Laufbahn als epischer Autor aus der Asche der Lyrik wieder zum Leben zu erwecken und mich in der Abendschule zu einem Drehbuch-Kurs anzumelden. Und dann muss ich noch sagen: Bitte, bitte, bitte, Georgie, kannst du aufhören, die Sechzigerjahre als »alten Zeiten« zu bezeichnen? Sonst komme ich mir ja wie ein Dinosaurier vor!

Lass mich wissen, wie es dir ergangen ist, Süße – so schnell wie möglich! Ich werde jetzt versuchen, ein bisschen Schlaf zu bekommen. In den letzten paar Nächten habe ich mir angewöhnt, in Bruces Büro auf dem Sofa zu schlafen – das Geräusch der Wellen ist so beruhigend wie ein Wiegenlied, und manchmal, wenn ich gut genug hinhöre, kann ich hören, wie Bruce mir mit dem Wind etwas zuflüstert.

Gute Nacht und alles Gute,
Nan xx

Von: georgieharris@hotmail.com
An: nancyblue@aol.com
Betreff: Die beste Zeit und die schlimmste Zeit
Datum: Sonntag, 6. August, 15:13

Oh Nan, Charles Dickens könnte mich gemeint haben, als er schrieb, es war die beste Zeit und es war die schlimmste Zeit. Warum kann das Leben eigentlich nie irgendwo in der Mitte verlaufen, nicht zu gut und nicht zu mies? Und dann so bleiben. Als ich klein war, war es nicht so. Zumindest glaube ich, dass es so nicht war. Das Problem ist, meine Erinnerungen an diese Zeit werden immer unklarer, wie Fotos, die in der Sonne verblassen. Und das hasse ich, denn es ist, als würde ich das bisschen, was mir von meinem Vater geblieben ist, von Tag zu Tag mehr verlieren. Sorry, ich gebe mir wirklich viel Mühe, nicht zu weinen, aber meine Augen fühlen sich an, als wären sie bis zum Rand mit Tränen gefüllt, und jeden Moment könnte ein Mini-Tsunami mein Gesicht hinunterströmen. Mir gefiel übrigens deine Metapher mit dem Cocktail der ersten Verabredung. Und genau so war es auch. Nur hättest du in meinem Fall gestern Abend noch einen extra großen Schuss Demütigung hinzufügen müssen. Wenn es tatsächlich ein Date gewesen wäre – was es eindeutig nicht war, wie sich herausstellte. Ich habe nicht viel Zeit, denn rate mal, wo ich bin? Ich bin wieder mal in der dämlichen Bücherei, und die hat sonntags nur bis vier Uhr geöffnet, und jetzt ist es schon nach drei. Um ehrlich zu sein, wäre ich beinahe überhaupt nicht gekommen. Ich hatte das Gefühl, du würdest alles über mein sogenanntes Date wissen wollen, und ich wollte dir wirklich nicht die scheußliche Wahrheit erzählen müssen. Aber hier kommt sie nun doch ...

Als ich beim Kriegerdenkmal ankam, saß Jamie auf der untersten Stufe, sein Gitarrenkasten lag neben ihm, und er guckte sich die Namen der ganzen gefallenen Soldaten an. »Ein paar von denen waren nur ein Jahr älter als ich«, sagte er, als ich auf ihn zukam. Ich verspürte einen kleinen Stich von Traurigkeit, als ich zu der Namensliste aufblickte, die in den grauen Stein geprägt ist. Es fühlte sich so seltsam an, sich Jungen wie Jamie vorzustellen, die losziehen, um im Krieg zu kämpfen und zu sterben. Es ließ mich schaudern. Als ob er meine Gedanken lesen konnte, stand Jamie auf und umarmte mich. Es dauerte nur eine Sekunde, und jetzt, wo ich weiß, was später passierte, wird mir ganz schlecht, aber in dem Moment fühlte es sich so schön an. Er fühlte sich so stark an, und sein Aftershave roch köstlich wie ein Wald, nachdem es geregnet hat. »Alles okay mit dir, Blousey?«, fragte er und hob die Hand, um mich zu streicheln, wie er es in seinem Zimmer getan hatte. Ich traute mir nicht zu, etwas zu sagen, ich war sicher, meine Stimme würde als schrilles Quietschen herauskommen. Also nickte ich bloß. Aber es war toll, denn wir waren sofort wieder da, wo wir vorhin aufgehört hatten, und zwischen uns gab es überhaupt keine Verlegenheit. Auf dem Weg in den Wald erzählte mir Jamie alles über seine Band und dass die anderen Mitglieder alle älter und schon mit der Schule fertig waren und dass er es nicht erwarten konnte, nächsten September ebenfalls fertig zu werden – er hasst es, sich sagen zu lassen, was er zu tun und wo er zu sein hat. Ach, es ist so schwer, jetzt über all die schönen Sachen zu schreiben und dabei zu wissen, was hinter den Kulissen vor sich ging.

Jedenfalls hat Jamie mich gefragt, was ich machen wollte, wenn ich mit der Schule fertig oder »entkommen« war, wie er es ausdrückte. Und es war so schön, mit jemandem zusammen zu sein, der sich wirklich für mich zu interessieren schien. Und er fand es auch echt interessant, als ich ihm erzählte, dass mein Vater ein Roadie gewesen war. Er sagte, er fände, ich wäre eine echt coole Sängerin, und deshalb hätte er mich eingeladen mitzukommen, denn er wollte gern, dass seine Bandmitglieder meine Stimme hörten. Du siehst also, es war kein Date – und es ist nie eines gewesen. Ich weiß wirklich nicht mehr, warum ich mir eingebildet habe, es könnte eines sein. Aber zu diesem Zeitpunkt war ich noch nicht allzu enttäuscht, denn da wusste ich ja noch nicht, dass ich dem schlimmsten Abend meines Lebens entgegenging.

Als wir im Wald ankamen, führte Jamie mich in diesen echt coolen Teil, in dem ich noch nie gewesen war. Man muss sich ungefähr fünf Minuten lang durch die Büsche schlagen, und dann kommt man auf eine Lichtung. Angeblich hat die Regierung hier im Zweiten Weltkrieg einen geheimen Bunker unter der Erde gebaut, aber jetzt ist da nur noch ein vollkommener Kreis aus bemooster Erde, von Bäumen beschützt. Jamies Freunde waren schon da und versuchten, ein Lagerfeuer anzuzünden. Die Band hat vier Mitglieder – ein echt dünner Junge namens Karl, der Bass spielt, ein echt großer Junge namens Honigmonster, der Schlagzeug spielt, Tez, der Keyboard und Saxofon spielt, und Pete, der Gitarre spielt. Jamie spielt auch Gitarre und ist ihr Lead-Sänger. Karl und Tez hatten ihre Freundinnen mitgebracht, also war ich Gott sei Dank nicht das einzige Mädchen. Aber am Anfang war es wirklich peinlich, dasitzen zu müssen, während Jamie mich vorstellte. »Das ist Blousey«, sagte er. »Die, von der ich euch erzählt habe.« Das war die Freude im Cocktail meines ersten »Dates« – als sie sich alle zu mir umwandten und lächelten und Honigmonster sagte: »Ach ja, das Mädchen mit der umwerfenden Stimme.« (Hmm – und mit den knallroten Wangen natürlich!) Aber ich war in diesem Moment so glücklich, dass es mir nichts ausmachte, dass mein Date gar keines war. Jamie hatte ihnen tatsächlich von mir erzählt! Und er hatte ihnen ganz offensichtlich nette Sachen über meinen Gesang erzählt!

Als sie das Feuer in Gang gebracht hatten, öffneten die Jungen Bierdosen, und Karls Freundin reichte mir eine Flasche Wein und einen Plastikbecher. Sie war gebräunt und schlank und trug wirklich hübschen silbrigen Lidschatten, der im Feuerschein schimmerte. Für den Bruchteil einer Sekunde spielte ich mit dem Gedanken, den Wein zu nehmen, nur um mir die Peinlichkeit zu ersparen, aber ich konnte nicht. Also schüttelte ich den Kopf und sagte: »Sorry, ich trinke nicht.« Aber statt zu lachen oder mich anzugucken, als wäre ich ein Freak, lächelte das Mädchen nur, und Jamie griff in seine Tasche und gab mir eine Dose Cola. Es war so schön festzustellen, dass es endlich einmal genug war, einfach nur ich selbst zu sein und nicht so tun zu müssen, als wäre man cool oder erfahren oder was weiß ich. Dann fingen Jamie und Pete an, auf ihren Gitarren zu spielen, und Jamie schickte mir sein liebes Lächeln – das noch schöner aussah, jetzt, wo die Schatten der Flammen über sein Gesicht zuckten. Und er sagte: »Wie wär's mit einem Song, Blousey?« Zuerst hoffte ich, er wollte, dass ich mir einen Song von ihm wünschte, aber dann sagte Honigmonster: »Ja, lass uns doch diese Mörderstimme mal hören.« Mein Herz fing an zu hämmern, aber Jamie spielte ein paar Akkorde, und ich erkannte sie sofort. Er spielte das Vorspiel von *Wonderful Tonight* – das Lied meines Dads für meine Mum! Also starrte ich einfach in die Flammen, bis es mir vorkam, als wäre alles andere zu Gold zerschmolzen, und ich nichts mehr hören konnte als Jamies Gitarre. Und mir wurde klar, dass die Gitarre meines Dads vor all diesen Jahren ganz genau so für meine Mum geklungen haben musste. Und dann begann ich zu singen. Erst leise, dann immer lauter und stärker. Und es war, als wäre ich in diesem Hotel in Manchester und würde meiner Mum und meinem Dad zusehen, während seine Finger sanft an den Saiten zupften und er ihr diesen schönen Text vorsang. Eine Träne löste sich aus meinem Augenwinkel und lief mir das Gesicht hinunter, aber es fühlte sich gut an. Als ob sie meinen Schmerz abwaschen würde oder so ähnlich. Als ich zu Ende gesungen hatte, starrte ich einfach weiter ins Feuer. Dann stieß Honigmonster einen Laut aus, und sie alle fingen an, richtig laut zu klatschen. Jamie schob seine Gitarre beiseite und legte seine Hand auf meine. Ich blickte zu ihm auf, aber diesmal lächelte er nicht, er sah mich nur an. Und dann passierte es. Die schlimmste Nacht meines Lebens begann.

»Hallo, George.«
Wir drehten uns alle um, und im Eingang der Lichtung standen Jessica, Kate Nummer eins und Dred. Ich wusste nicht, worüber ich am meisten schockiert war. Darüber, dass Jessica und Kate da waren, oder darüber, dass sie mit Dred zusammen waren. Mein erster Gedanke war: Jessica geht doch nie in den Wald. Sie hat immer gesagt, da würde es von Perversen in dreckigen Regenmänteln wimmeln, die Spaß daran haben, Schulmädchen ihren Du-weißt-schon-was zu zeigen.

»Was machst du denn da?«, fragte Jessica und sah mich an.

Ich spürte, wie Jamies Hand so glatt und schnell wie ein seidener Handschuh von meiner heruntерglitt. »Ich, ähhh, ich mache eine Jamming Session«, antwortete ich endlich. Als Jamie zuvor davon gesprochen hatte, hatte es sich cool und erwachsen angehört, aber als ich es sagte, klang ich einfach wie ein dummes Kind. »Ach so«, sagte Jessica und kam zu mir. »Ist hier noch Platz?«, fragte sie in einer ekelerregend süßlichen Stimme und sah geradewegs auf Jamie hinunter. Sie trug ihre engsten Jeans und ein kleines Träger-Top, das ihren flachen Bauch betonte, und ihre blonden Haare fielen glänzend wie ein Sonnenstrahl ihren Rücken hinunter. »Ja, klar«, antwortete Jamie schroff. Und bevor ich reagieren konnte, saß Jessica genau zwischen mir und Jamie. Dann kamen Kate eins und Dred auch noch herüber und sagten, ich solle rutschen, sodass am Ende alle drei zwischen uns saßen. »Woher weißt du denn, dass wir hier sind?«, fragte Jamie. »George hat es mir erzählt«, antwortete Jessica. »Was? Wann denn?«, fragte ich und beugte mich vor, um sie anzusehen. »Vorhin am Telefon«, fuhr Jessica fort, und ihre Stimme klang noch immer so ekelerregend wie Zuckerwatte, »als du angerufen hast, um uns einzuladen.« Einen Moment lang saß ich regungslos da. Wovon redete sie? Ich hatte sie nicht eingeladen. Ich hatte gesagt, ich würde mit meiner Familie essen gehen. Es dauerte eine Minute, bis mir die Wahrheit klar wurde – sie mussten mir gefolgt sein. Ich fühlte mich vor Schreck wie betäubt. Aber ich wusste auch, dass es keinen Sinn hatte zu leugnen, was sie gesagt hatte. Jessica ist eine solche Expertin im Lügen, sie könnte einen Universitätsabschluss darin machen. Ich war dabei, als sie ihre Mutter davon überzeugte, sie würde zum Lernen in die Bücherei gehen, obwohl sie in Wirklichkeit hinter den Toiletten im Park mit einem Jungen herumknutschen oder im Drogeriemarkt Make-up klauen wollte. Ich weiß, wie gut sie ist. Und von diesem Moment an fühlte ich mich nicht länger so, als wäre ich am perfekten Ort zum perfekten Zeitpunkt und mit den perfekten Leuten zusammen, sondern so, als wäre ich am schlimmsten Ort der Welt. Ich wollte nur noch, dass sich der Boden öffnete und mich hinab in den Bunker aus dem Zweiten Weltkrieg zog. Vielleicht hätte ich dann dieser Peinlichkeit entgehen können. Aber natürlich passierte das nicht, stattdessen musste ich still dabeisitzen, während Jessica herumkreischte und mit Jamie zu flirten begann, und ich musste zusehen, wie Kate eins und Dred anfingen zu knutschen. Und ich schämte mich so. Obwohl sie nichts sagten, sah ich, wie sich Jamies Freunde über die Flammen hinweg Blicke wie geheime Textbotschaften schickten:

WAS ZUM TEUFEL SIND DENN DAS FÜR LEUTE?

WARUM MUSSTE DIE DÄMLICHE KUH DIE DENN EINLADEN?

Und ich wollte sterben, denn nichts von alledem war meine Schuld, aber die Wahrheit würden sie nie erfahren. Honigmonster war allerdings so nett, mir zuzurufen: »He, Blousey, du hast eine höllisch tolle Stimme.« Aber das machte die Sache noch eine Million Mal schlimmer, denn Jessica sprang sofort darauf an. »Ach, ich könnte auch was für euch singen, wenn ihr Lust habt?« Und noch ehe irgendwer die Chance hatte zu antworten, fing sie an, *Flying without Wings* zu singen. Aber statt cool zu wirken, wie sie es in der Schule immer tut, sah sie einfach nur dämlich und kindisch aus, und die ganzen geheimen Textbotschaften schossen wieder über die Flammen hinweg:

WAS DENKT DIE DENN, WER SIE IST?
HIER IST DOCH KEIN VORSINGEN FÜR X-FACTOR!

Tezs Freundin begann sogar zu kichern, als Jessica einen total hohen Ton sang und ihn ungefähr eine Stunde lang hielt. Als sie fertig war, klatschte niemand, keiner sprach ein Wort, und die Stille war geradezu schmerzhaft. Jessica aber fand schnell eine Möglichkeit, sie zu füllen. »Du, George, wir sind vorhin bei dir zu Hause vorbeigekommen.« Mir rutschte das Herz nicht nur in die Hose, es stürzte geradewegs bis hinunter in den unterirdischen Bunker. Leider nahm es den Rest meines Körpers nicht mit. »Du bist bei mir zu Hause gewesen? Wann denn? Heute Abend?«, fragte ich, und meine Stimme quiekte so leise wie eine Maus. Jessica nickte. Jamie beugte sich vor und sah mich an. »Ja«, fuhr Jessica fort. »Deine Mutter war ja vielleicht in einem Zustand.« Neben mir stieß Dred ein knurrendes Gelächter aus.

Bevor ich weitermache, muss ich dir etwas über meine Mum erzählen, Nan. Ich glaube, ich habe schon mal erwähnt, dass meine Mum manchmal krank wird. Nun, es ist so, dass ich nicht ganz ehrlich zu dir war. Sie wird krank, aber deshalb, weil sie dieses andere Problem hat, weißt du – ein Problem mit Alkohol. Ich wollte es dir nicht erzählen, weil ich es niemandem erzählt habe, außer Jessica, und das war streng vertraulich, denn eines Abends konnte ich es einfach nicht mehr aushalten, und ich musste es irgendwem erzählen. Angelica ist keine Alkoholikerin oder so was. Sie braucht nicht jeden Tag einen Drink und bewahrt auch keine Flasche Wodka in einer braunen Papiertüte unter ihrem Bett auf oder so ähnlich. Aber manchmal, wenn alles zu viel für sie wird, muss sie sich betrinken – richtig betrinken –, und ich hasse es. Denn auch wenn sie manchmal lustig und albern und fröhlich ist wie damals, als mein Dad noch lebte, endet es meistens damit, dass sie anfängt zu weinen und sich zu übergeben, und ich muss dann alles saubermachen und mich um sie kümmern. Und der Ton-Zerstörer hasst es und schreit sie an und sagt Schimpfnamen zu ihr, und das kann ich nicht ertragen. Vor ein paar Monaten hat Jessica mich angerufen, als Mum echt betrunken war, und sie konnte spüren, dass etwas nicht in Ordnung war. Also habe ich ihr schließlich alles erzählt, wie Angelica den ganzen Küchenfußboden vollgebrochen hatte und wie ich es satthatte, so zu leben, als sei ich die Mutter und sie das Kind. Jessica war damals echt nett, sie hat gesagt, sie könne es nicht fassen, und das wäre ja furchtbar, und ich wäre total tapfer, damit fertigzuwerden.

Aber gestern Abend hat sie von alledem nichts gesagt. Nein, gestern Abend am Lagerfeuer, vor Jamie und seinen ganzen Freunden und vor Kate eins und dem grässlichen Dred, redete sie davon, wie besoffen meine Mum gewesen war, als sie bei mir geklingelt hatte, um mich abzuholen, und wie Michaela geweint hatte. Und sie fragte mich, wie ich ausgehen und eine kleine Vierjährige mit jemandem, der so kaputt war, allein lassen könnte, sie hätte ihren Bruder ja nie und nimmer im Stich gelassen. Und dann sagte sie, ich könne ja von Glück sagen, dass noch nie einer das Jugendamt verständigt hätte, denn dann wären wir abgeholt und in Pflege gegeben worden. Es fühlte sich an, als würden eine Million kleine, mit abscheulichen

Gedanken vergiftete Pfeile auf mich zu schießen, durch die Bäume schlagen und sich in mein Hirn bohren. Jessica war bei mir zu Hause gewesen. Sie hatte meine Mum betrunken gesehen. Sie musste Angelica gesagt haben, dass wir gar nicht im Kino waren. Und Michaela weinte, und ich war nicht da, um sie zu trösten. Irgendwer würde das Jugendamt anrufen. Michaela und ich würden in Pflege gegeben werden.

Irgendwie gelang es mir, mich auf die Füße zu rappeln und zu murmeln, ich müsse jetzt gehen. Tränen liefen mir das Gesicht hinunter, und ich konnte mich nicht mehr erinnern, wo der Eingang zur Lichtung war. »Sorry«, sagte ich wieder und wieder, als ich über eine Gitarre und dann über die Tasche von jemandem stolperte. »Tut mir leid.« Und es tat mir wirklich so leid – dass ich überhaupt gekommen war. Dass ich tatsächlich geglaubt hatte, ich könnte einmal etwas echt Tolles und Aufregendes erleben. Dass ich mir tatsächlich eingebildet hatte, ich hätte ein Date mit Jamie.

Ich vermied es, auch nur in seine Richtung zu sehen, als ich im Kreis herumlief und endlich die Lücke zwischen den Bäumen entdeckte. Ich hörte, wie er mir hinterherrief: »Warte!«, aber ich ignorierte ihn und stolperte so schnell, wie ich konnte, hinaus. Ich glaube, er hat versucht, mir nachzukommen. Ich hörte ihn wieder rufen und dann ein Geräusch in den Büschen hinter mir, aber ich ging einfach weiter und hielt nicht mehr an, bis ich zu Hause war.

Das einzige Gute war, dass ich wirklich früh ankam. Der Ton-Zerstörer war noch im Pub, und Angelica war auf dem Sofa eingeschlafen. Ich wusch ihr Glas ab, leerte den Aschenbecher und versteckte die leere Flasche draußen im Mülleimer. Dann weckte ich sie und half ihr ins Bett. Zum Glück war sie viel zu weggetreten, um sich zu erinnern, dass Jessica da gewesen war. Als ich in mein Zimmer kam, fand ich Michaela schlafend in meinem Bett. Sie drückte meinen Teddybären an sich. Hendrix. Vorn war ihr Haar nass und durcheinander vom Weinen.

So, jetzt kennst du die ganze traurige Geschichte. Ich hoffe, du findest mich nicht zu schrecklich. Normalerweise lasse ich Michaela nicht mit meiner Mum alleine, wenn sie so ist, aber ich wollte einfach ein einziges Mal ein normaler Teenager sein. Und normale Teenager-Sachen machen. Bitte sei nicht böse auf mich. Ich weiß nicht, was ich tun würde, wenn ich dich nicht hätte und nicht mehr mit dir reden könnte. Na gut, wenn ich dir nicht mehr mailen könnte, aber das ist doch wie Reden, oder? Ich würde es hassen, wenn ich zu allem auch noch dich verlieren würde. Jetzt weine ich schon wieder. Ich mache lieber Schluss. Tut mir leid.

Georgie xx

Von: georgieharris@hotmail.com
An: nancyblue@aol.com
Betreff: Hallo
Datum: Montag, 7. August, 09:01

Hi Nan,
ich bin sofort, als sie aufmachte, in die Bücherei gekommen, weil ich gehofft hatte, du hättest mir gestern Abend eine Mail geschickt. Aber alles, was ich in meiner Inbox hatte, war eine Spam-Mail von einem Prinzen in Burkina Faso, der mir sechs Millionen Dollar in mein Bankkonto einzahlen will. Schön wär's! Bist du böse auf mich? Bitte, könntest du mir nur schnell eine Mail schreiben und mir sagen, was du denkst? Zu Hause ist jetzt alles in Ordnung. Mum hatte gestern keinen einzigen Drink, und der Ton-Zerstörer war den ganzen Tag mit seinen Kumpels unterwegs, also war alles ruhig und nett. Mum hat sogar Puppentheater für Michaela gespielt. Du siehst also, es ist wirklich nicht so schlimm. Es tut mir leid, wenn du böse auf mich bist, und ich verspreche dir, ich werde Michaela nie wieder mit Angelica allein lassen, wenn sie du-weißt-schon-was ist. Bitte mail mir.

Alles Liebe,
Georgie xx

Von: nancyblue@aol.com
An: georgieharris@hotmail.com
Betreff: Hundert Millionen Entschuldigungen!!
Datum: Montag, 7. August, 16:02

Oh Georgie, Liebling, natürlich bin ich nicht böse auf dich! Warum um alles in der Welt sollte ich das denn sein, und wofür um alles in der Welt musst du dich entschuldigen? Ich bin diejenige, die sich entschuldigen muss, weil ich dir nicht früher geantwortet habe. Und es tut mir so, so leid. Ich hatte gestern selbst so eine Art Mini-Krise und habe meinen Computer gar nicht hochgefahren. Ich bin nicht mal aus dem Bett aufgestanden. Der arme Woodstock musste mit dem Garten vorliebnehmen, um spazieren zu gehen, fürchte ich. Und heute wollte ich eigentlich auch nichts tun. Es war, als hätte sich ein dicker Nebel aus Trübsinn vom Meer heraufgewälzt und über mich gebreitet. Aber seltsamerweise war da eine kleine Stimme in meinem Kopf, die mir sagte, ich sollte doch schnell mal meine Mails lesen. Und ich bin so froh, dass ich es getan habe. Ich war wirklich schockiert, als ich deine Nachricht gelesen habe, denn ich war überzeugt, du würdest einen fabelhaften Abend haben. Um ehrlich zu sein, war ich nicht sicher, dass ich noch viele Mails von dir bekommen würde. Zwischen dir und Jamie schienen sich die Dinge so gut zu entwickeln. Und ich weiß noch, wie es ist, wenn man am Anfang einer neuen Liebe steht, man hat keine Zeit für irgendetwas anderes. Nun gut, zumindest kann ich mich noch vage daran erinnern!

Es tut mir so leid, dass du einen so schrecklichen Abend hattest. Dieser Computer ist extrem frustrierend, ich würde dir so gern so viel sagen, aber alles, was ich vor mir habe, sind dumme Buchstaben auf einem dummen Bildschirm. Wie gerne würde ich irgendwie durch meinen Computer hindurch nach dir greifen, dich in den Arm nehmen und dir sagen, dass das alles schon wieder in Ordnung kommen wird. Ich frage mich, ob du wohl noch online bist. Es ist kurz nach vier, also könntest du auf dem Heimweg vom Theater-Workshop kurz in die Bücherei gegangen sein. Ich hoffe, du bist heute hingegangen, trotz allem, was am Wochenende passiert ist. Es wäre furchtbar, wenn du diesem Krabbenstäbchen auf Beinen den Sieg überlassen würdest. Ich sende das hier jetzt gleich ab für den Fall, dass du online bist, und dann könnten wir vielleicht ein paar Mails schnell hin und her senden, als wenn wir uns richtig unterhalten würden? Ich lasse den Computer jedenfalls für die nächste halbe Stunde an und sehe immer wieder nach.

Alles Liebe,
Nan xx

Von: georgieharris@hotmail.com
An: nancyblue@aol.com
Betreff: Ich bin hier!!
Datum: Montag, 7. August, 16:06

Oh mein Gott! Ich habe gerade deine Mail bekommen! Ich bin in der Bücherei. Ich sende diese Nachricht ab, damit du Bescheid weißt, eine ausführlichere folgt gleich.

G xx

Von: nancyblue@aol.com
An: georgieharris@hotmail.com
Betreff: Re: Ich bin hier!!
Datum: Montag, 7. August, 16:08

Hurra!! Wir kommunizieren! Wie geht es dir, Liebling? Bist du heute zum Workshop gegangen? Bitte sag mir, dass du hingegangen bist!
Nan xx

Von: georgieharris@hotmail.com
An: nancyblue@aol.com
Betreff: Re: Ich bin hier!!
Datum: Montag, 7. August, 16:11

Hi,
ja, ich bin hingegangen. Wollte erst nicht – ist ja klar! Aber als ich Michaela gesagt habe, dass wir nicht gehen, fing sie an zu weinen, und ich habe mich so schuldig gefühlt, weil ich sie am Samstagabend allein gelassen hatte, also habe ich doch Ja gesagt. Auch wenn ich dafür die Scham auf mich nehmen und Jessica und Jamie wiedersehen musste. Es war aber seltsam, denn einem Teil von mir war es völlig egal. Es war, als hätte die Demütigung von Samstagabend mich völlig gefühllos gemacht. Mein Vater hatte einen Freund namens Roger, auch ein Roadie, der hat, als er ein Kind war, einen elektrischen Schlag erlitten, und hinterher hatte er in seinem linken Arm kein Gefühl mehr. Wenn er betrunken war, hat er immer Zigaretten auf seiner Haut ausgedrückt, denn er konnte überhaupt nichts spüren. Und so fühlt sich mein Herz jetzt an – total und absolut gefühllos. Ich glaube nicht, dass es mir je wieder wehtun kann. Und beim Workshop war sowieso alles in Ordnung, denn Jessica war überhaupt nicht da!

G xx

Von: nancyblue@aol.com
An: georgieharris@hotmail.com
Betreff: Re: Ich bin hier!!
Datum: Montag, 7. August, 16:13

Ach, wie wundervoll! Ich bin so froh, dass du hingegangen bist – und darf ich es wagen, nach Jamie zu fragen? War er da? Wie ist es gelaufen? Wie fühlst du dich jetzt?
Nan xx

Von: georgieharris@hotmail.com
An: nancyblue@aol.com
Betreff: Re: Ich bin hier!!
Datum: Montag, 7. August, 16:15

Nein, er war nicht da. Mir macht es aber nichts aus. Nach Samstag ist es mir lieber, wenn ich ihn nicht mehr wiedersehe. Ich nehme an, er und Jessica müssen endlich zusammengekommen sein, nachdem ich gegangen bin. Und heute sind sie vermutlich gemeinsam auf einem echten Date. Sie war wahrscheinlich bei ihm zu Hause und hat mit seiner Mum zu Mittag gegessen – Sandwichs mit Krabbenstäbchen. Aber mir macht es nichts aus, ganz ehrlich nicht. Nach dem, was am Samstag passiert ist, ist mir klar geworden, dass ich nicht mal an etwas wie Ausgehen, Romantik und all das Zeug denken kann – nicht solange meine Mum so ist, wie sie ist. Ich muss mich um sie und Michaela kümmern. Mein Dad hätte gewollt, dass ich das tue, und außerdem scheint es mit mir und Jungs und Romantik sowieso immer in totaler Peinlichkeit zu enden. Ich habe die Sache mit Dylan noch immer nicht vergessen, musst du wissen! Ich muss begreifen, dass mir so was einfach nicht passieren wird. Ich bin viel zu hässlich und langweilig und dumm, als dass ein Junge mich mögen könnte.

Gxx

Von: nancyblue@aol.com
An: georgieharris@hotmail.com
Betreff: Re: Ich bin hier!!
Datum: Montag, 7. August, 16:18

Hör sofort auf, so dummes Zeug zu reden! Du bist überhaupt nicht langweilig. Oder dumm. Und ich weiß einfach, dass du nicht hässlich sein kannst, denn dazu steckst du viel zu sehr voller Lebensfreude. Du weißt doch gar nicht sicher, dass Jamie heute mit Jessica zusammen war. Wenn ich zwischen den Zeilen deiner Mails lese, gewinne ich den Eindruck, dass er nicht allzu scharf auf sie ist. Warum hätte er am Samstag all diese Dinge mit dir machen sollen, wenn sie diejenige ist, auf die er es abgesehen hat? Ich muss ehrlich zu dir sein und dir sagen, dass ich in diesem Augenblick ziemlich froh wäre, wenn Jessica an einem ihrer ekelhaften Krabbenstäbchen ersticken würde.

Deine Loyalität deiner Mutter und deiner Schwester gegenüber ist vorbildlich, Liebling. Ich muss gestehen, in ein paar schwachen Momenten, so wie zum Beispiel gestern Nacht, habe ich mir gewünscht, mein eigener Sohn wäre etwas fürsorglicher und hätte sich nicht so kurz nach dem Tod seines Vaters um die halbe Welt davongemacht. Aber ich muss mir in Erinnerung rufen, dass Dylan sein eigenes Leben zu führen hat und dass er seinen eigenen Weg hat, mit der Trauer umzugehen. Auch du hast ein Recht auf dein eigenes Leben, Georgie, und ich bin sicher, auch dein Vater hätte das gewollt. Bitte sag mir, ich soll mich um meinen eigenen Kram kümmern, wenn ich eine Grenze überschreite. Es bricht mir einfach das Herz, daran zu denken, dass du so viel Verantwortung auf deinen jungen Schultern trägst. Ich wünschte, ich könnte dir irgendwie helfen. Ich sende das hier jetzt ab, denn ich denke, du wirst bereits auf meine Antwort warten.

Nan xx

Von: georgieharris@hotmail.com
An: nancyblue@aol.com
Betreff: Re: Ich bin hier!!
Datum: Montag, 7. August, 16:23

Geht es dir gut? Du musst Dylan wirklich vermissen. Mailt er dir oft? Ich hoffe es. Ich weiß, ich habe das schon mal geschrieben, aber ich weiß wirklich nicht, was ich machen würde, wenn ich dich nicht hätte und dir nicht mailen könnte. Ich kann nicht fassen, dass du gedacht hast, ich würde dir einfach nicht mehr mailen! Selbst wenn ich den faszinierendsten Jungen auf der ganzen Welt kennenlernen würde – einen, der keine Mädchen wie Jessica mit perfekten blonden Haaren und nach innen gewölbten Bäuchen toll findet – und er mir einen Heiratsantrag machen würde und wir wirklich weit weg gehen würden, nach Amerika oder so, und meine Mum und Michaela mitnehmen würden – ich würde dir immer noch mailen. Ich liebe unsere Gespräche. Denn sie fühlen sich wirklich wie Gespräche an, stimmt's? Obwohl ich deine Stimme noch nie gehört habe! Ich glaube nicht, dass ich jemals mit irgendwem so reden kann, wie ich mit dir rede, also darfst du nie wieder so dumme Gedanken haben, okay? Ich helfe nur mal schnell Michaela, ein Buch über Tigger und die Heffalumps zu finden. Bin gleich zurück.

G xx

Von: nancyblue@aol.com
An: georgieharris@hotmail.com
Betreff: Re: Ich bin hier!!
Datum: Montag, 7. August, 16:29

Ach je, jetzt weine ich schon wieder – aber diesmal sind es Freudentränen. Vielen Dank für deine lieben Worte, und ich verspreche dir, ich werde nie wieder so dumm sein. Dylan mailt mir nicht sehr oft.

Er hasst Computer, genau wie sein Vater. Das ist ein weiterer Grund, weshalb ich schließlich dazu kam, seine ganze Korrespondenz mit seinen Fans zu verwalten. Aber er ruft mich zweimal in der Woche an und erzählt mir, wie er zurechtkommt. Es ist wirklich verrückt, ich sollte mir ein Beispiel an ihm nehmen und einfach weitermachen, aber es ist so verdammt schwer. Immer wenn ich das Gefühl habe, Fortschritte zu machen, schlägt eine Flutwelle aus Schuldgefühlen und Trauer über mir zusammen, weil ich mein Leben ohne Bruce weiterführe. Aber ich denke, ich muss den Rat, den ich dir gegeben habe, auch selbst befolgen – er hätte es so gewollt. Ich weiß das, weil er es mir nämlich gesagt hat, kurz bevor er starb. »Verliere nie deinen Lebenshunger, Nan«, hat er gesagt. Aber es ist so verdammt schwer.

Komm, wir versprechen einander etwas: Lass uns sicherstellen, dass wir jeden Tag wenigstens eine Sache für uns selbst tun. Auch wenn es etwas Winziges ist, zum Beispiel ein Spaziergang oder das Lesen eines Lieblingsgedichts (keines meiner eigenen Werke, das kann ich dir versichern). Einverstanden?

Nan xx

PS: Hast du je mit deiner Mutter darüber gesprochen, dass sie sich professionelle Hilfe besorgen könnte? Vielleicht sollte sie mal einen Therapeuten aufsuchen?

Von: georgieharris@hotmail.com
An: nancyblue@aol.com
Betreff: Re: Ich bin hier!!
Datum: Montag, 7. August, 16:39

Ich bin wieder da. Michaela unterhält sich mit einer Freundin aus dem Kindergarten, also sollte ich ein paar friedliche Minuten für mich haben. Nein, ich versuche nicht mehr, mit meiner Mum darüber zu reden, sich Hilfe zu holen, denn ich weiß, dass es keinen Sinn hat. Das einzige Mal, als ich es probiert habe, ist sie richtig sauer geworden und hat mich beschuldigt, mich einzumischen, und damit war das Gespräch beendet! Deine Idee, jeden Tag etwas für uns selbst zu tun, gefällt mir, und ich verspreche, ich werde es wirklich versuchen. Ich nehme mal an, dass ich weiterhin zum Theater-Workshop gehe, ist etwas, das ich für mich tue, oder? Ich liebe es nämlich, zu singen und zu schauspielern, und es ist die beste Rolle, die ich je bekommen habe. Also werde ich dem Krabbenstäbchen auf Beinen nicht erlauben, mir das zu ruinieren. Debbie war heute bei der Probe echt nett zu mir. Sie hat gesagt, wenn ich – oh mein Gott! Der Ton-Zerstörer!

Von: nancyblue@aol.com
An: georgieharris@hotmail.com
Betreff: Re: Ich bin hier!!
Datum: Montag, 7. August, 16:42

Meine Güte, Georgie, was ist passiert? Ich hoffe, es ist alles in Ordnung. Ich werde meinen Computer eingeschaltet lassen. Maile mir, sobald du kannst, und lass mich wissen, ob es dir gut geht.

Nan xx

Von: nancyblue@aol.com
An: georgieharris@hotmail.com
Betreff: Bitte maile mir!
Datum: Montag, 7. August, 23:34

Liebe Georgie,
es ist halb zwölf in der Nacht, und ich habe noch ein letztes Mal meine Mails geprüft. Warum, weiß ich eigentlich nicht, denn die Bücherei muss ja schon seit Stunden geschlossen sein, aber seit deiner letzten Mail mache ich mir einfach wirklich Sorgen. Ist dein Stiefvater in der Bücherei aufgetaucht? Woher wusste er denn, dass du da warst? Ach, ich hoffe so sehr, dass alles in Ordnung ist. Du wirst mich wissen lassen, was passiert ist, sobald du die Möglichkeit hast, nicht wahr? Mach dir keine Sorgen, ich werde meine Mails von nun an regelmäßig prüfen. Mein Nebel aus Trübsinn scheint sich ein wenig gelichtet zu haben. Er hat mich allerdings ziemlich erschöpft, also werde ich mich jetzt wohl auf den Weg ins Bett machen. Heute Nacht werde ich wieder in meinem eigenen Zimmer schlafen. Das Sofa in Bruces Zimmer hat mir chronische Rückenschmerzen beschert! Schlaf gut, liebe Georgie, und pass auf, dass die Bettwanzen dich nicht beißen. Das habe ich immer zu Dylan gesagt, als er klein war und ich ihn abends zugedeckt habe.

Alles Liebe,
Nan xx

Von: nancyblue@aol.com
An: georgieharris@hotmail.com
Betreff: Wo bist du?
Datum: Dienstag, 8. August, 16:16

Liebe Georgie,
geht es dir gut? Ich habe den ganzen Tag lang immer wieder meine

Mails geprüft, aber von dir ist nichts gekommen. Jetzt ist es Viertel nach vier, also wirst du hoffentlich bald in der Bücherei online sein? Lass es mich wissen ...

Nan xx

Von: nancyblue@aol.com
An: georgieharris@hotmail.com
Betreff: Noch immer in Sorge ...
Datum: Mittwoch, 9. August, 02:34

Ach Georgie, es ist ja so frustrierend. Ich sage mir immer wieder, dass es dir bestimmt gut geht und du nur einfach keine Möglichkeit hattest, heute an einen Computer zu kommen. Aber bei der Art und Weise, wie du deine letzte Nachricht plötzlich abgebrochen hast, kann ich einfach nichts anderes denken, als dass etwas Furchtbares passiert ist. Weshalb sollte der Ton-Zerstörer in der Bücherei auftauchen? Falls es das ist, was passiert ist ...

Ich fürchte, ich bin mit einer lächerlich lebhaften Fantasie geschlagen, und gerade jetzt, um halb drei in der Frühe, spielt sie völlig verrückt. Das Wetter macht dabei nichts besser. Ich weiß nicht, wie es in London heute war, aber hier in Hove war es drückend schwül. Heute Nachmittag, als ich mit Woodstock einen Spaziergang gemacht habe, hatte der Himmel eine schreckliche graugelbe Farbe, als litte er an Gelbsucht, und die Luft war dick, wie elektrisch aufgeladen. Als wir zurück nach Hause kamen, hing dem armen Woodstock die Zunge bis auf den Boden, solchen Durst hatte er. Und das Gewitter hat noch immer nicht begonnen. Ich wälze mich seit Stunden im Bett hin und her, so heiß ist es. Kurz war ich eingeschlafen und habe etwas Schreckliches von Bruce geträumt. Gleich nach seinem Tod habe ich gern von ihm geträumt, weil es das Nächstbeste war, wenn ich ihn schon nicht lebend wiedersehen konnte. Aber so ist es nicht mehr. Nicht bei den Träumen, die ich jetzt habe. Heute Nacht habe ich geträumt, er wäre in einer Sanddüne eingeschlossen, und ich versuchte ihn herauszuziehen, aber zum Ziehen hatte ich nicht mehr als eines dieser Fischernetze für Kinder, die sie überall an der Küste verkaufen, und es war nicht stark genug, und er glitt mehr und mehr aus meiner Reichweite. Hmm, man braucht kein Genie zu sein, um herauszufinden, was das zu bedeuten hatte, oder? Aber was ist, wenn ich ihn nicht loslassen will? Was, wenn ich mich lieber mit ihm hinunterziehen lasse, als ihn allein gehen zu lassen?

Tut mir leid, Süße. Ich sabbele mal wieder ohne Punkt und Komma vor mich hin. Oh, ich glaube, ich habe gerade ein Donnern gehört. Ich werde gehen und es mir von Bruces Fenster aus ansehen. Es gibt so ziemlich nichts, das sich mit einem Sturm über dem Meer vergleichen lässt. Maile mir, SOBALD du die Möglichkeit hast.

Alles Liebe,
Nan xx

Von: nancyblue@aol.com
An: georgieharris@hotmail.com
Betreff: Stürmisches Wetter
Datum: Mittwoch, 9. August, 16:59

Ein neuer Tag und noch immer keine Mail. Ich weiß nicht, was ich machen soll, denn ich möchte nicht, dass du denkst, ich würde mir keine Sorgen machen, also werde ich dir wohl weiter Nachrichten senden in der Hoffnung, dass du wenigstens spüren kannst, dass ich an dich denke – ein bisschen so wie an dem Tag, als ich dir die Mail über das Meer geschrieben habe. Der Sturm, als er dann endlich kam, war spektakulär. Ich habe beide Fenster in Bruces Büro so weit wie möglich aufgeworfen und saß mit seiner alten Strickjacke um die Schultern auf der Fensterbank und sah zu, wie die Elemente sich eine Schlacht lieferten. Das Meer war wie ein gigantischer Kessel, in dem es brodelte und schäumte, und ich konnte nichts weiter tun, als dieser Kraft des Ganzen voller Ehrfurcht zuzusehen. Und dann geschah etwas ziemlich Unglaubliches, Georgie. Ich hoffe, es stört dich nicht, dass ich dir das erzähle, aber ich habe das Gefühl, ich muss es jemandem erzählen, und du bist besser als jeder andere. Letzte Nacht war mir nämlich zumute, als hätte ich eine Art von Durchbruch erzielt. Diese scharfkantige Scherbe des Schmerzes, die sich in mein Herz gegraben zu haben schien, lockerte sich endlich und fiel heraus. Es war der Sturm, der das zustande brachte. Anfangs, als ich sah, wie der Himmel aufbrach, machte ich mir um meine Sicherheit überhaupt keine Sorgen. Tatsächlich fühlte ich mich ziemlich beschwingt. Ich denke, ein Teil von mir hoffte insgeheim, dass der nächste Blitz geradewegs auf mich herunterfahren würde, denn dann hätte ich endlich wieder mit Bruce vereint sein können. Ich stellte mir vor, wie ich durch den Spalt im Himmel hinauffahren würde, dorthin, wo er auf der anderen Seite auf mich warten würde. Aber dann, während der Sturm weiterwütete, geschah etwas Seltsames. Ich ertappte mich dabei, wie ich auf mein Leben und auf alles, was ich getan hatte, zurückblickte. Die Fehler, die Triumphe, das Gelächter, die Tränen. Es war, als würde mein Leben in einem riesigen Buch vor mir liegen, und weißt du, was mir dabei klar wurde? Mir wurde klar, wie viel verdammtes Glück ich gehabt habe. Selbst auf die schlimmsten Tiefpunkte, so erkannte ich, als ich gestern Nacht zurückblickte, folgte wieder ein Hoch. Zum Beispiel, als ich erfuhr, dass ich keine Kinder bekommen konnte (Dylan haben wir adoptiert – du bist nicht die Einzige, die ein Geheimnis bewahrt hat, Liebling). Irgendwie habe ich diese schreckliche, düstere Entdeckung und die Jahre der Angst, die darauf folgten, überstanden, und mir wurde ein perfekter Sohn geschenkt. Auf jede Seite meiner Lebensgeschichte, die eine Tragödie oder etwas Bedauerliches enthielt, folgte immer ein Grund zur Freude. Und in diesem Augenblick, während der Blitz aufleuchtete und der Donner grollte, wurde mir klar, dass diese Zeit, die ich jetzt durchlebe, auch nur eine weitere Seite ist. Und auch wenn sie mit dem unerträglichsten

Schmerz beschrieben ist, wird sie bald umgeblättert werden. Und weißt du, was ich dann getan habe, Georgie? Ich habe tief durchgeatmet, die Fäuste geballt und mich im Geiste gezwungen, die Seite umzublättern. Es war so herzzerreißend und schmerzhaft, aber ich wusste, ich musste es tun. Ich musste Bruce Lebewohl sagen, um weiterzuleben.

Ach, meine Liebe, diesmal habe ich aber wirklich vor mich hin gesabbelt, was? Aber ich wollte gern, dass du weißt, was passiert ist, Georgie, denn ich möchte, dass du dein Leben in derselben Weise betrachtest. Jetzt gerade hast du eine schwierige Seite vor dir, aber du wirst nicht ewig darin gefangen sein. Du hast viele Seiten, die in deiner Geschichte noch gefüllt werden müssen – sie sind alle leer und sauber und vielversprechend. Was immer also gerade geschehen ist, halte dich an diesem Gedanken fest, und wann immer du die Gelegenheit erhältst, fasse den Mut, diese Seite umzublättern. Noch einmal, Liebling, ich hoffe, es ist alles in Ordnung, und bitte maile mir so schnell, wie du kannst.

Alles Liebe,
Nan xx

Von: georgieharris@hotmail.com
An: nancyblue@aol.com
Betreff: Re: Stürmisches Wetter
Datum: Donnerstag, 10. August, 19:09

Der Ton-Zerstörer weiß über den Theater-Workshop Bescheid. Jessica ist am Montag zu mir nach Hause gegangen und hat ihm gesagt, wo ich war. Ich weiß nicht, was sie gesagt hat – sie hat vermutlich so getan, als wolle sie mich abholen, und dann hat sie es mit Absicht wie zufällig fallen lassen. Ich kann sie mir genau vorstellen, wie sie in ihrem dämlichen künstlichen Akzent sagt: »Oh mein Gott, ich, also, ich habe ja total vergessen, dass sie bei diesem Theater-Workshop sein wird, denn da ist sie ja doch die ganze letzte Woche gewesen, nicht wahr?«

Als der Ton-Zerstörer am Montag in der Bücherei auftauchte, ist er durchgedreht. Er hat mich vor allen Leuten angebrüllt – in der Bücherei, wo tödliche Stille herrscht, sodass es sich noch schlimmer anhörte. Er hat mich ein verlogenes, falsches kleines Biest genannt. Und dann hat er mich am Arm nach draußen gezerrt. Die schielende Bibliothekarin versuchte, ihn aufzuhalten, und Michaela fing an zu weinen, aber das machte keinen Unterschied mehr. Den ganzen Weg bis nach Hause hielt er meinen Oberarm mit seiner riesigen Hand umklammert. Ich habe da jetzt einen Ring aus violetten Flecken, wie eine scheußliche Tätowierung, so fest hat er mich gehalten. Und kaum hörbar hat er Dinge vor sich hin gemurmelt, wie er von mir und meiner Mutter die Schnauze voll hätte und wie viel er für uns getan hätte und das wäre alles, was er zum Dank dafür bekäme. Ich habe mich gefragt: Wenn er so in der Öffentlichkeit mit mir umgeht, was wird er dann mit mir machen, wenn wir drinnen im Haus sind? Ich habe aber nicht geweint. Na ja, ein kleines bisschen schon, aber ich war dabei leise und habe es ihm nicht gezeigt. Als wir nach Hause kamen, hat er mich jedoch nicht angerührt. Er hat etwas viel Schlimmeres getan. Er hat mir etwas erzählt – über meinen Dad. Etwas Schreckliches. Und jetzt ist mir zumute, als wäre meine ganze Welt in Stücke zersprungen. Es tut mir wirklich leid, Nan, aber ich muss gehen. Ich habe Hausarrest, also dürfte ich eigentlich gar nicht hier sein, aber der Ton-Zerstörer ist arbeiten, und ich habe Mum gesagt, ich müsse mal kurz nach draußen, um eine Freundin zu treffen, und wenn sie es ihm erzählt, würde ich nie mehr mit ihr sprechen, solange ich lebe. Ich hasse sie, Nan. Ich hasse sie beide. Nächste Woche ist die Aufführung von Bugsy Malone, aber ich werde in meinem Zimmer eingesperrt sein und mir vorstellen, wie Jamie und Jessica und all die anderen ihre Rollen spielen, während ihre liebevollen Mütter und Väter ihnen mit Tränen in den Augen und einem breiten seligen Grinsen auf den Gesichtern zusehen. Ich habe das Gefühl, mein Leben ist zu Ende, ehe es überhaupt die Chance hatte anzufangen.

Vielen, vielen Dank für deine Mails – die über den Sturm hat mir so sehr gefallen. Ich habe die Bibliothekarin gebeten, sie für mich auszudrucken, damit ich sie heute Abend im Bett noch einmal richtig lesen kann. Ich mochte wirklich gern, wie du geschrieben hast, dass unsere Leben wie Bücher sind. Aber was machst du, wenn du plötzlich herausfindest, dass ganze Kapitel in deinem Buch Lügen sein könnten? Nach dem, was der Ton-Zerstörer mir am Montag erzählt hat, sind so viele Dinge, die ich für die Wirklichkeit gehalten habe, ausradiert und von ihm neu geschrieben worden. Ich verspreche dir, ich maile dir wieder, sobald ich die Möglichkeit habe, aber jetzt gehe ich besser zurück, nur für den Fall, dass er früher nach Hause kommt.

Alles Liebe,
Georgie xx

Von: nancyblue@aol.com
An: georgieharris@hotmail.com
Betreff: Re: Stürmisches Wetter
Datum: Donnerstag, 10. August, 19:11

Georgie – bist du noch da? Ich möchte dir meine Telefonnummer geben, und ich möchte, dass du mich anrufst, so schnell du kannst – 01273 556 7840

Alles Liebe,
Nan xx

Von: nancyblue@aol.com
An: georgieharris@hotmail.com
Betreff: Ruf mich an
Datum: Donnerstag, 10. August, 23:08

Es ist jetzt elf Uhr nachts, und von dir kam weder eine Antwort noch ein Anruf, also nehme ich an, dass du schon nach Hause gegangen sein musst, bevor du meine Telefonnummer bekommen hast. Oh Georgie, ich habe mich so erschrocken, als ich deine Nachricht bekommen habe, ich war entsetzt. Manchmal brauchen wir im Leben ein wenig Hilfe, um »eine Seite umzublättern«, und diese Hilfe möchte ich dir jetzt geben. Ich möchte, dass du mich anrufst, so schnell du kannst, und ich möchte, dass du weißt, dass du nicht in einem Haus bleiben musst, wo du dich nicht sicher fühlst. Ich bin in Bruces Büro auf und ab gelaufen, und das, was dir passiert ist, macht mich absolut rasend vor Wut. Wie kann dieser Mann es wagen, dich anzurühren? Ich frage mich immer wieder, was Bruce zu alledem sagen würde. Ich weiß, er würde wollen, dass ich etwas unternehme. Bruce war gut darin, etwas zu unternehmen, es war ihm körperlich unmöglich, sich zurückzulehnen und tatenlos bei irgendeiner Art von Ungerechtigkeit oder Grausamkeit zuzusehen. Ich weiß, wir sind uns nie begegnet, und ich weiß, ich bin kein Mitglied deiner Familie, aber ich bin deine Freundin, deine wahre Freundin, und ich kann nicht einfach hier sitzen und auf den Bildschirm des Computers starren, während ich weiß, dass du in solcher Weise behandelt wirst. Bitte ruf mich an ...

Nan xx

Teil Vier

Die Seite umblättern

Von: georgieharris@hotmail.com
An: nancyblue@aol.com
Betreff: Re: Ruf mich an
Datum: Samstag, 12. August, 10:45

Liebe Nan,
es war so toll, gestern Abend endlich mal mit dir zu sprechen. Du hast dich genauso angehört, wie ich es mir vorgestellt habe – total gebildet und mit toller Aussprache – wie eine echte Schauspielerin LOL (und ich lache wirklich laut, denn ich warte im Moment in dem Internet-Café am Bahnhof auf dich, und es ist so laut hier, weil all die Touristen hin und her rennen und durcheinanderreden!!). Ich weiß nicht, warum ich dir maile, obwohl ich dich doch gleich treffen werde. Vielleicht, weil ich so nervös bin.

Es war so leicht, über Mail mit dir zu sprechen, aber was, wenn es von Angesicht zu Angesicht nicht dasselbe ist? Was ist, wenn dir, sobald du mich siehst, klar wird, dass ich nur ein blöder Teenager bin, der überhaupt nichts Interessantes zu sagen hat? Die Bahnhofsansage hat gerade durchgegeben, dass dein Zug sich um ungefähr zwanzig Minuten verspäten wird. Also denke ich, ich werde noch ein Weilchen an dieser Mail weiterschreiben. So habe ich etwas zu tun – seit ich heute früh von zu Hause weggegangen bin, fühle ich mich wie ein geflüchteter Häftling. Und wenn ich hier im Internet-Café sitze und vor mich hin tippe, fühle ich mich schon deutlich weniger verdächtig. Zwar haben Angelica und der Ton-Zerstörer keine Ahnung, wo ich bin, aber trotzdem. Als ich gestern Nacht bei unserem Gespräch am Telefon anfing zu weinen, war es nicht, weil du mich traurig gemacht hast oder so was. Du warst so nett, und deine Stimme klang so ruhig und stark. Ich konnte einfach nicht anders, als in Tränen auszubrechen. Und es tut mir leid, dass ich mich nicht dazu durchringen konnte, dir zu sagen, was der Ton-Zerstörer mir am Montagabend über meinen Vater erzählt hat. Es ist einfach so schwer, auch nur daran zu denken, geschweige denn es laut auszusprechen. Vielleicht habe ich Angst, wenn ich es laut ausspreche, wird es wahr, und was ich dann tue, weiß ich nicht. Ich fürchte, ich hoffe noch immer, dass der Ton-Zerstörer und Angelica gelogen haben. Ich kann einfach nicht glauben, dass sie ihm zugestimmt und erlaubt hat, meine und ihre Geschichte umzuschreiben, dass sie ihn solche furchtbaren Dinge über meinen Dad sagen lässt. Heute Morgen, als ich ihr gesagt habe, ich würde weggehen, musste ich meine Fäuste total fest in meinen Hosentaschen ballen, um mich davon abzuhalten, sie zu schlagen. Und ich glaube, das hat sie gespürt, denn sie hat mir nicht widersprochen, sondern nur gesagt: »Pass auf, dass du vor sieben zurück bist«, denn dann kommt natürlich *er* nach dem Fußball aus dem Pub zurück.

Ich weiß was, ich werde versuchen, hier in dieser Mail aufzuschreiben, was passiert ist, und falls ich immer noch nicht in der Lage bin, es dir zu sagen, wenn wir uns treffen, kann ich dich bitten, online zu gehen und es zu lesen. Ich werde es wie ein Theaterstück aufschreiben, denn das geht am schnellsten. Also los:

> ORT: GEORGIES *Zimmer, Montagabend.* GEORGIE *sitzt auf ihrem Bett, lehnt an der Wand, reibt sich ihren verletzten Arm.* TON-ZERSTÖRER *steht in der Zimmertür und starrt sie an.*
>
> TON-ZERSTÖRER: Sieh dich doch an, du erbärmliche kleine Versagerin – genau wie dein drogensüchtiger Vater und deine versoffene Mutter.
> GEORGIE: Mein Dad hat keine Drogen genommen.
> TON-ZERSTÖRER: *(lacht sarkastisch)* Hat keine Drogen genommen? Ein langhaariger Roadie für die Magic Carpets? Und ob der Drogen genommen hat.
> GEORGIE: Du lügst!
> TON-ZERSTÖRER: Ach ja? Wie ist er denn dann bitte schön gestorben?
> GEORGIE: Er – er hatte einen Unfall mit seinem Motorrad. Die Straße war glatt vom vielen Regen.
> TON-ZERSTÖRER: *(bricht in Gelächter aus)* Ja, klar.

GEORGIE: *(fängt an, sich sehr unwohl zu fühlen)* Was meinst du denn?
TON-ZERSTÖRER: Er hatte Gott weiß was für Zeug genommen und war davon total von der Rolle, und so ist er auf sein Motorrad gestiegen. So hat sich dein kostbarer Dad um dich und deine Mum gekümmert – und dabei hätte er noch irgendein armes Schwein auf der Straße umbringen können.
GEORGIE: Nein!
TON-ZERSTÖRER: Doch. Aber ich dagegen? Ich habe euch ein Dach über dem Kopf gegeben, ich ernähre und kleide euch – und was bekomme ich dafür? Nichts als Lügen.
GEORGIE: *(murmelt)* Der Lügner bist du.
TON-ZERSTÖRER: *(macht einen Schritt auf sie zu)* Wie bitte?
GEORGIE: Du – du lügst jetzt. Mein Vater hat keine Drogen genommen. Du lügst.
TON-ZERSTÖRER: Du ignorante kleine –
Ein Geräusch unterbricht ihn. Es ist GEORGIES *erbärmliche Mutter* ANGELICA, *die von der Arbeit nach Hause kommt. Sie betritt das Zimmer und sieht* GEORGIE *weinend auf dem Bett.*
ANGELICA: Oh mein Gott! Was ist denn passiert?
GEORGIE: Er lügt, Mum, er sagt all diese Sachen über Dad, und …
TON-ZERSTÖRER: Dieses kleine Biest ist diejenige, die lügt – uns lügt sie an.
ANGELICA: Was meinst du? *(Sie sieht* GEORGIE *an)* Worüber lügt sie?
GEORGIE: Ich habe nicht gelogen, Mum, er ist es, der …
TON-ZERSTÖRER: Sie ist zu diesem Theater-Workshop oben im Gemeindezentrum gegangen. Zu dem, den wir ihr verboten haben. Die ganze letzte Woche über war sie da – als sie auf meine Tochter hätte aufpassen sollen.
Er macht einen Schritt auf das Bett zu, GEORGIE *umarmt ihren Teddybären fest.*
ANGELICA: Was? Aber –
TON-ZERSTÖRER: Sie hat die arme kleine Michaela allein ge-

lassen, sodass sie herumhopsen und so tun konnte, als wäre sie eine Schauspielerin.

GEORGIE: Ich habe sie nicht allein gelassen, sie war die ganze Zeit bei mir, sie ...

ANGELICA: Georgie, wie konntest du nur? Ich habe dir doch gesagt ...

TON-ZERSTÖRER: Ach ja, du hast ihr gesagt, sie darf nicht gehen. Und seit wann hat sie je auf irgendwas, das du ihr sagst, gehört? Sie ist durch und durch die Tochter ihres Vaters.

GEORGIE: Mum, er hat gesagt, Dad hat Drogen genommen. Das stimmt doch nicht, oder? Er hat gesagt, er hat an dem Abend, an dem er starb, Drogen genommen. Er hat gesagt, deshalb ist er gestorben. Mum?

ANGELICA *starrt ausdruckslos auf den Boden, ihre Hände zittern.*

TON-ZERSTÖRER: Na los – sag's ihr. Erzähl ihr, in was für einem Zustand er an dem Abend war. Erzähl ihr, wie du ihn angebettelt hast, so nicht rauszugehen. Erzähl ihr, wie ihr kostbarer Vater wirklich war.

GEORGIE: Mum!

ANGELICA *nickt langsam mit dem Kopf, blickt noch immer nicht auf.*

GEORGIE: *(schreit)* Raus hier!

TON-ZERSTÖRER *fängt an zu grinsen und verlässt das Zimmer.*

ANGELICA *macht einen Schritt auf das Bett zu. Georgie wirft Hendrix, ihren Teddybären nach ihr. Den Teddybären, den ihr »drogensüchtiger« Vater für sie gekauft hat.*

GEORGIE: Raus!

ANGELICA *verlässt das Zimmer.*

So, jetzt weißt du, warum ich dir nicht erzählen wollte, was passiert ist. Wie hat sie mich die ganzen Jahre über anlügen und mir erzählen können, er wäre bei einem tragischen Unfall gestorben, wo es doch von vorn bis hinten seine eigene Schuld war? Wo er doch von vorn bis hinten ...

Aber vielleicht hat sie ja gar nicht gelogen. Vielleicht hatte sie einfach zu viel Angst vor dem Ton-Zerstörer, um seinen Lügen zu widersprechen? Ich weiß nicht, was ich denken soll, und ich spiele mir die Erinnerungen, die ich an meinen Vater habe, im Kopf immer wieder vor und suche nach etwas, irgendetwas, das mir die Wahrheit verrät. Aber ich kann nichts finden. Alles, was ich noch weiß, sind verschwommene kurze Augenblicke, als würde ich ihn durch einen Vorhang sehen. Sein Lächeln, seine funkelnden Augen, seine Art, den Kopf zurückzulegen, wenn er lachte. Aber wenn er so war, wie der Ton-Zerstörer sagt, und wenn das der wirkliche Grund für seinen Tod ist, was hat er dann über mich gedacht? Und über meine Mutter? Sich in solchem Zustand auf ein Motorrad zu setzen. Sich nicht darum zu kümmern, ob man lebt oder stirbt.

Oh mein Gott! Die Ankunft deines Zuges wird angekündigt. Es fühlt sich so merkwürdig an, eine Mail an dich fertig zu schreiben, damit ich wirklich losgehen und dich treffen kann! Ich hoffe, du magst mich!

Alles Liebe,
Georgie xx

Von: nancyblue@aol.com
An: georgieharris@hotmail.com
Betreff: Danke!!
Datum: Samstag, 12. August, 17:14

Liebste Georgie,
Liebling, du würdest extrem stolz auf mich sein, wenn du mich jetzt hier sehen könntest – wie ich unter den schicken jungen Leuten im Internet-Café am Bahnhof sitze und vor mich hin tippe. Ich muss noch ein bisschen Zeit totschlagen, ehe mein Zug zurück nach Brighton fährt, also dachte ich mir, ich sende dir schnell eine Nach-

richt. Ich wollte dir sagen, dass ich es wunderschön mit dir fand. Es war total und absolut frostfrei, dich endlich kennenzulernen, Liebling. Du warst alles, was ich erwartet hatte, und noch mehr. So witzig und klug und wirklich richtig schön.

Ich habe die Mail, die du mir vorhin geschrieben hast, während du auf mich gewartet hast, gerade gelesen, und es ließ mich schaudern, das alles noch einmal durchzugehen. Ich bin so froh, dass du den Mut gefunden hast, mir zu erzählen, was passiert ist, als wir uns getroffen haben, und ich hoffe, der Rat, den ich dir gegeben habe, hilft. Wie ich dir gesagt habe, wir machen uns alle unsere eigene Wahrheit. Der Ton-Zerstörer kann versuchen, dir deine kaputtzumachen, aber du musst es ihm nicht erlauben. Selbst wenn dein Vater Drogen genommen hat, macht ihn das noch nicht zu einem schlechten Menschen.

Der Ton-Zerstörer möchte, dass du das glaubst, weil er sich dann besser fühlt. Er ist der typische unsichere Tyrann. So wie du deinen Vater in Erinnerung hast, so war er – lustig und charmant und liebevoll. Erlaube dem Ton-Zerstörer nicht, deine Erinnerungen an ihn umzuschreiben, sie sind viel zu kostbar dazu – sie sind ein Teil von dem, was du bist.

Ich habe Dylan nicht erzählt, dass er ein Adoptivkind ist, bis er fünfzehn war. Bruce fand, wir hätten es ihm viel früher erzählen müssen, aber ich konnte mich einfach nicht dazu durchringen. Ich nehme an, ich wollte so tun, als wäre er wirklich mein Kind. Ich wollte nicht, dass er wusste, dass jemand anderes ihn zur Welt gebracht hat. Ich hatte schrecklich Angst, er würde sie ausfindig machen wollen und sie am Ende mehr lieben als mich. Letzten Endes kehrte sich die Sache genau wie all meine dickköpfigen Entscheidungen gegen mich und biss mir in den Hintern. Er war so erschüttert und wütend auf mich, weil ich es ihm nicht früher erzählt hatte, und ich weiß, dass er genau wie du jetzt eine Phase durchmachte, in der er seine eigene Identität infrage stellte. Aber du bist die, die du zu sein beschließt, verstehst du? Egal, was dein Stiefvater sagt, du kannst sein, wer immer du willst. Behalte das in Erinnerung, Georgie, und bleib stark.

Hat dir die Führung durch Londons Theaterwelt Spaß gemacht? Ich hoffe, du hältst mich nicht für entsetzlich selbstsüchtig, weil ich dich durch all meine früheren Lieblingsplätze geschleift habe, aber ich wollte dir ein Ziel geben, das du anstreben kannst. Damit du davon träumen kannst, eines Tages auch deinen Namen in Leuchtschrift zu sehen.

Oh Georgie, der heutige Tag hat mir so viel gegeben, ich kann dir gar nicht sagen, wie viel. Es war so schön, daran erinnert zu werden, wie mein Leben war, und auch wenn ich weiß, dass es ohne Bruce an meiner Seite nie wieder so sein wird, habe ich immer noch Möglichkeiten, ich habe immer noch Hoffnung. Viel Glück heute Abend. Ich hoffe, deine Mutter findet die Broschüren, die ich dir gegeben habe, nützlich und dein Gespräch mit ihr verläuft gut. Wenn ich nach Hause komme, werde ich meine Macbeth-Ausgabe abstauben und ein bisschen in meinen alten Monologen lesen. Ich bin gespannt, ob ich noch welche davon auswendig kann.

Noch einmal danke ich dir, und vergiss nicht, du kannst mich anrufen, wenn du irgendetwas brauchst, bei Tag und bei Nacht, egal zu welcher Zeit.

Alles Liebe,
Nan xx

Von: georgieharris@hotmail.com
An: nancyblue@aol.com
Betreff: Re: Danke
Datum: Samstag, 12. August, 18:47

Hi Nan,
das ist ja lustig – ich musste dir auch gleich mailen! Ich bin auf dem Heimweg schnell in das Internet-Café in der Ruislip High Street gegangen. Es ist fast sieben, aber ich weiß nicht, wann ich das nächste Mal an einen Computer komme, und ich wollte, dass du weißt, ich hatte heute den ALLERSCHÖNSTEN Tag. Natürlich hat es mich nicht gestört, in all den Theatern herumzulaufen. Ich kann kaum fassen, dass du in so vielen von ihnen aufgetreten bist! Es scheint unmöglich zu glauben, dass der Name Georgie Harris je über der Shaftesbury Avenue oder der Drury Lane aufblinken könnte, aber es ist wirklich ein schöner Traum. Um ehrlich zu sein, vor ein paar Monaten habe ich davon geträumt, meinen Namen neben dem von Dylan im Abspann von *Jessop Close* zu sehen, aber das kommt mir jetzt total merkwürdig vor. Es ist komisch, oder? Normalerweise merkt man ja gar nicht, wie man älter wird, aber manchmal geht es so schnell, dass es einem vorkommt, als würde man in einem dieser Zeitraffer-Filme sehen, wie eine Blume wächst, und dann schämt man sich bei dem Gedanken daran, wie babyhaft man war.

Vielen Dank für das leckere Mittagessen! Neal's Yard ist ja so cool! Ich hatte keine Ahnung, dass es solche Orte überhaupt noch gibt. Es war, als würde man im Austin-Powers-Film mitspielen – ich hoffe, du hast bemerkt, dass ich nicht mehr »die alten Zeiten« sage! Ich werde Angelica fragen, ob ich mal einen Karottenkuchen backen darf, wenn der Ton-Zerstörer nicht da ist. Ich hätte niemals gedacht, dass Karotten so gut schmecken können. Danke für die Duftkerze und den Rosenquarzkristall. Dieser Lachender-Buddha-Laden war umwerfend, oder? Er hat mich an Aladins Höhle erinnert, randvoll mit herrlich duftenden Schätzen! Ich werde den Kristall immer in meiner Tasche tragen, sodass ich ihn halten kann, wann immer ich ihn brauche und mich stark fühlen muss. Es ist ja so cool, dass man unterschiedlich gefärbte Kristalle für jede Stimmung und jedes Gefühl bekommen kann, nicht? Wenn ich irgendwie etwas Geld auftreiben kann, kaufe ich dir ein Stück Jade. Das ist übrigens der Stein für Freundschaft und Glück.

Ich freue mich wirklich, dass du dir deine Macbeth-Ausgabe anschauen willst. Glaubst du, du könntest je auf die Bühne zurückkehren? Weißt du was? Als wir vor dem *Theatre Royal* standen, konnte ich nicht anders, ich musste dein Gesicht betrachten, und du hast genau wie Michaela ausgesehen, wenn sie beim Spielwarenladen ins Schaufenster guckt. Du sahst so aufgeregt aus, und ich konnte spüren, dass dir eine Million magische Erinnerungen wie Sternschnuppen durch den Kopf schossen. Ich wette, Bruce hätte auch gewollt, dass du wieder mit dem Schauspielern anfängst.

Na ja, nun gehe ich mal lieber nach Hause, ehe der Psychopath zurückkommt. Du hast recht, ich darf ihm nicht erlauben, meine Erinnerungen an Dad zu zerstören. Ich bin jetzt so viel glücklicher. Ich weiß einfach, wenn ich erst mal mit Mum gesprochen habe und ihr diese Broschüren, die du mir gegeben hast, gezeigt habe, werde ich sie dazu bringen, Vernunft anzunehmen. Man kann nie wissen, vielleicht sind wir, wenn ich dir das nächste Mal maile, schon ausgezogen und für immer von diesem widerlichen Tyrannen befreit.

Alles Liebe,
Georgie xxx

Von: nancyblue@aol.com
An: georgieharris@hotmail.com
Betreff: Neuanfänge ...
Datum: Sonntag, 13. August, 10:18

Liebste Georgie,
ich muss dir einfach mailen, um dir zu erzählen, was gestern Abend passiert ist. Nachdem ich Woodstock von Ricardo abgeholt hatte – und mit feuchten Küssen überschwemmt wurde (von Woodstock, nicht von Ricardo) –, bin ich nach Hause gegangen und habe meinen Dachboden durchwühlt. Als Bruce und ich Dylan adoptierten, habe ich all meine Schauspiel-Souvenirs weggepackt. Ich hoffte wohl, es würde ein Fall von Aus-den-Augen-aus-dem-Sinn sein. Nachdem ich alle Hoffnung, jemals Kinder zu haben, aufgegeben hatte, wurde mir plötzlich diese unglaubliche Chance auf Mutterschaft geschenkt, und die wollte ich nicht vermasseln. Ich wollte nicht, dass mir irgendetwas dazwischenkam. Also habe ich, so wie man sich herzlos von einem Liebhaber trennt, all meine alten Rollenbücher und Programme und Requisiten und Kostüme in einem großen Koffer auf den Dachboden gepackt. Und seitdem sind sie dort und stauben ein. Aber nachdem wir gestern die Straße der Erinnerungen entlanggegangen sind, konnte ich nicht widerstehen und habe den Koffer vom Boden heruntergeholt. Und dann habe ich die halbe Nacht damit verbracht, darin herumzuwühlen. Es war unglaublich, was da für Emotionen freigesetzt wurden. Ein bisschen wie die Büchse der Pandora, aber ohne das Schlangenhaar und die tödlichen Krankheiten, möchte ich rasch hinzufügen. Ich habe sogar verschiedene Kostüme anprobiert. Und sie passen mir noch!!! Dann habe ich in den Alben mit meinen alten Kritiken geblättert, und es war, als würde ich die, die ich einmal war, und das, wozu ich fähig war (und vielleicht immer noch bin) neu kennenlernen. Es war ein so weit entferntes Kapitel meines Lebens, ich hatte völlig vergessen, was für ein außergewöhnliches Gefühl, etwas erreicht zu haben, mir das Schauspiel gegeben hat. Wenn man Ehefrau und Mutter wird, verliert man nur allzu leicht aus den Augen, was für ein Mensch man im Herzen ist. Damals hat es mir

nichts ausgemacht – ich war so glücklich, für Bruce eine Ehefrau und für Dylan eine Mutter zu sein. Aber wer war ich für mich selbst? Für dich macht das vermutlich überhaupt keinen Sinn, aber was ich zu sagen versuche, was ich gerade erst erkannt habe, ist: Mein Leben ist noch nicht vorbei. Ich bin noch immer dieselbe Frau, die der Theaterkritiker der *Times* als eine »strahlende Präsenz« beschrieben hat. Ich bin die Frau, die »von Lady Macbeth Besitz ergriffen« und »die Bühne beherrscht« hat. Was habe ich mir dabei gedacht, Lyrik-Kurse zu belegen? Es war, als hätte ich überall am falschen Ort nach mir selbst gesucht. Das wahre Ich war die ganze Zeit direkt vor meiner Nase (oder auf meinem Dachboden)!

Lass mich dir einen Rat geben, Georgie, und ich möchte, dass du mir schwörst, dass du dich immer daran erinnern wirst. Verliere niemals aus den Augen, wer du wirklich bist. Nicht einem tyrannischen Stiefvater gegenüber und auch nicht bei liebevollen Ehemännern und Söhnen. Halte an dem wahren Du immer fest. Bewahre dir immer diesen geheimen Garten in deinem Innern, in den du dich flüchten kannst.

Ich hoffe, es war alles in Ordnung, als du gestern Abend nach Hause kamst und deiner Mutter die Broschüren gegeben hast, ich hoffe, sie haben geholfen. Es ist so leicht für eine Frau, in eine Ehe wie in eine Falle zu geraten, aber sie braucht wirklich nicht bei diesem furchtbaren Mann zu bleiben, wenn sie nicht will. Refuge ist eine fantastische Organisation, sie haben jede Menge sichere Häuser, in die Frauen mit ihren Kindern gehen können. Versprich mir, Georgie, dass du mich anrufst oder mir mailst, wenn es etwas Neues gibt. Ich drücke wieder alles für dich (natürlich außer meinen Augen – ich möchte ja nicht wie die Bibliothekarin aussehen).

Jetzt werde ich mit Woodstock am Strand spazieren gehen – plötzlich gibt es so vieles, über das ich nachdenken muss.

Alles Liebe,
Nan xx

Teil Fünf

Ein Wunder pflanzen

Von: georgieharris@hotmail.com
An: nancyblue@aol.com
Betreff: Re: Neuanfänge ...
Datum: Sonntag, 13. August, 11:18

Ich hasse meine Mutter! Ich hasse sie! Sie ist eine egoistische, undankbare, ignorante Kuh, und ich wünschte, sie wäre tot. Okay, das Letzte meine ich nicht so, aber sie könnte genauso gut tot sein, so wie sie das Leben behandelt, als wäre es etwas, das man einfach verschwenden könnte wie die Bleistifte, die man in der Grundschule bekommt und bei denen man sich nicht darum kümmert, ob sie stumpf werden oder verloren gehen, weil man ja weiß, dass der Lehrer eine ganze Kiste voller neuer hat. Aber das Problem mit dem Leben ist doch, dass man es nicht gegen ein neues eintauschen kann und dass man nie weiß, wann seine Zeit abgelaufen ist. Denk nur mal an das, was meinem Vater und Bruce passiert ist. Aber meine Mutter macht einfach weiter mit ihrer Routine, elend und unglücklich, als wüsste sie, dass sie eines Tages eine neue, viel bessere Chance im Leben bekommt. Aber was ist, wenn sie keine bekommt? Und außerdem ist es ja nicht nur ihr Leben, das sie ruiniert.

Ich habe ihr die Broschüren gegeben. Gestern Abend, als ich nach Hause kam. Der Ton-Zerstörer hatte angerufen, um zu sagen, dass er mit seinen Kumpels weggehen und erst heute früh zurück sein würde, also dachte ich, das wäre die perfekte Gelegenheit. Ich dachte, sie hätte so sehr die Nase voll von ihm, sie würde die Chance, ihm zu entkommen, ergreifen. Aber sie ist durchgeknallt. Sie hat gesagt, ich hätte kein Recht, ihr zu sagen, was sie zu tun hätte, und ich wäre ja bloß ein Kind und hätte keine Ahnung. Und dann habe ich ihr von dir erzählt. Ich hatte es nicht vor, aber sie hat mich so aufgeregt, ich wollte, dass sie weiß, dass es auch einen Erwachsenen gibt, der der Meinung ist, dass sie den Ton-Zerstörer verlassen sollte. Ich wünschte allerdings, ich hätte es ihr nicht erzählt, denn das machte die Sache noch eine Million Mal schlimmer.

Zuerst habe ich gesagt, »eine erwachsene Freundin von mir« sei der Ansicht, sie solle ihn verlassen, und sie sei auch diejenige, die mir die Broschüren besorgt hätte. Kaum hatte ich es gesagt, da wusste ich, dass es ein großer Fehler gewesen war. »Was für eine erwachsene Freundin?«, fragte sie und goss sich einen Wodka ein, wobei sie nicht mal versuchte, ihn wie sonst in einem Glas Cola zu verstecken. Ich spielte mit dem Gedanken, ihr von Dylan und der Website zu erzählen und dass ich dachte, ich würde ihm mailen, doch in Wirklichkeit warst du es, aber das war überhaupt nicht schlimm, denn letzten Endes habe ich dadurch die beste Freundin gefunden, die ich je hatte. Aber dann wurde mir klar, dass es die Sache nur noch komplizierter machen würde, also sagte ich: »Die Mutter von einer Freundin.« Danach wurde sie still und nahm einen großen Schluck von ihrem Drink. Für den Bruchteil einer Sekunde glaubte ich, vielleicht kamen ihr Zweifel, vielleicht würde sie mich in die Arme nehmen und sagen, wie leid es ihr täte und wie recht ich hätte, und sie würde jetzt gleich die Leute von Refuge anrufen. Aber ich irrte mich gewaltig.

»Du hast kein Recht, meine persönlichen Angelegenheiten mit deinen Freundinnen und ihren Müttern zu besprechen«, zischte sie mich an, und ihre bleichen Wangen wurden knallrot. »Tony ist mein Mann, und ich weiß, er kann ein bisschen ...« Sie unterbrach sich und sah sich im Zimmer um (offensichtlich suchte sie nach einem netten Ausdruck für widerlicher, tyrannischer Psychopath). »Ich weiß, er kann manchmal ein bisschen schwierig sein, aber ich liebe ihn.« Noch nie habe ich das Wort Liebe in einem so flachen, leblosen Ton gehört. Und ich habe ihr keine Sekunde lang geglaubt. »Wie kannst du nur?«, schrie ich. »Wie kannst du ihn lieben? Er ist nichts anderes als ein egoistischer Tyrann. Und was sagst du zu der Art, wie er mich behandelt? Ist dir das ganz egal?« Merkwürdig ist, dass sie wirklich schockiert wirkte, als ich das sagte. Ihre großen grauen, leblosen Augen weiteten sich, und ihr Mund öffnete sich. »Was meinst du damit?«, fragte sie. Und das war's dann. Ich fing an zu schreien und konnte nicht mehr aufhören. All die Sachen, die sich in mir aufgestaut hatten, die Dinge, die ich dir gemailt habe, statt sie ihr zu erzählen, sprudelten aus mir heraus. Auch dass ich unbedingt Schauspielerin werden will, und wie sehr ich mich gefreut habe, endlich mal eine anständige Rolle zu bekommen, und wie ich den Theater-Workshop geliebt hatte, und wie ich die ganze Zeit über furchtbare Angst hatte, dass alles herauskäme und der Ton-Zerstörer mir etwas tun würde, mich zusammenschlagen würde, wie er die Dusche zusammengeschlagen hatte. Und wie er mir den Arm verletzt hatte an dem Tag, an dem er es herausgefunden hatte, und dann das, was mir am meisten wehtat, die schrecklichen Dinge, die er über Dad gesagt hat. Und wie sie immer nur wie ein verängstigter kleiner Schatten im Hintergrund herumlungerte. »Du solltest meine Mutter sein«, schloss ich. »Du solltest für mich sorgen und auf mich aufpassen, aber du bist ja immer viel zu sehr damit beschäftigt, dich um dich selbst zu kümmern.« Und dann rannte ich nach oben in mein Zimmer, warf mich auf mein Bett und weinte und weinte und wartete darauf, dass ihre Schritte auf dem Treppenabsatz knarren würden und dass das Bett einsinken würde, weil sie sich auf den Rand setzt und mir über die Haare streichelt, wie sie es früher immer gemacht hat, und dann würde sie mir sagen, dass alles wieder in Ordnung kommt. Stattdessen hörte ich die Wodkaflasche, die gegen ihr Glas klirrte, und das leise Gemurmel des Fernsehers, das durch die Nacht rauschte.

Ich weiß nicht, was ich tun werde, Nan. Ich habe das Gefühl, als wären mir die wenigen schönen Dinge, die ich im Leben hatte, auf einen Schlag weggenommen worden. Jamie, der Theater-Workshop, meine sogenannten Freundinnen. Und jetzt habe ich das Gefühl, niemanden mehr zu haben – nur dich. Es tut mir so leid, dass meine Mail so elend klingt, besonders weil deine so voll mit guten Nachrichten war. Und ich bin wirklich froh darüber, dass du dein altes Selbst wiedergefunden hast. Und wirklich aufgeregt, weil du vielleicht auf die Bühne zurückkehrst. Jetzt gehe ich mal lieber nach Hause.

Alles Liebe,
Georgie xx

Von: nancyblue@aol.com
An: georgieharris@hotmail.com
Betreff: Sorry – schon wieder!
Datum: Sonntag, 13. August, 16:12

Oh nein! Ach Georgie, es tut mir so leid. Ich habe das Gefühl, jedes Mal, wenn ich versuche, dir zu helfen, mache ich alles eine Million Mal schlimmer. Aber vielleicht sind die Dinge gar nicht so düster, wie du denkst. Manchmal, wenn wir Sachen hören, die wir eigentlich gar nicht hören wollen, brauchen wir eine Weile, bis wir damit zurechtkommen. Deine Mutter musste all diese Dinge, die du ihr gesagt hast, zu hören bekommen, auch wenn es den Anschein hatte, als hätte sie gar nichts gehört. Wenigstens weiß sie jetzt, wie du dich wirklich fühlst. Wenigstens hat sie jetzt keine Ausrede mehr. Es ist, als hättest du einen Samen gepflanzt, und jetzt musst du dich zurücklehnen, abwarten und zusehen, wie er wächst. Lass ihr Zeit. Und bleib stark. Und vergiss nicht, wenn du mich brauchst, bin ich nur einen Telefonanruf entfernt.

Alles Liebe,
Nan xx

Von: georgieharris@hotmail.com
An: nancyblue@aol.com
Betreff: Wunder
Datum: Montag, 14. August, 16:59

Du hattest recht!!! Ich habe einen Samen gepflanzt, und ein Wunder ist daraus gewachsen! Den ganzen Tag gestern herrschte zu Hause eine echt merkwürdige Atmosphäre, so als wäre das stürmische Wetter, das wir letztens hatten, durch die Fenster und unter den Türen hereingekrochen und würde nun darauf warten, direkt über unseren Köpfen auszubrechen. Alles war zu ruhig, zu still. Als der

Ton-Zerstörer hereinpolterte – um zehn nach eins am Mittag, nach schalem Zigarettenrauch, Bier und Parfüm stinkend –, lächelte Angelica ihm nur liebevoll zu und fragte, ob er einen schönen Abend gehabt hätte. Aber irgendetwas war mit ihrem Lächeln, etwas an der Art, wie es sich ganz auf ihre Lippen beschränkte und es nicht bis in ihre Augen schaffte, sagte mir, dass etwas wirklich nicht in Ordnung war. Normalerweise weint sie oder stellt Fragen oder schmollt, wenn der Ton-Zerstörer die ganze Nacht weg war, aber dieses Mal nicht. Und ich glaube, er wusste auch, dass etwas in der Luft lag, denn er war extra nett zu ihr, sagte, sie solle gehen und ihre Beine hochlegen, während er das Essen machte. Aber Angelica schüttelte fest den Kopf und sagte dann: »Warum ruhst du dich nicht ein bisschen aus? Ich wette, du könntest etwas Schlaf gebrauchen.« Normalerweise schüttelte ich den Kopf und seufzte, wenn sie so etwas sagte und er den Raum verließ, aber dieses Mal nicht. Denn auch wenn das, was sie gesagt hatte, albern und süßlich klang, war die Art, in der sie es gesagt hatte, so hart wie Stahl. Als hätte sie in Wirklichkeit sagen wollen: »Ich hasse dich, du Bastard.« Er hat es auch gemerkt, denn er ging nicht, um sich hinzulegen, sondern lungerte weiter in ihrer Nähe herum und versuchte, ihr zu helfen und nett zu ihr zu sein, und jedes Mal antwortete sie ihm in derselben stählernen Art, bis er endlich ging und sich auf die Couch setzte, wobei er sich hinter dem Sportteil der Sonntagszeitung versteckte. Zu mir war sie auch echt komisch, sie sagte mir, was ich machen sollte, zum Beispiel Michaelas Buntstifte einsammeln oder nach den Röstkartoffeln sehen, aber dabei sah sie mich überhaupt nicht richtig an. Sobald wir zu Mittag gegessen hatten, verschwand ich in meinem Zimmer. Beim Essen hatten sich die ganze Zeit über Sturmwolken zusammengebraut, und ich wollte wirklich nicht dabei sein, wenn sie ausbrachen. Ich war fast eingedöst, als ich hörte, wie die Küchentür zugeschlagen wurde. Ich schlich mich hinaus auf den Treppenabsatz, um zu hören, was vor sich ging, aber der Lärm des Fußballspiels im Fernsehen übertönte es. Alles, was ich hörte, waren ein paar wenige geschriene Worte. »Verstehen« und »genug« von meiner Mutter und »versuchen« und

»um Gottes willen« von ihm. Dann war wieder alles still. Ich ging in mein Zimmer zurück. Ich hörte, wie der Ton-Zerstörer unter die Dusche und dann ins Bett ging. Erst ungefähr eine Stunde später ging ich nach unten. In meinem Magen mischte sich der Sonntagsbraten mit dem Gefühl der Bedrohung. Ich hatte erwartet, meine Mutter mit einem ihrer »Cola«-Gläser weinend und zusammengekauert auf dem Sofa zu finden. Aber so war es nicht, sie machte ein Puzzle mit Michaela, redete mit ihr und lachte, als ob nichts geschehen wäre. Es war so merkwürdig. Aber was heute Morgen passiert ist, war das echte Wunder. Gegen acht Uhr kam Mum in mein Zimmer und weckte mich auf. Sie trug ihre Arbeits-Uniform nicht und hatte sich tatsächlich ein bisschen geschminkt. Du solltest sie sehen, wenn sie sich geschminkt hat, sie sieht dann noch schöner aus, noch mehr wie eine Porzellanpuppe. »Steh auf«, flüsterte sie. Michaela schlief noch im Bett gegenüber von meinem. Ich schreckte mitten aus einem Albtraum, in dem ich bei einem Talentschuppen auf der Bühne gesungen habe und jedes Mal, wenn ich meinen Mund aufmachte, ein Schwall Speiseöl herauskam. »Was ist denn passiert?«, fragte ich und rieb mir die Augen. »Nichts ist passiert«, antwortete sie. »Du musst nur aufstehen.« Ich runzelte die Stirn. »Warum denn?« Unter ihren dichten dunklen Wimpern blickte sie auf mich herunter. »Damit du pünktlich zu deinem Theater-Workshop kommst.«

Du kannst dir sicherlich vorstellen, wie schockiert ich war. Ich musste meine Beine unter der Decke zusammenkneifen, um sicherzugehen, dass ich nicht träumte. »Was?« war alles, was ich herausbrachte, aber da war Mum schon aufgestanden und hatte meinen Schrank geöffnet. Sie drehte sich um, sah auf mich herunter und lächelte dasselbe komische Lächeln wie gestern, das ihre Augen nicht ganz erreichte. »Du willst doch noch gehen, oder?«, fragte sie. Ich nickte, zu schockiert, um irgendetwas zu sagen. Erst später, als ich in der Küche eine Scheibe Toast hinunterschlang, wagte ich, nach dem Ton-Zerstörer zu fragen. »Was ist mit ihm?«, erwiderte Mum, ohne sich vom Waschbecken abzuwenden, wo sie ihren

Kaffeebecher abwusch. »Er hat gesagt, ich darf nicht gehen. Er hat gesagt, ich muss auf Michaela aufpassen.« Sie drehte sich immer noch nicht um. Aber sie antwortete mir. »Nun, ich habe gesagt, dass du gehen darfst. Und du bist *meine* Tochter.«

Oh Nan, als sie das sagte, hätte ich zu ihr hinlaufen und sie ganz fest in die Arme nehmen wollen. Aber etwas an der Art, wie sie dort stand, verriet mir, dass ich das lieber nicht machen sollte. Als hätte sie in roten Großbuchstaben HALTE ABSTAND auf ihren steifen Rücken geschrieben. »Dann geh mal, du willst ja nicht zu spät kommen«, sagte sie und drehte sich endlich um. »Und mach dir keine Sorgen um Michaela. Ich nehme mir die Woche frei, damit ich mich um sie kümmern kann.«

Den ganzen Weg unsere Straße hinunter wollte ich vor Freude singen – bis ich das Taxi des Ton-Zerstörers um die Ecke biegen sah. Mein Magen drehte sich um, während ich sah, wie er näher kam, doch statt stehen zu bleiben und mich zu fragen, wo zum Teufel ich hinwollte, beschleunigte er und brauste in Richtung unseres Hauses davon. Ich hoffe, er war nicht fies zu Mum. Aber vielleicht war es das, worüber sie gestern gestritten hatten. Vielleicht hatte Mum ihm gesagt, dass ich zu dem Workshop gehen durfte? Es fühlt sich komisch an, sich vorzustellen, dass sie sich tatsächlich einmal gegen ihn aufgelehnt haben könnte.

Ich hatte tödliche Angst, als ich im Gemeindezentrum ankam. Ich dachte, Debbie würde wirklich sauer auf mich sein, weil ich mich in der letzten Woche ja kaum hatte sehen lassen. Zum Glück kam ich vor allen anderen an, sodass ich die Chance hatte, allein mit ihr zu sprechen. Ich erzählte ihr, meine Stief-Großmutter sei schlimm krank gewesen, sie sei beinahe an einem Toffee erstickt, und Debbie umarmte mich und sagte, ich solle mir mal keine Sorgen machen, eine ganze Menge Leute wären letzte Woche nicht da gewesen, sondern verreist oder so was, und wenn ich der Meinung wäre, ich könnte meinen ganzen Text bis Mittwoch lernen, dann könnte ich trotzdem noch die Blousey spielen, denn kein anderer wäre in der Lage, die Rolle so gut zu spielen wie ich. Und Nan, die nächste Neuigkeit wirst du mir kaum glauben – Jessica und Kate eins sind komplett aus der Gruppe ausgetreten. Ich hatte totale Angst davor, die beiden wiederzusehen, aber Kate Nummer zwei sagte, sie wären die ganze letzte Woche nicht da gewesen und würden auch nicht mehr wiederkommen. Anscheinend hatte Jessica Kate Nummer zwei erzählt, Bugsy Malone wäre zu unreif für sie, und sie hätte es satt, mit Kindern herumzuhängen. So wie Kate die Augen rollte, als sie mir das erzählte, bekam ich den Eindruck, dass sie auch die Nase ziemlich voll von Jessica hatte. Jamie war auch nicht da, also nahm ich an, er hätte aufgehört, um mit Jessica herumzuhängen. Der große, dünne Junge namens Peter spielte stattdessen den Bugsy, und es war überhaupt nicht dasselbe. Als er seinen Finger küsste und meine Nase berührte, gab es nicht das leiseste Flattern in meinem Bauch. Tatsächlich war mir übel, denn sein Finger war mit Spucke beschmiert. Und auch wenn ich bekommen hatte, was ich wollte, und wieder im Stück mitspielte, konnte ich mir nicht helfen, ich fühlte mich innerlich ein bisschen leer. Es war nicht dasselbe, und was, wenn der Ton-Zerstörer Mum das Leben zur Hölle machte, nur damit ich hier sein konnte?

Erst ganz am Ende des Tages fing alles an, viel besser zu werden. Ich trottete aus dem Gemeindezentrum und überlegte mir, ob ich das Richtige getan hatte, als ich hörte, wie jemand nach mir rief: »Hey, Blousey.« Er war es. Jamie. Ich fuhr herum und sah ihn unter dem Weidenbaum beim Ententeich sitzen. Ich glaube, ich muss eine ganze Weile mit offenem Mund dagestanden haben, denn er rief: »Na, was ist? Kommst du her oder nicht?«

Oh Nan, hast du dich jemals überglücklich, zu Tode erschrocken und übel zugleich gefühlt? Genauso fühlte ich mich nämlich, als ich langsam zu ihm hinüberging. Ich versuchte, cool auszusehen, doch leider verzog mein Mund sich immer wieder zu einem dämlichen Grinsen, egal wie fest ich die Lippen zusammenpresste. »Also, was ist los?«, fragte er, als ich bei ihm ankam, vor ihm stand und mit den Füßen im ausgetrockneten Gras scharrte. »Hinsetzen?«, sagte er, aber eher wie eine Frage als wie eine Anweisung und in seiner sanftesten rauen Stimme. Also ließ ich meine Tasche fallen, setzte mich neben ihn und sah hinaus auf den Teich, wo ein Entenpaar auf das Schilf in der Mitte zutrieb. »Alles in Ordnung?«, habe ich gefragt, glaube ich. Er hat »Ja« geantwortet, glaube ich. Und dann sah ich ihn an, und er starrte mich an, sein langer Pony zu beiden Seiten seiner Augen wie ein Paar dunkle Vorhänge, und er wirkte so besorgt, dass ich am liebsten geweint hätte. »Geht es dir gut?«, fragte er, und ich nickte. »Tut mir leid, was letzten Samstag passiert ist – im Wald«, sagte ich langsam. »Tut mir leid, dass ich alles verdorben habe.« Er stieß ein kurzes wütendes, kleines Lachen aus und antwortete: »Du hast gar nichts verdorben. Das war diese dämliche, gekünstelte Freundin von dir.« Ich schluckte und sah ihn an. »Was meinst du?«

Ich hatte mir die ganze Woche über vorgestellt, wie er und Jessica zusammengekommen waren. Was er sagte, ergab überhaupt keinen Sinn. »Na, wie sie da aufgetaucht ist«, sagte er. »Die Sachen, die sie zu dir gesagt hat, über deine Mutter und das alles.« Meine Wangen glühten, und ich wandte mich ab. »Ich habe sie nicht eingeladen, weißt du. Sie muss uns gefolgt sein.« Jamie nickte. »Ich weiß.« Dann legte er sich auf die Seite und sah zu mir auf. »Weshalb bist du denn weggerannt?«, fragte er. »Ich bin dir hinterhergekommen. Warum hast du nicht auf mich gewartet?«

Es war so merkwürdig. Alles, was ich mir wie ein Puzzle in meinem Kopf zusammengesetzt hatte, fiel plötzlich vor meinen Augen in sich zusammen. Jessica und Jamie, die sich am Feuer an den Händen hielten. Jessica, die zu Jamie nach Hause geht und Sandwiches mit Krabbenstäbchen isst. Jessica, die Jamie das Gesicht abknutscht. Und dann entstand stattdessen in meinen Gedanken ein wesentlich schöneres Puzzle: Jamie, der mir im Wald hinterherrannte. Jamie, der sich um mich sorgte. Jamie, der Jessica dämlich und gekünstelt fand.

»Es war mir peinlich«, murmelte ich, und meine Wangen nahmen einen noch dunkleren Rotton an. Aus dem Augenwinkel blickte ich hinunter und sah, dass Jamie nickte. »Sie ist ein widerliches kleines Biest«, sagte er ruhig. »Und das habe ich ihr gesagt, nachdem du gegangen warst.« Ich drehte mich um und sah ihn geradewegs an. »Was?«

»Ich habe ihr genau gesagt, was ich von ihr halte«, erwiderte er. »Das habe ich schon seit ewigen Zeiten mal tun wollen. Sie hat mich zum Wahnsinn getrieben, wie sie ständig um mich herumschlich und sich so unheimlich toll fand. Ich habe überhaupt nur mit ihr gesprochen, weil sie deine Freundin war.«

WAS?!!! Jetzt sausten völlig willkürlich Puzzleteile in meinem Kopf herum. Jamie hatte nur mit Jessica gesprochen, weil sie *meine* Freundin war. Er fand, sie war ein widerliches kleines Biest. Jamie hasste Jessica – und er mochte mich!

»Was ist denn das nun für eine Geschichte mit deiner Mutter?«, fragte er. Und seine Stimme war so sanft und seine Augen voller Sorge, dass ich ihn wirklich nicht anlügen wollte. Aber die ganze Wahrheit wollte ich ihm auch nicht erzählen. Also sagte ich ihm, dass es meiner Mutter schwergefallen war, zurechtzukommen, nachdem mein Vater gestorben war, und dass sie sich manchmal, aber nicht sehr oft, betrunken hatte, aber im Grunde war alles in Ordnung, und ich war nur so verzweifelt gewesen, weil mir die Sachen, die Jessica gesagt hatte, so peinlich waren – die Lüge, ich hätte sie in den Wald eingeladen, und dann das Zeug über meine Mutter. Ich sprach weiter und weiter, und als ich endlich eine Pause machte, setzte Jamie sich auf, küsste seinen Finger und berührte meine Nase, genauso wie er es in dem Stück machen musste. Nur war es diesmal kein Stück, und wir hatten nicht mal Probe.

»Also, bist du jetzt endgültig wieder beim Workshop?«, fragte er. Ich nickte, und er sagte: »Toll, dann sehen wir uns ja morgen.« Und ich konnte nichts anderes denken als: So was passiert doch nicht mir, höchstens in meinen Träumen, und dann ist es nicht mal halb so umwerfend. Dann stand Jamie auf und hielt mir seine Hand hin, und wir gingen Hand in Hand die Hauptstraße entlang, ohne ein Wort zu sagen, sahen uns nur hin und wieder an und lächelten. Als wir an der Bushaltestelle ankamen, sagte er, er müsste gehen, denn er hatte seinem Vater versprochen, ihm bei einem Motorrad zu helfen, und hatte ihm gesagt, er würde nur schnell einen halben Liter Milch kaufen gehen. Ich nickte, und dann sagte er noch einmal, wir würden uns ja morgen beim Workshop sehen, und ich sagte: »Okay.« Dann hielt sein Bus, und er war schon dabei einzusteigen, aber plötzlich drehte er sich noch einmal um, sprang wieder ab und umarmte mich ganz fest. Es war wirklich schön, bis der Busfahrer rief: »Jetzt komm schon, Jungchen, ich habe einen Zeitplan einzuhalten!«

Ich bin sofort in die Bücherei gegangen, und meine Hand prickelt noch da, wo er sie gehalten hat, aber ich musste dir unbedingt erzählen, was passiert ist, bevor ich nach Hause gehe. Oh Nan, das Leben wird doch sicher ein bisschen unkomplizierter, wenn man älter wird, oder? Aber für mich scheint es nur immer merkwürdiger und merkwürdiger zu werden. Vor genau einer Woche saß ich hier, genau an diesem Tisch mit dem ganzen angeklebten Kaugummi darunter, und habe gedacht, meine ganze Welt sei untergegangen. Der Ton-Zerstörer hat mir dieses Zeug über meinen Vater erzählt, und ich war sicher, dass Jamie mich hasste und nie wieder mit mir sprechen würde. Jetzt bin ich frei und wieder beim Workshop, und Jamie hasst Jessica, und ich glaube, er mag mich!! Wie merkwürdig ist das denn? Es gab einen Moment, als er mich an der Bushaltestelle umarmt hat, da dachte ich, er würde mich wirklich küssen. Richtig. Nicht nur seinen Finger küssen und mein Gesicht berühren. Ich bin noch nie zuvor von einem Jungen geküsst worden. Ich habe immer gedacht, das muss schrecklich sein, aber wenn ich mit Jamie zusammen bin, fühle ich mich so sicher. Oh mein Gott, Nan, mein ganzer Körper kribbelt vor Aufregung. Es ist mir egal, wie heute

Abend die Atmosphäre zu Hause zwischen Mum und dem Ton-Zerstörer ist, nichts wird mir meine glückliche Stimmung zerstören.

Alles, alles Liebe,
Georgie xxx

Von: nancyblue@aol.com
An: georgieharris@hotmail.com
Betreff: Re: Wunder
Datum: Montag, 14. August, 21:22

Ich habe es dir doch gesagt!!! Ich wusste, dass er dich mag und nicht das Krabbenstäbchen auf Beinen! Oh Liebling, es ist ja so aufregend! (Etwas lässt mich denken, dass ich in dieser Mail eine ganze Menge Ausrufezeichen verwenden werde!!!) Ich bin so, so froh, dass dir etwas Schönes passiert ist, nach allem, was in der letzten Zeit los gewesen ist. Momente wie dieser sind es, um die es im Leben geht, Georgie, sie sind wie goldene Fäden, die den Rest des Knüpfwerks leuchten lassen. Ich hoffe, alles war in Ordnung, als du heute Abend nach Hause kamst? Es hört sich ohne Zweifel so an, als hätte der Samen, den du gesät hast, Wurzeln geschlagen. Ich wollte rufen: »Weiter so, Mädchen!«, als ich von deiner Mutter erfuhr. Vielleicht wird sie jetzt anfangen, den Mut zu finden, sich gegen deinen Stiefvater ein für alle Mal durchzusetzen. Die Frechheit, die dieser Mann besitzt – die ganze Nacht wegzubleiben und dann nach Hause zu kommen und nach Parfüm zu stinken. Wenn Bruce jemals so etwas mit mir abgezogen hätte, hätte ich mir aus seinen intimsten Körperteilen Hosenträger machen lassen. Na, wie auch immer, zurück zu den Themen, die eher das Herz wärmen. Für mich klingt es, als sei ein Kuss zwischen dir und deinem Hauptdarsteller nicht mehr allzu weit entfernt, also sei besser vorbereitet. Möchtest du einen Rat? Das nächste Mal, wenn ihr unter der Weide sitzt oder miteinander allein seid und du möchtest, dass er weiß, dass du gern geküsst werden würdest, probiere die folgenden Techniken aus:

Lecke dir langsam und genießerisch die Lippen

Während du dich mit ihm unterhältst, lass deinen Blick von jedem seiner Augen zu seinem Mund und wieder zurück schweifen – dies ist unter dem Namen Dreiecksblick oder Pyramide der Leidenschaft bekannt, weil die Augen und der Mund eben ein Dreieck bilden.

Sieh ihn unter gesenkten Wimpern und mit leicht gesenktem Kopf an – die so tragisch verstorbene Prinzessin Diana war darin eine Meisterin!

Kichere viel, aber NICHT manisch oder hysterisch – das ist kein bisschen verführerisch!

Ach, das ist ja ein solches Vergnügen – lass mich in der MINUTE, in der etwas passiert, davon wissen, einverstanden? Ich gehe jetzt ins Bett und werde von meinem ersten Kuss mit Bruce träumen, hinter der Bühne im *Old Vic*, am Abend der Premiere. Ich wünsche dir süße Träume von Jamie ...

Alles Liebe,
Nan xx

Von: georgieharris@hotmail.com
An: nancyblue@aol.com
Betreff: Proben!
Datum: Dienstag, 15. August, 17:35

Hi Nan,
bin bei Jamie zu Hause, am Computer von seiner Mutter – wir sind hergekommen, um zu »proben« – LOL!

Zu Hause ist alles okay – der gefürchtete TZ war die ganze Zeit nicht da, also ist alles nett und entspannt – Mum ist immer noch ein bisschen komisch zu mir, aber wenigstens lässt sie mich weggehen. Muss jetzt Schluss machen – Jamie will mir ein neues Lied vorspielen, das er geschrieben hat. Hoffe, bei dir ist alles in Ordnung?

Alles Liebe,
Georgie xx

Von: nancyblue@aol.com
An: georgieharris@hotmail.com
Betreff: Re: Proben!
Datum: Dienstag, 15. August, 19:01

Liebste Georgie,
so, so, »Proben« nennt man das also. Ich habe das Gefühl, die Szenen zwischen dir und Jamie werden als die am meisten geprobten Szenen in die Geschichte eingehen!

Liebling, du bist nicht die Einzige, die ihren Spaß hat, wie ich dir mit Freuden berichten kann. Heute habe ich tatsächlich meinen Mut zusammengenommen und meinen alten Agenten nachgeschlagen, Laurence Bingham oder Bing, wie er in der Branche genannt wird. Um ehrlich zu sein, hatte ich das furchtbare Gefühl, er könne inzwischen das Zeitliche gesegnet haben – er schien ungefähr achtzig zu sein, als ich zu ihm kam, und das ist, nun ja, schon ziemlich lange her. Aber er ist noch da, wohnt noch immer in seinem gregorianischen Stadthaus in einer Seitenstraße der Charing Cross Road. Und zweifellos kaut er noch immer auf seinem Zigarrenstumpen herum, während er an seiner Samtfliege herumfummelt und jeden seinen »Eeeeeeeengel« nennt. Ich habe ungefähr fünf Anläufe gebraucht, um seine Nummer zu wählen. Ich habe den Hörer jedes Mal wieder aufgelegt, bevor ich auch nur das Ende der Vorwahl für London erreicht hatte. Aber dann habe ich mit Woodstock einen flotten Spaziergang am Strand gemacht und mich unterwegs heftig ausgeschimpft – der arme Zeitungsjunge hat sich zu Tode erschreckt, als ich um die Ecke meines Hauses schoss und mich selbst anbrüllte: »Um Gottes willen, hast du denn keine Courage?« Der arme Junge sah in seine Tasche und antwortete total eingeschüchtert: »Tut mir leid, Miss, die Guardians sind alle ausverkauft.« Jedenfalls bin ich nach diesem Spaziergang in meinem Wohnzimmer herumspaziert und habe mir mehrere hundert Male zugerufen: »ICH BIN FABELHAFT!« Ich kann das nur sehr empfehlen, wenn du dich am schwächsten fühlst, Liebling, es funktioniert hervorragend – und dann habe ich das Telefon genommen und die ganze Nummer gewählt *und* es geschafft, so lange zu warten, bis ich vermittelt wurde. Warum spielen die eigentlich immer so grauenhafte Musik, während man in der Warteschleife hängt? Ich nehme an, es soll dazu dienen, einen beim Warten zu beruhigen, aber ich kann dir sagen, Greensleeves in Endlos-Wiederholung war nicht dazu geeignet, meinen Nerven aufzuhelfen. Ich stellte mir Bing vor, wie er hinter seinem riesigen Schreibtisch saß und die Stirn runzelte, während er versuchte, sich zu erinnern, wer ich wohl sein könnte, oder noch schlimmer, wie er sich erinnerte und sich eine Ausrede zurechtlegte, um mich loszuwerden. Ich war wirklich überhaupt nicht darauf vorbereitet, plötzlich zu hören, wie seine Stimme wahrhaftig aus dem Hörer drang. Aber genau das tat sie.

»Nancy, mein Eeeeeeeengel!«, bellte er, sodass mir beinahe der Hörer aus der Hand flog. »Zum Teufel, wie geht es dir, altes Mädchen?« Ich beschloss, das »alt« zu ignorieren. Es stellte sich heraus, dass er sich nicht nur an mich erinnert, sondern auch Dylans Karriere verfolgt hat und – stell dir das mal vor – trotz allem weiter darauf hoffte, dass ich eines Tages auf die Bühne zurückkehren würde.

Oh Georgie, mein Liebling, ich bin so aufgeregt. Morgen treffe ich ihn in einem Restaurant in der Charlotte's Street, und er spricht schon davon, mich für ein paar Rollen vorzuschlagen. Ich bin allerdings nicht sicher, ob ich dafür schon bereit bin – rofsmh (rolling on floor shaking my head – kopfschüttelnd über den Boden rollend). Es kommt mir vor, als würde mein Leben deines nachahmen. In einem Moment fühlt es sich an, als sei alles vorbei, und im nächsten jagt alles auf einen neuen Höhepunkt zu. Vielleicht ist es das, was passiert, wenn man sich schwört, eine neue Seite aufzuschlagen? Vielleicht saß das Universum da und hielt geduldig alles bereit, sodass in dem Augenblick, in dem wir beschlossen, unser Leben in die Hand zu nehmen, alles sogleich an die richtige Stelle fiel. Wie auch immer, ich bin jedenfalls so aufgeregt – für uns beide. Bitte halte mich über deine »Proben« auf dem Laufenden, ja? Auch wenn es nur eine kurze Nachricht ist. Und ich werde dir natürlich schreiben, wie mein Mittagessen morgen gelaufen ist.

Alles Liebe,
Nan xx

Von: georgieharris@hotmail.com
An: nancyblue@aol.com
Betreff: Das Neuste ...
Datum: Mittwoch, 16. August, 16:32

Hi Nan,
was für aufregende Neuigkeiten!! Ich hoffe, dein Treffen ist gut gelaufen. Ich versuche, mir vorzustellen, was du angehabt hast – irgendetwas total Glamouröses, wette ich. Ich fand das Kleid so toll, das du an dem Tag, als wir uns getroffen haben, angehabt hast, du hast so kultiviert gewirkt, und dieser Grünton steht dir wirklich super. Ich bin gerade in der Bücherei und suche im Internet nach meinem Vater. Keine Sorge, ich bin nicht zum Vollpfosten geworden, wie Jamie es ausdrücken würde (das ist sein Ausdruck für durchgeknallt, aber warum, darfst du mich nicht fragen). Ich habe nicht vergessen, dass mein Vater tot ist, ich denke, ich suche nach Hinweisen. Auch wenn Mum mir erlaubt, zum Theater-Workshop zu gehen, spricht sie noch immer nicht richtig mit mir. Gestern Abend habe ich es noch einmal versucht, während sie den Kühlschrank sauber gemacht hat. »War Dad wirklich drogensüchtig?«, habe ich sie von der Küchentür aus gefragt. Im grellen Licht sah ich, wie ihr Körper sich völlig versteifte. »Ich möchte darüber nicht reden« war alles, was sie sagte. Und die Sache ist doch so – wenn das, was der Ton-Zerstörer gesagt hat, eine Lüge wäre, dann hätte sie es mir doch erzählt, oder? Denn der Ton-Zerstörer war ja gestern Abend gar nicht da, sie hatte also keinen Grund, vor etwas Angst zu haben, und auch keinen Grund zu lügen. Aber sie war nicht bereit, mehr zu sagen, und ich wollte sie nicht drängen, denn ich wollte ihr keinen Grund geben, sich zu betrinken – seit Samstagabend hat sie keinen Drink mehr angerührt.

Also bin ich nach dem Theater-Workshop hier in die Bücherei gegangen, um zu sehen, ob ich irgendetwas finden kann, und nun wühle ich mich durch sämtliche 3 700 000 Suchergebnisse für Jeff Harris. Natürlich werde ich dafür mehr als nur einen Besuch brauchen!

Warum, ach warum konnte mein Vater denn nicht einen etwas exotischeren und ungewöhnlicheren Namen haben, so was wie Pendragon Vanderbilt oder Joshua Ironingboardhead? Es wäre so viel einfacher, ihn zu finden! Wenn ich natürlich nach »Jeff Harris Magic Carpets« suche, bekomme ich nur zwei Resultate. Das eine ist die Website der Magic Carpets, auf der sie ihm eine Gedenkseite eingerichtet haben, und dann gibt es noch eine Erwähnung auf einer Fanseite, wo darüber gesprochen wird, dass der Song *Too Young* von seinem Tod inspiriert wurde. Ich habe den Song auf YouTube gefunden, und er ist wirklich schön. Er handelt davon, dass mein Dad voller Leben steckte, aber Drogen werden darin nicht erwähnt. Nicht dass ich mir das wünschen würde, aber ich nehme an, ich würde die Wahrheit lieber selbst herausfinden, als dem Ton-Zerstörer die Genugtuung zu geben, mein Leben umgeschrieben zu haben. Das ist das Schlimmste an allem. Bevor es geschehen ist, gehörte mein Vater mir. Der Ton-Zerstörer und Angelica und Michaela hatten einander, aber ich hatte wenigstens meinen Dad für mich, auch wenn er tot ist. Jetzt aber fühlt es sich an, als hätte der Ton-Zerstörer mir sogar das weggenommen. Als hätte er alles, was mir von Dad geblieben war, geraubt und es durch einen schrecklichen, egoistischen Mann ersetzt. Ich muss wissen, dass das, was er gesagt hat, nicht wahr ist. Das mein Vater nett und fürsorglich und lustig und liebevoll war, genauso, wie ich ihn in Erinnerung habe.

Ich wollte Jamie heute beim Workshop davon erzählen. Jetzt wo Michaela nicht mehr mitkommen muss, kann ich in der Mittagspause nach draußen gehen, und heute sind wir geradewegs zum Weidenbaum gegangen. Ich konnte sehen, dass Kate zwei und ein paar andere Mädchen uns beobachteten, und das war ein umwerfendes Gefühl. Ich glaube kaum, dass sie es wirklich fassen konnten, dass ich da allein mit Jamie saß. Ich glaube, ich konnte es auch nicht fassen. Und ich weiß, das hört sich wirklich erbärmlich und kindisch an, aber ich hoffe, jemand ruft heute Abend Jessica an und erzählt es ihr, und sie weint dann, bis sie sich über ihr ganzes dämliches pinkes Bett und ihre dämlichen herzförmigen pinken Kissen übergeben muss. Aber wie auch immer, im entscheidenden Moment konnte ich Jamie jedenfalls einfach nicht von meinem Vater erzählen, also redeten wir stattdessen über Musik und darüber, welche Geschmacksrichtung wir bei Fruchtbonbons am liebsten mögen. Ich habe deine Techniken ausprobiert, um ihn dazu zu bringen, mich zu küssen, aber als ich dieses Ding mit der Pyramide der Leidenschaft versuchte, fragte er: »Habe ich Ketchup an der Lippe oder was?« (Er hatte zum Mittag ein Hot Dog gegessen.) Und dann, als ich versuchte, ihn unter gesenkten Wimpern anzusehen, fragte er: »Ist was mit deinem Hals nicht in Ordnung?«

Da fällt mir ein – wie tief soll man seinen Kopf eigentlich dabei senken? Ich nehme an, ich habe es wohl übertrieben. Aber im Augenblick macht mir das nicht allzu viel aus, denn alles, woran ich im Augenblick denken kann, ist mein Dad. Weißt du noch, als wir uns in London getroffen haben und du mir diese Geschichte von Dylan erzählt hast, wie er herausfand, dass er adoptiert war, und aus dem Haus gerannt ist, und wie du ihn in dieser Bucht gefunden hast, wo er Kiesel ins Meer warf? Ich glaube, ich kann verstehen, warum er das gemacht hat. Wenn jemand dir erzählt, deine Eltern sind nicht die, für die du sie gehalten hast, dann verändert sich auch das, was du selbst bist. Ich weiß, so sollte es nicht sein, und ich weiß, du hast gesagt, wir entscheiden selbst, wer wir sind, aber basiert diese Entscheidung nicht auch auf den Menschen, die uns physisch gemacht haben? Solange ich nicht weiß, wer mein Vater wirklich war, kann ich mir auch über meine eigene Identität nicht sicher sein, und solange ich mir darüber nicht sicher bin, kann ich über Jamie und mich nicht einmal nachdenken.

Oh mein Gott, ich kann nicht glauben, dass ich das getippt habe!! Kennst du diese Umfragen, bei denen sie herausfinden, wie viel Zeit des Lebens man mit Schlafen verbringt oder beim Essen oder auf der Toilette oder was weiß ich, und es kommt heraus, dass es Monate oder sogar Jahre sind? Ich glaube, ich muss ungefähr fünf Jahre meines Lebens damit verbracht haben, mich zu fragen, ob mich wohl je ein Junge genug mögen wird, um mich zu küssen oder mit mir auszugehen, und jetzt sage ich, dass Jamie Phelps eben warten muss!! Na gut, ich denke, ich kümmere mich mal wieder um meine Suche. Hast du gewusst, dass es in Texas einen Mann namens Jeff Harris gibt, der die älteste Mundorgel der Welt besitzt?!!

Lass mich wissen, wie dein Mittagessen gelaufen ist!
Alles Liebe,
Georgie xx

Von: nancyblue@aol.com
An: georgieharris@hotmail.com
Betreff: Re: Das Neuste ...
Datum: Mittwoch, 16. August, 21:42

Hi Liebling,
nur ein Gedanke: Gibt es denn niemanden, mit dem du dich wegen deines Vaters mal treffen könntest? Jemand, der ihn wirklich gut kannte – ein Freund vielleicht oder ein Mitglied dieser Fliegenden Teppiche oder wie auch immer die hießen? Hatte er Brüder oder Schwestern? Und was ist mit seinen Eltern, deinen Großeltern? Ich hasse es, mir vorzustellen, dass du dich durch drei Millionen Websites wühlen musst; mir fallen dabei die Worte Nadel und größter Heuhaufen der Welt ein. Aber weil ich noch nie zu den Leuten gehörte, die einer Herausforderung aus dem Weg gehen, werde ich heute Abend selbst zwei Stunden auf die Suche gehen und mal sehen, was ich herausfinden kann.

Mein Mittagessen war göttlich. Bing ist ungefähr hundert Jahre alt, aber er ist immer noch eine schreckliche Klatschbase und unglaublich komisch. Ich weiß jetzt, mit wem so ungefähr jeder in der Welt des Theaters ins Bett geht und wer wem in den Rücken gefallen ist, um welche Rolle zu bekommen. Es war alles ein großartiges Vergnügen, sogar als Bing die Kellnerin tadelte, weil sie meine Vorspeise vergessen hatte. »Wissen Sie nicht, wer das ist?«, fragte er so laut, dass sich im gesamten Restaurant die Köpfe drehten. »Das ist Nancy Martin.« Noch vor einem Monat wäre ich bei der Nennung meines Mädchennamens zusammengezuckt. Vermutlich wäre ich aufgesprungen, hätte protestiert: »Nein, nein, ich bin Nancy Curtland«, und wäre in Tränen ausgebrochen. Aber heute nicht. Heute habe ich nur genickt und gelächelt.

Du bist Georgie Harris, Liebling, und du musst tun, was auch immer notwendig ist, um herauszufinden, was das bedeutet. Danke für das, was du über Dylan geschrieben hast, es hilft mir wirklich zu verstehen, was er durchgemacht hat. Letzten Endes hat er sich nie die Mühe gemacht, seine leiblichen Eltern aufzusuchen. Aber für ihn war es anders, denn er hat sie ja nie gekannt. Als er mir endlich vergeben hatte, dass ich es vor ihm geheim gehalten hatte, sagte er mir, er wolle gar nicht wissen, wer sie sind, denn er sei mit den Eltern glücklich, die er schon hat. Aber wie gesagt, es war völlig anders für ihn. Ich werde jetzt mal anfangen, ein bisschen für dich zu suchen, lass mich wissen, wie du klarkommst.

Alles Liebe,
Nan xx

Von: nancyblue@aol.com
An: georgieharris@hotmail.com
Betreff: Die Suchenden ...
Datum: Donnerstag, 17. August, 02:15

Wusstest du, dass es einen Typ für Motoren von Rennautos gibt, der Jeff Harris heißt? Und einen Laden in Wyoming namens Jeff Harris Feeds? Meine Augen müssen von dem ganzen Gestarre auf den Bildschirm schon ziemlich viereckig sein, also werde ich mich jetzt mal auf den Weg ins Bett machen. Morgen werde ich die Suche wieder aufnehmen – oder heute, genauer gesagt, denn jetzt ist es schon Viertel nach zwei in der Frühe ...

Nx

Von: georgieharris@hotmail.com
An: nancyblue@aol.com
Betreff: Re: Die Suchenden ...
Datum: Donnerstag, 17. August, 17:25

Liebe Nan,
vielen Dank, dass du mir bei der Suche hilfst – es ist ein Albtraum, nicht wahr? Ich muss heute Nachmittag Tausende von Websites durchgesehen haben – sogar die, von denen ich weiß, dass sie nichts mit meinem Vater zu tun haben, wie zum Beispiel das Jeff Harris Esel-Altersheim auf der Isle of Man – nur für alle Fälle. Du hast recht. Ich sollte versuchen, mit jemandem zu sprechen, der ihn kannte, aber ich weiß einfach nicht, mit wem. Mein Vater war ein Einzelkind, und seine Eltern habe ich nicht mehr gesehen, seit meine Mum den Ton-Zerstörer geheiratet hat. Alles, woran ich mich erinnern kann, ist, dass sie irgendwo in Surrey an einem Fluss wohnten und dass ihr Haus Treppen hatte, die außen am Gebäude entlangführten! Und meine Oma hatte ein echt cooles Puppenhaus mit einem Spielzeugaffen auf dem Dach. Mum wird vermutlich ihre Adresse haben, aber ich glaube nicht, dass ich sie im Moment danach fragen kann. Zu Hause läuft alles immer noch übel. Gestern Abend habe ich am Küchentisch gesessen und meinen Text geübt, als der Ton-Zerstörer hereinkam, um sich was zu essen zu holen. »Oh, die Schauspielerin«, sagte er in tödlich sarkastischem Ton, und dann brachte er Michaela dazu, mit echt dämlicher Stimme dauernd »Romeo, Romeo« zu sagen. Einen Moment lang habe ich sie wirklich gehasst, denn sie kam mir gar nicht mehr wie meine kleine

Schwester vor, sondern wie der niederträchtige kleine Helfer des Bösen. Dann sagte meine Mutter ihr, sie solle leise sein, und plötzlich herrschte diese furchtbare Stille. Der Ton-Zerstörer nahm seinen Teller und kippte sein Essen ins Abwaschbecken. »Sprich nie wieder so mit meiner Tochter«, sagte er mit total tiefer, drohender Stimme zu Angelica. Und dann sagte er zu Michaela: »Komm, Prinzessin, wir gehen zu McDonald's.« Es war schrecklich, als wäre unsere sogenannte Familie genau in der Mitte geteilt. Aber als ich aufstand, um meine Mum zu umarmen, ging sie aus dem Zimmer und sagte: »Lass mal, Georgie.«

Du siehst also, sie ist offensichtlich immer noch sauer auf mich, weil ich hinter ihrem Rücken agiert und diese Broschüren besorgt habe. Auf keinen Fall würde sie mir erlauben, mit meinen Großeltern zu reden. Ich denke, das Internet ist meine einzige Hoffnung. Aber nicht, bevor ich dir schnell erzählt habe, was heute Schreckliches passiert ist. Heute war Kostümprobe für das Stück, und ich habe wirklich alles versaut. Mit meinem Song habe ich zu früh angefangen, und meinen Text habe ich ständig vergessen. Jamie war total nett und hat mich wieder mal umarmt, aber mir entging nicht, dass Debbie total gestresst aussah. Kannst du mir vielleicht einen Expertentipp geben, wie man ruhig bleibt? Wenn ich schon bei der Kostümprobe alles derartig vermassele, wie soll ich dann erst die Vorstellung vor einem großen Publikum durchstehen? Und was noch wichtiger ist – vor meiner eigenen Mutter? Ich habe bis jetzt noch nicht den Mut aufgebracht, sie zu fragen, ob sie kommt. Ich wollte sie heute Abend fragen. Was, meinst du, soll ich machen? Nach meiner heutigen Vorstellung bin ich mir nicht mehr so sicher. Der Ton-Zerstörer macht ihr das Leben zur Hölle, weil sie mich zu dem Workshop gehen lässt, und wenn ich morgen Abend vor ihren Augen das Ganze in den Sand setze, war das alles umsonst! Bitte, bitte gib mir einen Rat …

Alles Liebe,
Georgie xxx

Von: nancyblue@aol.com
An: georgieharris@hotmail.com
Betreff: Re: Die Suchenden ...
Datum: Donnerstag, 17. August, 17:27

Liebling, ich bin hier – ich bin auch online und suche noch immer wie eine Wilde nach deinem Dad! Bist du schon auf das männliche Model namens Jeff Harris gestoßen, der übrigens zur *Unicorn Modelling Agency* gehört? Was für ein aufgeblasener Platzhirsch!!

Werde gleich mal ein paar Spitzentipps zum Ruhigbleiben zusammenstellen – wollte nur, dass du weißt, dass ich online bin.

Nx

Von: georgieharris@hotmail.com
An: nancyblue@aol.com
Betreff: Re: Die Suchenden ...
Datum: Donnerstag, 17. August, 17:28

Hurra!! Ich kann nicht fassen, dass du auch suchst. Das ist so frostfrei!

Danke!
Gx

Von: nancyblue@aol.com
An: georgieharris@hotmail.com
Betreff: Re: Die Suchenden ...
Datum: Donnerstag, 17. August, 17:30

Das Wichtigste zuerst – eine miserable Kostümprobe ist ein sehr gutes Zeichen, ob du es glaubst oder nicht. Dem Aberglauben nach (und ich versichere dir, Aberglaube ist das Lebensblut der Theaterwelt) wird die Aufführung eine Katastrophe, wenn die Kostümprobe gut gelaufen ist. Indem du sie in den Sand gesetzt hast, hast du Debbie und deinen Schauspielkollegen einen riesigen Gefallen getan, also umarme dich selbst und beglückwünsche dich. Na los, mach's jetzt sofort – wen kümmert es, dass du in der Bücherei bist!

Nx

Von: georgieharris@hotmail.com
An: nancyblue@aol.com
Betreff: Re: Die Suchenden ...
Datum: Donnerstag, 17. August, 17:31

Okay – ich habe es gemacht, ich habe mich selbst umarmt, und jetzt starrt der Mann gegenüber mich an, als wäre ich ein Freak. Bist du sicher, dass es ein gutes Zeichen ist, wenn man alles vermasselt? Das ergibt überhaupt keinen Sinn!

Gx

Von: nancyblue@aol.com
An: georgieharris@hotmail.com
Betreff: Re: Die Suchenden ...
Datum: Donnerstag, 17. August, 17:39

Ach Georgie, Liebling, nichts ergibt einen Sinn, wenn es um die Welt des Theaters geht. Überleg dir doch nur mal, was wir da eigentlich machen – wir ziehen uns Kostüme an und tun so, als wären wir andere Leute. Wir machen uns verrückt mit unseren Bemühungen, »in die Figur« hineinzukriechen und »die Motive zu finden« und dem ganzen Zirkus. Es ist eine verrückte Welt, in der die herkömmlichen Regeln keine Gültigkeit haben, also ja, alles zu vermasseln ist in der Tat ein sehr gutes Zeichen. Ich bin der Meinung, du solltest deine Mutter unbedingt bitten zu kommen. Ich bin sicher, wenn sie sieht, wie du spielst, wird sie vor Stolz überwältigt sein, und es wird ihr den ganzen Ärger, den sie diese Woche mit dem Ton-Zerstörer auszustehen hatte, wert sein. Ich werde nie vergessen, wie ich Dylan zum ersten Mal in einer Schulaufführung gesehen habe. Er war nicht älter als fünf und hatte nur eine einzige Zeile zu sprechen, aber an die kann ich mich bis heute erinnern: »Danke, dass ihr zu unserem Schauspiel gekommen seid.« Aber die Bedeutung des Anlasses übermannte ihn, sodass er stattdessen sagte: »Danke, dass ihr zu uns zum Spielen gekommen seid.« Es war so goldig und brachte das gesamte Publikum zum Lachen. Und mir machte es nicht das Geringste aus, dass er es vermasselt hatte, ich war so verdammt stolz darauf, dass er mein Sohn war. Deine Mutter wird genau dasselbe empfinden, du wirst schon sehen.

Okay, jetzt zu den Tipps zum Ruhigbleiben:

Wenn du hinter der Bühne auf deinen ersten Auftritt wartest, nimm dir Zeit, dich in die Stimmung zu versetzen. *Verwandle dich* in Blousey, und schalte alles und jeden um dich herum aus.

Atme tief ein und aus und versuche, dadurch deinen Herzschlag ruhig zu halten, aber nicht so tief, dass du ohnmächtig wirst!

Wenn du auf die Bühne gehst, amüsiere dich – schließlich ist es ein enorm amüsantes Stück –, also genieße es!

Ernähre dich von deinem Publikum, als ob ihr Gelächter und ihr Applaus Sauerstoff wären – fühle, wie ihre Energie dich und deine Leistung erhebt.

Sei stolz – du wärst nie und nimmer als Blousey ausgewählt worden, wenn deine Lehrerin nicht überzeugt wäre, dass du der Rolle gewachsen bist – also wachse an deiner Aufgabe.

Ich hoffe, das hilft dir, Liebling, und Hals- und Beinbruch! Hier hast du noch einen weiteren lachhaften Aberglauben der Theaterwelt: Angeblich bringt es ausgesprochenes Pech, wenn man einem Schauspieler viel Glück wünscht. Ich denke an dich!

Nx

Von: georgieharris@hotmail.com
An: nancyblue@aol.com
Betreff: Re: Die Suchenden ...
Datum: Donnerstag, 17. August, 17:42

Danke!!! Gott, ich bin so nervös, ich habe Angst, dass ich mich übergeben muss. Ich werde noch fünf Minuten lang suchen, dann gehe ich nach Hause, um zu üben. Ich darf morgen einfach nicht meinen Text vergessen, ich darf nicht. Ein Teil von mir wünscht sich, ich würde mir wirklich Hals und Bein brechen – dann käme ich wenigstens um die Aufführung herum. Vielen, vielen Dank für deine Hilfe.

Alles Liebe,
Georgie xx

Von: nancyblue@aol.com
An: georgieharris@hotmail.com
Betreff: Re: Die Suchenden ...
Datum: Donnerstag, 17. August, 17:43

Gern geschehen, Liebling, und du wirst es schaffen. Ich werde an dich denken ...

Alles Liebe,
Nx

Von: georgieharris@hotmail.com
An: nancyblue@aol.com
Betreff: Guten Morgen!
Datum: Freitag, 18. August, 09:09

Ich dachte mir, ich maile dir mal schnell auf dem Weg zum Workshop. Wir brauchen heute erst um zehn da zu sein, denn Debbie fand, wir könnten nach der ganzen harten Arbeit mal einen Morgen zum Ausschlafen gebrauchen. Ich fühle mich, als würden tausend Tiggers in einer Disco in mir herumhopsen. Ich habe solche Angst und bin so aufgeregt. Rate mal, was passiert ist? Ich kann es selbst noch gar nicht glauben! Meine Mum hat gesagt, sie kommt heute zu der Aufführung!

Der Ton-Zerstörer war gestern die ganze Nacht arbeiten, und ich saß auf meinem Bett und übte zum millionsten Mal meinen Text, als meine Mum ihren Kopf zur Tür hereinsteckte. »Brauchst du damit

Hilfe?«, fragte sie und nickte in Richtung meines Rollenbuchs. Ich konnte mein Glück nicht fassen, also lächelte ich und sagte Ja, und sie kam und setzte sich ans Ende des Bettes. »Willst du, dass ich dich den Text abfrage?«, fragte sie, aber wie sie es sagte, war total niedlich und schüchtern, als ob sie mich eigentlich fragen wollte, ob ich noch ihre Freundin wäre. »Ja, bitte«, antwortete ich. Und dann sah sie mich an, und ihre schönen großen Augen waren ganz glasig vor Tränen, und ich wusste nicht, was ich machen sollte, denn das letzte Mal, als ich versucht hatte, sie zu umarmen, hat sie gesagt, ich solle es lassen. Also legte ich nur meine Hand auf ihre, so wie Jamie es an dem Abend im Wald mit meiner Hand gemacht hatte. Mum sagte nichts, aber dann drehte sie ihre Hand um und verschränkte ihre Finger mit meinen, und sie drückte so fest zu, dass ich genau wusste, was sie mir damit sagen wollte. Also drückte ich genauso fest zurück, und dann sagte ich ganz leise: »Würdest du morgen Abend gern kommen und dir die Aufführung ansehen?« Und sie nickte und sagte: »Ja, das würde ich sehr gern machen«, und eine Träne lief ihr aus dem Auge und hinterließ eine schimmernde Spur auf ihrer Wange.

Später, als ich im Bett lag und Hendrix an mich drückte, war ich so glücklich. Ich weiß, die Dinge sind nicht wirklich wieder in Ordnung. Und ich weiß, ich habe noch nicht die Wahrheit über meinen Vater herausgefunden. Aber meine Mum kommt zu meiner Aufführung. Meine Mum hat mich noch lieb, und ich habe auch noch dich und Jamie. Gestern hat Oprah über Dankbarkeit gesprochen und gesagt, wir sollten uns mehr Zeit nehmen, um die kleinen Dinge in unserem Leben zu schätzen, den Duft von Kaffee zum Beispiel. Ich persönlich hasse den Duft von Kaffee, also kann ich nicht sagen, dass ich dafür besonders dankbar bin, aber heute, als ich durch den Park gegangen bin und gesehen habe, wie die Vögel wie gefiederte Miniaturdrachen in den Baumkronen ein und aus flogen, habe ich mich so dankbar gefühlt. Wenigstens diesen einen Tag lang kann ich so tun, als wäre ich normal. Ich kann so tun, als wäre ich die Art von Mädchen, die in einem Stück eine Hauptrolle bekommt und einen

Jungen kennt, der an ihr interessiert ist, und eine Mutter hat, der sie wirklich wichtig ist.

Ich hoffe, du hast auch einen schönen Tag, und morgen maile ich dir und erzähle dir, wie die Aufführung heute Abend gelaufen ist.

Alles Liebe,
Georgie xx

Von: nancyblue@aol.com
An: georgieharris@hotmail.com
Betreff: Re: Guten Morgen!
Datum: Freitag, 18. August, 10:26

Ja, allerdings – guten Morgen! Was für wundervolle Neuigkeiten! Ich kann dir nicht sagen, wie sehr es mich freut, dass deine Mutter zu deiner Aufführung kommt. Ich wünschte nur, ich könnte auch dabei sein. Aber im Geiste werde ich da sein, das musst du mir glauben. Und was um alles in der Welt meinst du denn damit, dass du so tun willst, als wärst du die Art von Mädchen, die eine Hauptrolle in einem Stück bekommt und einen Jungen kennt, der an ihr interessiert ist? Du tust überhaupt nicht so, Liebling – das alles ist wirklich so. Und du hast es hundertprozentig verdient. Und natürlich bist du deiner Mutter wirklich wichtig. Es ist so, wie ich es dir erklärt habe, als wir uns getroffen haben – sie ist in einer gewalttätigen Beziehung mit einem tyrannischen Partner gefangen. Ihr Verhalten ist nicht das eines Menschen, dem alles egal ist. Es ist das Verhalten eines Menschen, der Angst hat und der verzweifelt versucht, die Dinge am Laufen zu halten.

Deine Berichte über Textabfragen und Kostümproben sind übrigens ziemlich ansteckend, Süße. Ich glaube, ich werde heute mal Bing anrufen und ihn bitten, mich irgendwo für eine kleine Rolle vorzuschlagen, nichts Großes, nur ein paar Zeilen oder so. Mal sehen, wie ich zurechtkomme. Du hast mich mit dem Schauspiel-Virus angesteckt, fürchte ich. Hab einen tollen Abend! Hals- und Beinbruch – für beide Beine!!!

Alles Liebe,
Nan x

Von: georgieharris@hotmail.com
An: nancyblue@aol.com
Betreff: Guter Morgen – schlechter Abend …
Datum: Freitag, 18. August, 18:13

Oh Nan – ich habe gerade versucht, dich anzurufen, aber du warst nicht zu Hause. Ich muss aber unbedingt mit dir sprechen. Also werde ich dir diese Mail schreiben, damit ich mir alles von der Seele reden kann, und dann werde ich versuchen, mir vorzustellen, was du mir raten würdest.

Es ist sechs Uhr. Die Aufführung fängt in einer Stunde an, und alles ist schiefgegangen. Schon wieder. Als ich heute von der Probe zurückkam, stand das Taxi vom Ton-Zerstörer in der Auffahrt, und er fummelte am Motor herum. Ich hätte gleich wissen müssen, dass etwas faul war, weil er tatsächlich Hallo zu mir sagte – und obendrein auch noch in seiner total freundlichen »Michaela-Stimme«. Ich sagte auch Hallo und ging dann direkt in die Küche. Michaela tanzte total aufgedreht mit einem von ihren Kuschel-Tiggern herum. Mum saß am Tisch und sah auf ihre Hände hinunter. »Wir gehen zu einer Show, Georgie, wir gehen zu einer Show«, rief Michaela. Ich dachte, sie würde von Bugsy Malone sprechen. »Ich weiß«, sagte ich, hob sie hoch und wirbelte sie um mich herum. »Und Debbie reserviert dir ganz vorne einen Platz, sodass du alles gut sehen kannst.« Michaela sah mich mit großen Augen an. »Kommt Debbie denn auch zu Winnie Pooh?«

Noch immer begriff ich nicht, was passiert war. »Nein, du Dummchen, das Stück heißt nicht Winnie Pooh, es heißt Bugsy Malone.« Michaela befreite sich zappelnd aus meinen Armen und lief hinüber zu Mum. »Es heißt nicht Bugsy Malone, stimmt's, Mum? Es heißt Winnie Pooh.« Ich sah Angelica an, aber sie starrte nur auf ihre Hände hinunter, und dann nickte sie langsam. »Was meinst du?«, fragte ich und setzte mich ihr gegenüber an den Tisch. »Wovon redet sie denn?«

»Daddy geht mit uns die Winnie Pooh Show in der Stadt anschauen«, sagte Michaela. »Du kommst auch mit, Georgie, wir gehen alle zusammen.« Schockiert sah ich meine Mum an. »Was soll das heißen? Heute Abend?« Wieder nickte sie. »Aber wir können doch nicht! Was ist mit Bugsy Malone?« Endlich sah Mum mich an. »Es tut mir leid«, murmelte sie. »Er hat die Karten gekauft. Ich muss gehen.« Mir war zumute, als müsste ich mich über den ganzen Tisch übergeben. »Und was ist mit mir?«, fragte ich atemlos wie ein dummes, kleines Kind. Mum sandte mir ein schwaches Lächeln. »Das geht in Ordnung. Wir haben ihm gesagt, dass du heute deine eigene Aufführung hast und nicht mitkommen kannst«, antwortete sie, als ob dadurch alles wieder gut wäre. »Aber du kommst nicht?«, fragte ich, und in meiner Kehle schwoll ein riesiger Knoten aus zurückgehaltenen Schluchzern an. Sie schüttelte den Kopf und sah wieder nach unten. Ich wollte sie anschreien. Ich wollte ihr sagen: Aber ich spiele doch eine der Hauptrollen. Ich bin auch deine Tochter, warum muss sich immer alles um Michaela und ihn drehen? Ich wollte ihr sagen: Ich hasse dich, du bist ein erbärmlicher Feigling. Aber es war, als hätten die Schluchzer in meiner Kehle ein Siegel gebildet, das nichts nach außen dringen ließ. Ich stand auf. Ich ging nach oben. Ich putzte mir die Zähne und wusch mir das Gesicht und zog mich um. Dann ging ich die Treppe wieder nach unten, und ohne Auf Wiedersehen oder sonst was zu sagen, öffnete ich die Tür und ging hinaus. »Ach, die Dame geht aus«, rief der Ton-Zerstörer mir hinterher, seine Stimme gekünstelt heiter, als ob er in Wahrheit sagen wollte: »Haha, ich habe gewonnen!« Ich ignorierte ihn und ging weiter. Ich ging weiter, bis ich in die Hauptstraße kam, wo ich versuchte, dich anzurufen. Und jetzt bin ich im Internet-Café und tippe das hier und weiß nicht, was ich machen soll.

Ich habe mich so darauf gefreut, dass sie kommen würde, aber sie hat mich wieder enttäuscht. Weshalb hat sie überhaupt gesagt, sie kommt, wenn sie es gar nicht ernst meinte? Warum muss sie ihm am Ende immer erlauben, seinen Willen durchzusetzen? Er muss mich ja wirklich hassen, wenn er so etwas tut, oder? Wir gehen nie zusammen als Familie aus, um uns Shows anzusehen. Nie. Er wusste, heute ist mein großer Abend, und deshalb musste er losziehen und ihn ruinieren.

Ich versuche mir vorzustellen, was du mir raten würdest, aber mein Hirn ist total leer. Ich nehme an, Oprah würde sagen, sei dankbar für das, was du hast. Nun gut, ich atme also den Duft des Kaffees hier im Internet-Café ein und versuche, so gut ich kann, dankbar zu sein, aber mir wird übel davon. Vielleicht würdest du mir sagen, die Show muss weitergehen? Und ich soll mit erhobenem Kopf losgehen und die beste Aufführung meines Lebens hinlegen? Ich glaube, du würdest mir sagen, dass ich fabelhaft bin. Ich glaube, du würdest sagen, wenn ich erlaube, dass diese Sache mir die Aufführung ruiniert, dann habe ich den Ton-Zerstörer gewinnen lassen. Und damit hättest du recht. Er mag in der Lage sein, Mum klein zu machen, aber mich kriegt er nicht unter.

ICH BIN FABELHAFT. FABELHAFT. FABELHAFT.

Ich mache mich jetzt auf den Weg ins Gemeindezentrum und werde dort ein bisschen unter dem Weidenbaum sitzen. Meine Gedanken rasen so schnell, dass ich irgendwo hingehen muss, wo es ruhig und friedlich ist. Aber was immer auch passiert, ich werde nicht zulassen, dass er mich besiegt, Nan, keine Sorge.

Alles Liebe,
Georgie xx

Teil Sechs

Die Show geht weiter

Von: nancyblue@aol.com
An: georgieharris@hotmail.com
Betreff: Re: Guter Morgen, schlechter Abend ...
Datum: Freitag, 18. August, 22:45

Verdammt und noch mal verdammt! Warum bin ich nur nie da, wenn du mich am meisten brauchst? Es tut mir leid, dass ich nicht hier war, als du vorhin angerufen hast, ich bin mit Ricardo Salsa tanzen gegangen. Georgie, Liebling, diesmal bin ich ganz und gar sprachlos. Ausgerechnet das von allen boshaften, widerlichen Dingen, die dieser Mann sich hätte einfallen lassen können! Ich bin aber so froh, dass du dich von ihm nicht unterkriegen lässt. Ich hoffe, du hast die Aufführung deines Lebens hingelegt und jeder war begeistert von dir. Du hast ganz genau getroffen, was ich dir hätte sagen wollen. Aber einen einzigen Punkt hätte ich noch hinzugefügt: Ich bin sicher, du hattest doch ein Elternteil, das dir zugesehen hat. Ich hoffe, du hast heute gespürt, dass dein Vater im Geiste bei dir war und dich aus dem Publikum beobachtet und angefeuert hat.

Noch einmal, Georgie, wenn du mich irgendwie brauchst, bitte ruf mich an oder mail mir. Und bitte lass mich wissen, wie es gelaufen ist. Ich denke an dich und sende dir einen E-Mail-Anhang voller Mut und Liebe.

Alles Liebe,
Nan xxx

Von: nancyblue@aol.com
An: georgieharris@hotmail.com
Betreff: ALLES OKAY?
Datum: Samstag, 19. August, 11:15

Ist alles in Ordnung? Bitte mail mir oder ruf mich an, so schnell du kannst, und erzähl mir, wie alles gelaufen ist.

Alles Liebe von deiner sehr ungeduldigen Freundin,
Nan xx

Von: nancyblue@aol.com
An: georgieharris@hotmail.com
Betreff: Hallo ...
Datum: Samstag, 19. August, 22:04

Oh, meine Liebe. Jetzt ist es schon nach zehn Uhr in der Nacht, und ich habe noch immer nichts von dir gehört. Ich wünschte, du hättest ein Handy, sodass ich dich anrufen könnte. Ich denke, ich werde wohl bis morgen warten müssen. Ich hoffe wirklich, dass alles in Ordnung ist ...

Nan xxx

Von: georgieharris@hotmail.com
An: nancyblue@aol.com
Betreff: Unglaubliche Neuigkeiten!!!
Datum: Sonntag, 20. August, 14:12

Du wirst nicht glauben, was passiert ist!!! Und wie viel passiert ist!!! Ich bekomme es kaum alles in meinen Kopf, so viel ist es, wer weiß also, wie ich es alles in eine Mail gestopft bekomme! Es ist merkwürdig, denn das, was am Freitagabend als Erstes passierte, war schon für sich allein unglaublich genug. Aber dann passierte noch etwas, das noch unglaublicher war. Zuerst sah es aus, als würde es wirklich schlimm werden, aber dann änderte es sich und – oh Gott, ich weiß einfach nicht, wie ich dir das alles erzählen soll.

Okay, jetzt habe ich einmal tief Luft geholt und mir die Tippfinger gewärmt, und jetzt erzähle ich dir alles von Anfang an, aber ich sage dir, du errätst nie im Leben, nicht einmal in deinen wildesten Träumen, was ich dir gleich schreiben werde.

Nachdem ich dir am Freitagabend gemailt habe, bin ich an den Ententeich gegangen, habe da ein bisschen gesessen und darauf gewartet, dass die Ersten von den anderen eintreffen, und dabei habe ich versucht, meine Gedanken zu sammeln. Ich war so fertig von dem, was passiert war, und so enttäuscht, dass meine Mum nicht da sein würde, um mich spielen zu sehen. Ich habe an dich gedacht, aber jedes Mal, wenn ich versuchte, mir zu sagen, ich wäre fabelhaft, bin ich nur bis zu »fab« gekommen, dann entschlüpfte mir ein Schluchzen. Und »ICH BIN FAB-BUHUHU« gibt einem überhaupt nicht das Gefühl, toll zu sein! Dann sah ich eine kleine Ente, die ganz allein über den Teich schwamm, und davon fühlte ich mich noch elender, denn sie erinnerte mich an mich selbst – ganz allein –, und ich fing an, noch mehr zu weinen. Bis ich auf dem trockenen Gras hinter mir ein Knirschen vernahm und hörte, wie Jamie fragte: »Blousey, was ist los?« Es war zu spät, um so zu tun, als würde ich nicht weinen, also saß ich da schniefend und schluchzend wie ein Baby, bis ich seinen Arm um meine Schultern spürte und er mich an seine Brust zog. Oh Nan, es war so schrecklich und so schön zugleich, ein bisschen wie diese amerikanische Schokolade mit der Erdnussbutter-Füllung. Und obwohl ein Teil von mir sich aus seinen Armen befreien und vor Peinlichkeit davonlaufen wollte, wollte der größte Teil von mir genau da bleiben, wo er sich befand. Es war nämlich so schön, gehalten zu werden und zu fühlen, wie mein Haar gestreichelt wurde, und Jamies raue Stimme zu hören. »Ist ja gut«, flüsterte er wieder und wieder. »Ich bin ja hier.« Und dann, als er mich fragte, was los sei, konnte ich es nicht länger für mich behalten. Ich hatte es so satt, die ganze Zeit etwas vorspielen zu müssen. Vorspielen zu müssen, dass alles in Ordnung ist und ich cool und kultiviert bin und aus einer völlig normalen Familie komme, während in Wirklichkeit alles, einschließlich mir selbst, kaputt ist. Also habe ich ihm alles erzählt. Von meiner Mutter und dem Ton-Zerstörer und wie satt ich es habe, immer zu versuchen, das Richtige zu tun und niemanden zu verärgern, und mich in meiner eigenen Familie wie ein Außenseiter zu fühlen. Und dann erzählte ich ihm, wie der Ton-Zerstörer das Badezimmer zerschlagen und mich an den Haaren gezogen und meinen Arm verletzt hat, und wie er, gerade als die Dinge etwas besser aussahen, alles zerstört hat, indem er verhinderte, dass meine Mum und Michaela zu der Aufführung kommen. Jamie hielt mich die ganze Zeit über im Arm und sagte kein Wort, und dann, als ich endlich fertig war, lehnte er sich ein wenig zurück, sodass er mir direkt in die Augen sehen konnte. Und dann küsste er mich. Ja, du hast richtig gelesen – JAMIE PHELPS HAT MICH GEKÜSST – und ja, es war ein richtiger Kuss, auf die Lippen. Es war wirklich schön und weich, als ob einer der Schmetterlinge aus meinem Magen sich befreit und auf meine Lippen gesetzt hätte. Und das Komischste an allem war, dass ich noch nicht mal etwas von den Sachen, die du mir empfohlen hast, gemacht habe. Ich hatte weder meine Lippen geleckt noch diesen Blick mit dem Dreieck probiert und auch nicht gekichert oder ihn unter gesenkten Augen angesehen – meine Augen waren dazu viel zu voll von Tränen! Und dann wischte er mir die Tränen von den Wangen und sagte: »Mach dir keine Sorgen, Blousey, ich passe auf dich auf.« Und dann sagte er mir, nach der Aufführung bräuchte ich nicht wieder nach Hause zu gehen, denn ich könnte mit zu ihm kommen, und er wäre sicher, wenn er seinen Eltern erst einmal erzählt hätte, was passiert war, dürfte ich so lange bleiben, wie ich wollte. Ich wusste, dass das nicht wirklich die Lösung für meine Probleme war. Ich wusste, ich konnte nicht einfach bei Jamie einziehen und dort bis an mein Ende glücklich vor mich hin leben, aber ich war so froh und so aufgeregt, weil er mich geküsst hatte, dass mir das nichts ausmachte. Ich frage mich, ob man sich so fühlt, wenn man betrunken ist, denn als wir aufstanden, um ins Gemeindezentrum zu gehen, fühlte ich mich total wackelig, und in meinem Kopf drehte sich alles. Gott sei Dank schaffte ich es aber, mich »auszunüchtern«, bevor die Vorstellung anfing! Und letzten Endes hat es überhaupt nichts ausgemacht, dass meine Mutter nicht da war, denn es war so schön, mit Jamie zu spielen und sein stolzes Lächeln zu sehen, nachdem ich mein Solo gesungen hatte, und zu fühlen, wie er meine Hand drückte, als wir uns verbeugten. Als das Publikum zu applaudieren begann, war es, als würde man von einer Wand aus Lärm erschlagen, und ich musste daran denken, wie du mir gesagt hast, mein Leben würde nicht immer von Erwachsenen bestimmt werden und eines Tages würde ich frei sein. In diesem Moment erhielt ich aus diesen Reihen von lächelnden, jubelnden Gesichtern einen Vorgeschmack dieser Freiheit, denn sie alle klatschten und jubelten für mich und für etwas, das ich ganz allein geschafft hatte, und am Ende war es nicht einmal dem Ton-Zerstörer gelungen, mich aufzuhalten.

Doch sobald die Show zu Ende war und das Publikum nach draußen strömte, wurde mir wieder übel. Wie konnte ich denn mit zu Jamie gehen? Ich war dort doch erst einmal gewesen. Was würden seine Eltern denken? Aber wie hätte ich nach Hause gehen können? Jamie schien jedoch wirklich glücklich, und er umarmte mich immer wieder und sagte mir, wie gut ich gewesen war, also wusste ich nicht, was ich tun sollte. Aber gerade, als wir aus dem Gemeindezentrum kamen und zum Parkplatz gingen, um seine Eltern zu suchen, spürte ich, wie mir jemand auf die Schulter tippte. Ich konnte es nicht fassen, als ich mich umdrehte und meine Mum im Schatten stehen sah. Ich hätte sie fast nicht erkannt, denn sie trug eine riesige Sonnenbrille. Ich hatte kaum »Mum!« gesagt, da blieb Jamie stehen und drehte sich um, und Furcht erfasste mich. Was, wenn er etwas von dem, was ich ihm erzählt hatte, zu ihr sagte? Was, wenn er sie wütend anschrie? Aber alles war in Ordnung, er nickte nur und lächelte.

Dann lächelte Mum zurück und sagte: »Ihr wart beide toll, wirklich toll.« Ich sah ihr verwirrt ins Gesicht, aber konnte nicht erkennen, was hinter der Sonnenbrille vor sich ging. »Was meinst du?«, fragte ich. »Hast du die Aufführung gesehen? Warst du da?« Mum nickte. In diesem Moment hielt neben uns ein Auto, und Jamies Mutter lehnte sich aus dem Fenster. Sie lächelte und sagte: »Gut gemacht«, und dann fragte sie Jamie, was er vorhatte. Er sah erst mich und dann meine Mum an. »Ich weiß es nicht«, sagte er. »Was machst du denn, Blousey?« Mir war übel. Ich wollte so furchtbar gern mit ihm gehen, aber ich konnte doch auch meine Mutter nicht allein lassen, nachdem sie zu der Aufführung gekommen war. Ich musste herausfinden, was passiert war. Ich machte mir auch ein bisschen Sorgen, weil sie im Dunkeln diese riesige Sonnenbrille trug. »Ich gehe besser mit meiner Mutter«, murmelte ich und hoffte, er würde mich verstehen. Jamie nickte. »Wenn du mich brauchst, ruf mich an, ja?«, erwiderte er, ehe er meine Mum fest ansah. Sie sah zu Boden. »Ja, klar«, sagte ich. Jamie küsste mich auf die Wange, dann schwang er sich hinten zu seiner Mutter ins Auto, und sie fuhren los.

Ich wandte mich meiner Mum zu. »Wie hast du denn kommen können?« war alles, was ich sagen konnte. Sie sah mich an und wies zu einer schattigen Grube unter dem Weidenbaum. »Können wir dorthin gehen und reden?« Ich nickte und folgte ihr zum Ufer des Teichs. Ein kühler Wind bewegte das Wasser, und das Spiegelbild des Mondes glitt wie ein großer, glänzender Ball über die Oberfläche. Wir setzten uns beide auf den mit Stoppeln bewachsenen Boden, und Mum drehte sich um, um mich anzusehen. »Du warst wundervoll, Georgie«, sagte sie ruhig. »Deine Stimme. Sie ist so kraftvoll. Es war, als würde man ...« Sie brach ab und blickte auf das bewegte Wasser. »Es war, als würde man was?«, fragte ich. »Deinem Vater zusehen«, antwortete sie. »Er hatte auch eine unglaubliche Stimme.« Ich folgte ihrem Blick über den Teich, und dann fing ich aus irgendeinem merkwürdigen Grund an, *Wonderful Tonight* zu summen. »Hör auf!«, sagte sie, drehte sich wieder zu mir um, und dann fing sie an zu weinen. »Was ist los?«, fragte ich, aber sie weinte einfach weiter. Schreckliche, heftige Schluchzer, die tief aus ihrem Inneren zu kommen schienen. »Mum?«, fragte ich, weil ich anfing, mich ein bisschen zu fürchten. Angelica wischte sich mit den Fingern das Gesicht ab, ohne die Sonnenbrille abzunehmen. »Dich auf dieser Bühne zu sehen, war, als wäre ein Teil von ihm wieder zum Leben erwacht«, schniefte sie. »Und ich hatte vergessen ...«

Ich wagte kaum zu atmen. »Was? Was hast du vergessen?« – »Wie begabt er war«, fuhr sie fort. »Und wie liebenswert.« Sie lächelte schwach. »Aber du hast gesagt – du hast erlaubt, dass Tony sagt –, dass er Drogen genommen hat und dieses ganze Zeug.« Auf einmal war ich wirklich verwirrt. Hatte der Ton-Zerstörer also doch gelogen? Meine Mum faltete die Hände, als würde sie gleich anfangen zu beten. »Ich weiß«, antwortete sie. »Aber Tony ist sehr gut darin, die Dinge zu verdrehen. Er bringt mich dazu, dass ich nicht mehr weiß, was ich glauben soll.« Ich konnte nicht anders, als den Kopf zu schütteln. »Aber du hast Dad doch gekannt. Du hast gewusst, dass er keine Drogen genommen hat. Oder, Mum?« Sie fing wieder an zu weinen, aber dieses Mal waren die Schluchzer viel leiser, als hätte der Schmerz in ihrem Innern seine Kraft verloren. Ich rutschte ein bisschen am Ufer entlang, bis ich genau vor ihr hockte, und nahm ihre Hände. »Mum! Dad hat doch keine Drogen genommen, oder? Tony hat gelogen. Er wollte nur, dass ich mich schlecht fühle, er ...«

»Er hat nicht gelogen, Georgie«, unterbrach sie mich und zog ihre Hände aus meinen. Schockiert setzte ich mich auf meine Füße. »Was? Aber ...«

»Dein Dad hat Drogen genommen, so wie jeder in seinem Job Drogen genommen hat. Aber es war nur Dope, es war nichts Hartes.« Ich starrte sie an, auf die schwarzen Scheiben, die ihre Augen bedeckten. »Aber an dem Tag, an dem er gestorben ist? Hat er da Drogen genommen?« Mum nickte. »Ja. Aber es war nicht so, wie Tony gesagt hat. Es war nicht, weil wir ihm nichts bedeuteten. Er hatte einen

Joint geraucht, aber er war nicht weggetreten. Das hat ihn nicht umgebracht, Georgie. Es war der Regen auf der Straße. Darauf ist das Motorrad weggerutscht.«

Ich schluckte hart. »Und warum hast du dann Tony erlaubt, dieses Zeug zu sagen, darüber, dass er uns nicht geliebt hat und dass es ihm nichts ausgemacht hat, ob er starb?« Mum wandte sich ab, und als sie sprach, war ihre Stimme nicht mehr als ein Flüstern. »Weil er mich dazu gebracht hatte, es zu glauben.« Sie wandte sich wieder mir zu. »Ich weiß, es klingt schrecklich, aber ich war so wütend, als dein Vater starb. Es war, als hätte er uns im Stich gelassen, und ich fühlte mich so hilflos ohne ihn. Alles war ein solches Chaos, aber dann kam Tony, und er schien so fürsorglich und so stark ...« Ich konnte nicht anders, als dabei sarkastisch aufzulachen. Mum hielt einen Moment inne, dann fuhr sie fort. »Er schien am Anfang wirklich fürsorglich. Ich wäre nicht mit ihm zusammengekommen, wenn es anders gewesen wäre. Und dann fing er an, Sachen über deinen Vater zu sagen – dass er nicht glauben könne, dass er auf sein Motorrad gestiegen war, nachdem er Drogen genommen hatte, und dass du und ich ihm offensichtlich egal waren. Ich habe ihm erlaubt, alles zu verdrehen.« Ungläubig schüttelte ich den Kopf. »Aber warum? Wie konntest du nur?« Sie seufzte. »Weil es leichter war, wenn ich mich dazu brachte, deinen Dad zu hassen. Es tat nicht mehr so weh. Aber als ich dich heute Abend gesehen habe ...« Wieder brach sie ab. »Was war, als du mich gesehen hast?«, fragte ich. »Nun, es hat mich daran erinnert, dass Jeff ganz und gar kein schlechter Mensch war. Er war witzig und begabt und eine solche Naturgewalt. So wie du, Georgie. Genau wie du.«

Ich brauchte eine Weile, um das, was sie gesagt hatte, zu verarbeiten. Mein Vater war ein netter Mensch gewesen, und meine Mutter hatte ihn geliebt. Und sie liebte mich, oder jedenfalls hatte es den Anschein, als ob sie es tat. Ich packte ihre Hände. »Verlass ihn, Mum. Verlass Tony. Wir kommen schon zurecht, wir drei. Ich werde dir helfen. Ich suche mir einen Teilzeit-Job, ich werde ...« Aber wieder zog sie ihre Hände aus meinen und wandte sich ab. »Wie kann ich ihn denn verlassen?«, rief sie. »Du verstehst das nicht. Er würde mich umbringen, wenn ich ihm Michaela wegnehmen würde, und ich kann sie nicht verlassen. Ich kann nicht mein kleines Mädchen verlassen.« Ich sah sie fest an. »Warum trägst du diese Sonnenbrille? Was ist heute Abend passiert? Was hat er gesagt, als du ihm erzählt hast, dass du hierherkommst? Was hat er gemacht?« Sie senkte den Kopf und sagte kein Wort. »Mum? Nimm die Sonnenbrille ab. Ich will dein Gesicht sehen.« Sie schüttelte den Kopf. »Nein. Ich habe geweint, meine Augen sind ...«

Ehe sie die Möglichkeit hatte, mich aufzuhalten, griff ich zu und zog ihr die Brille vom Gesicht. Ihre beiden Augen, ihre schönen, riesigen grauen Augen waren auf die Größe von Rosinen zusammengeschrumpft und von geschwollenen blauen Flecken umgeben. »Oh mein Gott, Mum! Was hat er dir angetan?« Unter der dicken entzündeten Haut sah sie mich an. »Verstehst du jetzt? Wie kann ich ihn verlassen, wenn er zu so etwas in der Lage ist?« Was sie gesagt hatte, schien vollkommen verdreht. Wie konnte sie bei ihm bleiben, wenn er zu so etwas in der Lage war? Ich rutschte ganz nah an sie heran und legte einen Arm um ihre schmalen Schultern. »Wir könnten flüchten«, schlug ich ihr vor. »Wir könnten in eins dieser Häuser von Refuge gehen – aus den Broschüren, die ich dir gegeben habe.« Mum schüttelte den Kopf und nahm mir die Sonnenbrille wieder weg. »Ich kann immer noch nicht glauben, dass du losgegangen bist und mit einer völlig Fremden über unsere Angelegenheiten geredet hast«, sagte sie. Ich runzelte die Stirn. Wie konnte sie anfangen, mich auszuschimpfen, wo ich doch nur versuchte, ihr zu helfen? »Es war keine Fremde, Mum, es war eine Freundin.« Sie setzte sich die Sonnenbrille wieder auf, und ich versuchte nicht, sie zu hindern. »Ich dachte, es war die Mutter von deiner Freundin«, erwiderte sie. Ich holte tief Luft und beschloss, ihr die Wahrheit zu sagen. »Ja, das habe ich aber nur gesagt, damit du dich besser fühlst. In Wirklichkeit war es eine Freundin von mir, aber sie ist selbst Mutter, und sie ist wirklich klug, und sie hat gerade ihren Mann verloren, also weiß sie, wie es ist, jemanden zu verlieren, den man liebt. Du würdest sie wirklich mögen, Mum. Sie heißt Nan, und sie war früher Schauspielerin, und sie hat schon gesagt, dass sie uns gern helfen würde, also könnte sie vielleicht ...«

Mum wandte mir das Gesicht zu und strich meinen Arm von ihrer Schulter. »Woher kennst du diese Person, Georgie?« Ihre Stimme war ernst wie die einer Nachrichtensprecherin. Ich zwang mich zu lächeln, damit sie sah, dass es keine große Sache war. »Wir haben uns im Internet kennengelernt. Es ist eine lange Geschichte, aber ...«

»Im Internet? Oh mein Gott, was habe ich dir über Besuche in diesen Chat-Räumen erzählt? Du weißt nicht, mit wem du da redest.« Ich runzelte die Stirn und schüttelte den Kopf. »Nein, es ist alles in Ordnung, denn ich habe sie auch wirklich getroffen, also weiß ich, dass sie in Ordnung ist. Auch wenn sie am Anfang, als wir uns kennenlernten, vorgegeben hat, jemand anders zu sein – aber das war okay, denn das war nur ihr Sohn, und sie sollte so tun, als wäre sie er, denn sie sollte seine Mails beantworten.« Ich konnte spüren, wie Mum sich neben mir mehr und mehr anspannte, also versuchte ich, sie zu beruhigen. »Am Anfang war ich ein bisschen sauer auf sie, weil sie mich reingelegt hatte, aber sie war so nett und gab mir so viele Ratschläge über mein Schauspielern und Jungs und das alles, sodass ich am Ende froh war, mit ihr Mails zu tauschen, nicht mit Dylan.« Ich verstummte und wartete ab, was Mum sagen würde. »Dylan?«, fragte sie in einer leisen, angespannten Stimme. »Ja«, sagte ich, »ihr Sohn ist Dylan Curtland – der, der den Jimmy in *Jessop Close* gespielt hat. Weißt du noch? Der, der in dem Schlachthof gearbeitet hat und an einem elektrischen Schlag aus einem Toaster gestorben ist.« Ich lehnte mich zurück und wartete ab, überzeugt, dass dieser Teil des Berichts sie ein für alle Mal beruhigen würde. Aber es machte alles nur noch schlimmer. »Nicht zu fassen!«, schrie sie und stand auf. »Wie konntest du dich denn einer Wildfremden anvertrauen? Wie konntest du jemandem, den du überhaupt nicht kennst, unsere ganzen persönlichen Angelegenheiten erzählen?« Ein Funke der Wut erwachte in mir. »Wem hätte ich es denn sonst erzählen sollen?«, gab ich zurück und stand ebenfalls auf, und weil sie weiter unten am Ufer stand, wirkte ich größer. »Ich hatte doch niemanden, Mum. Ich habe mich einsam gefühlt.« Sie sah mich an, als wäre ich nicht ganz dicht. »Du hattest niemanden? Und was ist mit mir? Ich bin deine Mutter. Warum bist du nicht zu mir gekommen und hast mit mir geredet?« An diesem Punkt fing ich an zu lachen, obwohl ich das, was sie gesagt hatte, überhaupt nicht komisch fand. »Wie hätte ich denn mit dir reden sollen? Du bist doch ...« Ich brach gerade noch rechtzeitig ab. »Was?«, fragte sie, und ich konnte sehen, dass ihr die Lippen zitterten. Ich starrte auf den Boden. »Ich dachte, du hättest genug, mit dem du fertigwerden musstest. Ich hatte Angst, wenn ich auch noch mit meinen Problemen ankommen würde, würde es dich – krank machen.« »Krank? Was meinst du denn mit krank?« Ich wollte es nicht sagen, aber ich wusste: jetzt oder nie. »Du weißt doch – betrunken. Krank.« Ich sah sie an. Sie stand vor mir, kleiner als ich, dünner als ich, ihre Hände vor ihrem Körper gefaltet, wie ein Kind. Ich wollte schreien: Du bist die Mutter, weißt du, du bist die, die sich um mich kümmern sollte. Aber ich schluckte den Gedanken wieder hinunter und wartete darauf, dass sie etwas sagte. Sie sah sich um, ließ ihren Blick über das verlassene Gemeindezentrum schweifen und schaute mir dann direkt in die Augen. »Los, komm«, sagte sie, ihre Stimme war leise, aber total fest. »Wohin?« Bestimmt dachte sie doch nicht daran, zurück nach Hause zu gehen, nach dem, was dieser Psychopath ihr angetan hatte. Und was war mit dem, was er mir vielleicht antun würde, weil ich in der Aufführung gewesen war und ihm so viele Schwierigkeiten verursacht hatte? »Komm einfach«, sagte sie und nahm meine Hand. Und obwohl es draußen noch immer richtig warm war, fühlten sich ihre Finger kalt wie Eis an. »Ich kann nicht nach Hause gehen, Mum. Ich kann nicht zu ihm zurückgehen«, begann ich. Vor Panik schraubte meine Stimme sich in die Höhe. »Das tun wir auch nicht«, antwortete sie und zog sanft an meiner Hand. Mir war übel vor Angst, als ich ihr die Hauptstraße und an der großen grauen Steinkirche entlang folgte. Die Kirchturmuhr schlug elf, und irgendwo in der Ferne fing jemand an, laut zu lachen, wie ein schwachsinniger Clown. »Wo gehen wir hin?«, fragte ich, wobei mir Tränen in den Augenwinkeln brannten. Ich beschloss, einen Fluchtversuch zu wagen, falls sie die Richtung nach Hause einschlug. Es kümmerte mich nicht, ob ich den ganzen Weg bis zu Jamie würde laufen oder sogar im Park im Freien würde schlafen müssen. Ich würde dorthin nicht zurückgehen. Als wir aber etwa auf der Höhe der Eisdiele waren, bog Mum in eine Seitenstraße ab. Ich runzelte die Stirn, denn in der Straße war nichts als ein paar Häuser und – ich erkannte die altmodische blaue Straßenlaterne und erstarrte. Das Polizeirevier.

»Was machst du denn?«, fragte ich, und mein Mund war plötzlich so trocken und kratzig wie Sandpapier. Mum zog an meiner Hand und sagte, ich solle mit ihr kommen. Oh Nan, ich hatte solche Angst. Ich dachte, sie wollte Anzeige gegen dich erstatten, weil du mir gemailt hast. »Ich kann nicht«, sagte ich und blieb wie angewurzelt stehen. Mum entfuhr ein gewaltiger Seufzer, dann sagte sie: »Ich dachte, du willst, dass ich etwas unternehme?« Verwirrt starrte ich sie an. »Dass du weswegen etwas unternimmst?« – »Wegen Tony«, antwortete sie. Es dauerte ein paar Augenblicke, bis das, was sie sagte, den Teil meines Gehirns erreicht hatte, der den Sinn von Sachen ermittelt. »Ist das dein Ernst?«, flüsterte ich. Mum nahm die Sonnenbrille ab, und ich glaube, trotz der Schwellungen und der blauen Flecke sah sie noch nie zuvor so schön und so tapfer aus. Sie nickte, und ich sah, wie ihr eine Träne die geschwollene Wange hinunterlief und im Blau der Polizeilampe schimmerte. »Es tut mir so leid«, flüsterte sie, und dann – wie genau, weiß ich nicht – umarmten wir uns, und sie wiegte mich sanft von einer Seite zur anderen. Als ich mich an ihr festklammerte, nahm ich einen Hauch ihres Kokos-Shampoos wahr, und das gab mir ein Gefühl der Sicherheit, wie ich es seit einer Ewigkeit nicht mehr verspürt hatte. Als wir uns endlich losließen und einander ansahen, hatten wir beide geweint, aber wir lächelten auch, ein echtes Lächeln, das unsere mit Tränen gefüllten Augen erreichte.

So, nun weißt du es. Ich wusste, es würde eine Ewigkeit dauern, dir alles zu erzählen, aber ich musste es dich einfach wissen lassen. Kannst du es fassen, dass in einer einzigen Nacht so viel passieren kann? Jamie hat mich geküsst, wir haben unser Stück aufgeführt, meine Mum ist zur Aufführung gekommen, und dann hat sie auch noch den Ton-Zerstörer verlassen!

Als wir auf das Polizeirevier kamen, haben sie Mum befragt und schickten dann einen Wagen los, um den Ton-Zerstörer zu verhaften. Ich bin nicht sicher, was mit ihm passiert ist, aber die Polizei brachte Michaela zu uns, und wir wurden in einem sicheren Haus an einem Ort namens West Drayton untergebracht. Wir drei teilen uns ein Zimmer, was eigentlich ziemlich cool ist, als wären wir im Urlaub in einem Wohnwagen oder so. Auch andere Frauen wohnen hier mit ihren Kindern – wir alle verstecken uns vor Psychopathen-Männern –, was im Grunde irgendwie deprimierend ist. Aber das Beste von allem ist das Computerzimmer, wo ich jetzt gerade bin. Es ist komisch, wenn ich daran denke, wie sehr ich mir gewünscht habe, einen Computer zu haben, den ich bei mir zu Hause benutzen kann – so habe ich mir das natürlich nie gedacht! Ich melde mich bald wieder, wenn ich mehr darüber weiß, was vor sich geht.

Alles Liebe,
Georgie xx

Von: nancyblue@aol.com
An: georgieharris@hotmail.com
Betreff: Re: Unglaubliche Neuigkeiten!
Datum: Sonntag, 20. August, 09:01

Du meine Güte! Wieder einmal hast du mich sprachlos gemacht. Nun ja, vielleicht nicht ganz. Das Wichtigste zuerst – wäre es möglich, dass ich mit deiner Mutter spreche? Nur um sie zu beruhigen und ihr zu versichern, dass ich nicht irgendein Stalker bin, der im Internet Teenager verfolgt. Das Letzte, das ich will, ist, ihr noch weitere Sorgen zu bereiten. Vielleicht könnte ich kommen und euch besuchen? Oder ihr könntet alle hierherkommen? Wenn du, deine Mutter und deine Schwester einen Ort braucht, an dem ihr bleiben könnt, Georgie, wäre ich nur allzu glücklich, euch auszuhelfen. Hier ist jede Menge Platz, da nur noch Woodstock und ich unsere Kreise ziehen. Bitte gib deiner Mutter meine Nummer und versuch, sie dazu zu bringen, mich anzurufen.

Liebling, das alles, was dir passiert ist, muss sich für dich wirklich merkwürdig anfühlen. Was hat die Polizei wohl mit dem Ton-Zerstörer gemacht? Ich hoffe, sie sperren ihn ein und werfen den Schlüssel weg. Und was ist mit Jamie? Deine Beschreibung des Kusses trieb mir eine Träne ins Auge, sogar eine ganze Menge Tränen, um ehrlich zu sein! Hast du die Möglichkeit, von dort, wo du bist, mit ihm Kontakt aufzunehmen? Er hört sich so liebenswert, so freundlich und stark an – genau der Mensch, den du jetzt brauchst. Hast du in dem sicheren Haus eine Telefonnummer? Ich könnte dich anrufen, wenn du willst. Ich komme mir hier unten, so weit weg, so nutzlos vor. Lass mich einfach wissen, was ich tun soll. Und vergiss nicht, mit deiner Mutter zu reden ...

Bis bald, hoffe ich.
Alles Liebe,
Nan xxx

Von: georgieharris@hotmail.com
An: nancyblue@aol.com
Betreff: Schreckliche Nachrichten
Datum: Montag, 21. August, 11:14

Hi Nan,
du wirst nie im Leben glauben, was passiert ist. Mein Magen ist verkrampft, und mein Gesicht brennt – aber aus Wut, nicht aus Verlegenheit. Der Ton-Zerstörer ist auf Kaution freigelassen worden! Die Polizei beschuldigt ihn der schweren Körperverletzung, aber bis zur Gerichtsverhandlung ist er auf freien Fuß gesetzt. Mum ist hysterisch geworden, als sie davon erfahren hat. Sie sagt, wir werden nie mehr zurück nach Hause können, und Michaela weint ständig, weil sie ihre Tiggers haben will. In der Eile, wegzukommen, waren wir ja nicht in der Lage, etwas von unseren Sachen mitzunehmen. Meine Mum hat Angst, wieder zur Arbeit zu gehen, weil der Ton-Zerstörer dort auftauchen könnte, also werden wir bald auch kein Geld mehr haben. Die Polizei hat uns erzählt, dass die Kautionsauflagen dem Ton-Zerstörer verbieten, sich dem Haus oder uns zu nähern, und er muss bei seiner Mutter in Mile End bleiben, aber das wird er auf gar keinen Fall tun. Er wird total durchknallen, weil Mum ihn bei der Polizei angezeigt hat, ich weiß, das wird er. Ich wollte dich heute anrufen und darüber reden, aber ich habe mich nicht getraut, Mum zu fragen. Sie war so böse auf mich, weil ich dir maile, dass sie mir auf keinen Fall erlauben wird, ihr Handy zu benutzen, um dich anzurufen. Ich glaube auch nicht, dass sie es gern hätte, wenn du anrufen würdest – sie ist zu fertig, um klar zu denken. Sie hat mir allerdings erlaubt, Jamie anzurufen, also konnte ich ihm erklären, was passiert ist, und dass wir uns verstecken mussten. Verstecken, das klingt so aufregend, stimmt's? Aber in Wahrheit ist es überhaupt nicht aufregend. Es ist beängstigend und langweilig, und in diesem Haus stinkt es nach Desinfektionsmittel und gekochtem Gemüse. Es ist, als wäre man im Krankenhaus oder im Gefängnis, und in der Nacht hört man all diese seltsamen Geräusche – Türen, die zugeschlagen werden, Leute, die man nicht kennt und die den

Flur entlanglaufen, Babys, die man nicht kennt und die schreien –, ich hasse es. Es ist nicht fair. Warum sind wir diejenigen, die im Gefängnis enden, während der Ton-Zerstörer frei herumlaufen darf? Mum hat sogar schon gesagt, sie würde die Anzeige zurückziehen. Ich bin aber total wütend geworden, als sie das gesagt hat. Warum soll er mit dem, was er getan hat, davonkommen? Warum soll er Frauen und Kindern wehtun dürfen? Ich wünschte, mein Dad wäre noch am Leben, dann wäre das alles nicht passiert. Ich habe solche Angst. Ich habe Mum nichts davon gesagt, denn ich will versuchen, sie zu stärken, aber eine Stimme in meinem Kopf stellt immer wieder dieselbe Frage: Was, wenn sie ihn gehen lassen? Was passiert dann mit uns? Wie können wir uns je von ihm befreien?

Jamie war am Telefon total besorgt und hat gesagt, wenn ich einen Ort brauche, an dem ich wohnen kann, soll ich jederzeit zu ihm kommen. Es ist so schön zu wissen, dass ich euch beide habe und ihr euch um mich sorgt. Ich weiß nicht, was passieren wird, aber, Nan, ich verspreche dir, ich halte dich auf dem Laufenden, und wenn ich die Chance bekomme, rufe ich dich an, das verspreche ich dir.

Alles Liebe,
Deine Mailfreundin im Gefängnis
Georgie xxx

Von: nancyblue@aol.com
An: georgieharris@hotmail.com
Betreff: Re: Schreckliche Nachrichten
Datum: Montag, 21. August, 13:24

Das ist ja skandalös! Wie kann denn dieses Monster frei auf der Straße herumlaufen, während ihr euch wie Verbrecher verstecken müsst? Versuche, stark zu bleiben, Georgie, und vergiss nicht, dass du immer jemanden hast, zu dem du kommen kannst, wenn du ihn brauchst. Ich verstehe, dass du deine Mutter im Moment nicht verärgern willst, aber bitte behalte meine Einladung in Erinnerung, und wenn du der Meinung bist, es könnte helfen, dann sag ihr bitte, dass sie mich anrufen soll. Erinnere dich an das, was ich dir erzählt habe – über das Leben, das wie ein Buch ist, und die üblen Kapitel, die nicht für immer halten. Sie kommen immer irgendwann zu einem Ende, und oft wartet auf der nächsten Seite etwas wirklich Wundervolles auf dich. Bitte lass mich wissen, wenn es irgendetwas gibt, das ich für dich tun kann – für euch alle.

Alles Liebe und eine dicke, große Cyber-Umarmung!
Nan xxx

Von: georgieharris@hotmail.com
An: nancyblue@aol.com
Betreff: Nach Hause
Datum: Dienstag, 22. August, 09:04

Hi Nan,
ich dachte, ich sende dir schnell eine Mail, um dich das Neuste wissen zu lassen. Wir gehen zurück nach Hause. Gestern Abend kam eine wirklich nette Polizistin, um mit Mum zu sprechen, und sie hat uns gesagt, es wäre vollkommen ungefährlich für uns, zurück nach Ruislip zu gehen, denn wenn der Ton-Zerstörer dort auftauchen sollte, könnten wir die Polizei mit so einem speziellen Pager-Ding anpiepen, und sie würden sofort kommen. Mum lächelte sie an, als sie den Pager entgegennahm, aber ich konnte ihr trotz der ganzen Schwellung an den Augen ablesen, dass sie noch immer totale Angst hatte. Und ich habe auch Angst. Aber ich nehme an, wir haben keine andere Wahl. All unsere Sachen sind da. Das ist echt eklig, aber ich habe seit Freitag dieselben Kleider angehabt! Und ich wünsche mir verzweifelt, Jamie zu sehen. Ich hoffe, alles wird gut gehen. Ich hof-

fe, der Ton-Zerstörer hält sich fern, aber ich habe dieses wirklich unangenehme Gefühl im Magen. Obwohl die Polizei gesagt hat, dass der Ton-Zerstörer ins Gefängnis muss, wenn er uns noch einmal zu nahe kommt, kann ich mich trotzdem nicht entspannen. Wenn er wütend wird, verliert er jede Kontrolle über sich. Wie an dem Tag im Badezimmer, als er die Dusche eingeschlagen hat. Ich habe solche Angst, dass er wieder die Kontrolle verliert und zu unserem Haus kommt. Und was passiert dann?

Ich mache besser Schluss, denn ich höre Mum rufen. Ich maile dir bald, versprochen.

Alles Liebe,
G xxx

Von: nancyblue@aol.com
An: georgieharris@hotmail.com
Betreff: Re: Nach Hause
Datum: Dienstag, 22. August, 10:18

Mach dir keine Sorgen, Georgie, ich bin sicher, alles wird gut gehen. Der Ton-Zerstörer wird nicht riskieren, ins Gefängnis zu müssen, indem er seine Kautionsauflagen bricht. Vergiss nicht, er ist ein typischer Tyrann, und alle Tyrannen sind im Herzen Feiglinge. Ich bin sicher, die Aussicht, ins Gefängnis zu müssen, versetzt ihn total in Angst und Schrecken. Ich denke an dich, Liebling, die ganze Zeit, und ich bete, dass ihr – du, deine Schwester und deine Mutter – in Sicherheit seid. Ich habe heute Nachmittag einen Vorsprechtermin. Nichts Aufregendes, nur eine kleine Sache – ich soll in einer Kindersendung eine Hexe spielen! Nicht gerade die glamouröse Rolle, die ich mir erhofft habe, aber wenigstens tauche ich meinen Zeh wieder einmal in den See des Theaters. Bitte lass mich wissen, wenn ihr heil zu Hause angekommen seid, Liebling.

Alles Liebe,
Nan xx

Von: georgieharris@hotmail.com
An: nancyblue@aol.com
Betreff: Oh mein Gott!!
Datum: Mittwoch, 23. August, 11:08

Oh mein Gott – du hattest einen Vorsprechtermin!! Wie ist es gelaufen? Hast du die Rolle bekommen? Welche Kindersendung ist es? Dank Michaela bin ich so eine Art Expertin für Kindersendungen! Es wär so cool, wenn es eine Sendung wäre, die sie sich ansieht, denn dann könnte ich vor ihr angeben und sagen: »Die Hexe da kenne ich!«

Es war so seltsam, nach Hause zu kommen. Obwohl wir nur ein paar Tage weg waren, schien das Haus sich wirklich verändert zu haben, als wir zur Tür hereinkamen. Leer und tot – wenn Häuser überhaupt sterben können. Ich glaube, Mum hat es auch bemerkt, denn ich sah, dass sie zitterte, als sie sich im Flur umsah. Sobald wir uns eingerichtet hatten, rief sie einen Schlosser an und bestellte jemanden, der kommen und sämtliche Schlösser austauschen sollte. Letzte Nacht schliefen wir wieder alle zusammen. Michaela und ich schliefen in ihrem Bett, sie oben mit dem Kopf und ich unten, und Mum schlief in meinem. Ich habe sogar noch schlechter geschlafen als in dem sicheren Haus und bin jede Stunde aufgewacht, um nachzusehen, ob es den beiden gut ging. Und als ich dann endlich eingeschlafen bin, hatte ich schreckliche Träume von Jessica und Kate eins, die mit dem Ton-Zerstörer eine Rock-Band gegründet hatten.

Bitte lass mich wissen, wie dein Vorsprechen gelaufen ist. Mir geht es heute viel besser, weil die Schlösser ausgewechselt sind. Und nachher kommt Jamie vorbei. Ich will die beiden anderen jetzt noch nicht so gern alleine lassen, nur falls etwas ist. Jetzt mache ich besser Schluss, gehe für Mum Lebensmittel einkaufen und dann nach Hause.

Alles Liebe,
Georgie xx

Von: nancyblue@aol.com
An: georgieharris@hotmail.com
Betreff: Re: Oh mein Gott!!
Datum: Mittwoch, 23. August, 15:59

Ich bin so froh, dass ihr alle heil zu Hause seid, Liebling. Ich bin sicher, du brauchst dir wirklich keine Sorgen zu machen, also bleib stark. Und genieße den Besuch von Jamie ;). Ich habe die Rolle, für die ich vorgesprochen habe, bekommen – auch wenn ich ein bisschen gemischte Gefühle dabei habe. Ich spiele eine Hexe namens Wisteria in einer Sendung namens »Geschichten aus dem Hexenkessel«. Oh, ich wünschte, ich könnte einen Zauberspruch über den Ton-Zerstörer sprechen – ihn in eine Nacktschnecke verwandeln oder so was und dann auf ihn treten! Vielleicht sollte ich in ein Buch über Hexenkünste investieren und es ausprobieren – natürlich alles nur, um mich in die Figur hineinzuversetzen, du verstehst. Halt mich über alle Ereignisse auf dem Laufenden und vergiss nicht, lass mich bitte wissen, wenn du irgendetwas brauchst oder wenn du denkst, ich sollte mal mit deiner Mutter reden.

Alles Liebe,
die böse Hexe des Südens!
xx

Von: georgieharris@hotmail.com
An: nancyblue@aol.com
Betreff: Entsetzlich
Datum: Donnerstag, 24. August, 10:47

Oh mein Gott, Nan, etwas wirklich Entsetzliches ist geschehen. Noch entsetzlicher als all die entsetzlichen Sachen vorher. Nachdem ich dir gestern gemailt hatte, bin ich losgegangen, um Brot und Milch und so was im Supermarkt zu kaufen, und als ich zurück in unsere Straße kam, hörte ich neben mir einen Motor knattern. Das Motorenknattern eines Taxis. Zuerst konnte ich mich einfach nicht dazu durchringen, mich umzudrehen. Er kann es nicht sein, sagte ich mir immer wieder. Er würde es nicht riskieren. Er würde nicht riskieren, ins Gefängnis zu müssen. Aber dann, als das Taxi mich noch immer nicht überholte, fing mein Herz an noch schneller zu schlagen als am Abend der Aufführung von Bugsy Malone. Ich versuchte mir einzureden, es wäre nur ein Taxi für einen der Nachbarn, und der Fahrer fuhr so langsam, weil er nach dem richtigen Haus suchte. Aber dann, als ich anfing, schneller zu gehen, fuhr das Taxi auch schneller, um mit mir Schritt zu halten. »Er ist es, er ist es«, schrie die Stimme in meinem Kopf. Ich fing an zu rennen, aber ich konnte mich nicht dazu bringen, mich umzudrehen und nachzusehen, wer das Taxi fuhr. Ich konzentrierte mich nur darauf, so schnell wie möglich nach Hause zu kommen.

Erst als ich die Grünfläche umrundet hatte und nur noch drei Häuser von zu Hause entfernt war, überholte mich das Taxi, fuhr über den Bürgersteig und kam kreischend in unserer Auffahrt zum Stillstand. Ich blieb abrupt stehen. Was würde er tun? Was sollte ich tun? Ich stand auf dem Bürgersteig, vor der Tür unseres Nachbarn, meine Hände zitterten, und ich starrte das Auto an. Langsam öffnete sich die Tür auf der Fahrerseite, und der Ton-Zerstörer stieg aus. Er trug sein übliches Outfit aus blassblauen Jeans und Fußball-Trikot, und er hatte seine St-George-Baseball-Kappe tief ins Gesicht gezogen. Das helle Sonnenlicht brannte wie ein Scheinwerfer auf mich nieder, als wartete es darauf, dass ich mich bewegte. Ich aber war vor Angst wie erstarrt. Der Ton-Zerstörer schlug die Tür des Taxis hinter sich zu und wandte sich um, um mich anzustarren. Ich fühlte tief in meiner Kehle ein Brennen, als müsste ich mich übergeben, aber ich wusste, ich musste irgendetwas tun, ich konnte nicht einfach nur dastehen, also rannte ich auf die andere Seite der Auffahrt zur Haustür. »Mum, Mum!«, brüllte ich. »Er ist hier. Mach die Tür nicht auf!« Aber es war zu spät, die Tür begann sich zu öffnen, und ich hörte Schritte, die hinter mir die Auffahrt heraufpolterten. »Ich will meine Tochter«, brüllte er mit tiefer, lallender Stimme. Der Gestank nach schalem Bier und Zigarettenrauch wallte mir über die Schulter. »Michaela!«, schrie er. »Gib mir meine Tochter!« Ich sah, wie Mum hinter der Tür hervorlugte, sie wirkte hinter ihrer Maske aus blauvioletten und gelblichen Schwellungen zu Tode erschrocken. »Georgie!«, schrie sie und streckte den Arm aus, als wollte sie mich ins Haus ziehen, aber es war zu spät. Ich spürte, wie mir etwas in den Rücken gestoßen wurde, und fiel zur Seite, über den Steingarten und auf den Rasen. Was als Nächstes passierte, nahm ich nur verschwommen wahr. Ich hörte, wie meine Mutter einen spitzen Schrei ausstieß, und als ich aufblickte, war sie im Garten, hielt etwas in die Höhe und schrie. Ich blinzelte ins Sonnenlicht. Es war der Golfschirm des Ton-Zerstörers aus dem Ständer bei der Tür. Mum schwang ihn wie ein Schwert vor ihm hin und her. »Halt dich von uns fern!«, schrie sie. »Du rührst meine Töchter nicht an!« Hätte ich nicht solche Angst gehabt, hätte ich ihr applaudiert. Der Ton-Zerstörer blieb einen Moment lang stehen, seine Silhouette zeichnete sich schwarz und klobig gegen die Sonne ab. Ich rappelte mich auf die Füße, meine Beine klebten voller Baumrinde-Stücke vom Steingarten. »Du sagst mir nicht, was ich zu tun habe!«, schrie er zurück und machte einen Schritt auf sie zu. Irgendwo in der Straße hörte ich eine Tür zuschlagen. Bitte lass jemanden kommen und uns helfen, flehte ich stumm. Und dann ertönte oben das Geräusch eines Fensters, das geöffnet wurde. Wir blickten hoch, schirmten unsere Augen mit den Händen ab. Es war Michaela. »Prinzessin!«, rief der Ton-Zerstörer, wobei seine Stimme sofort sanft wurde. »Ich bin gekommen, um dich mit zu Oma zu nehmen.« Michaela sah zu ihm hinunter, schüttelte ihren kleinen Kopf und sagte: »Geh weg, Daddy.« Der Ton-Zerstörer machte einen Schritt auf das Haus zu, aber Mum trat zur Seite, um ihn aufzuhalten. »Was ist los, Prinzessin? Möchtest du nicht gern ein bisschen Zeit mit deinem Dad verbringen?«, rief er. Wieder schüttelte Michaela den Kopf. Ich sah, wie der Ton-Zerstörer die Fäuste ballte. »Warum denn nicht?« Michaela sah von ihm weg auf das Fensterbrett. »Weil du Mami wehgetan hast. Ich will dich nicht sehen. Ich hab Angst.« Das Nächste ist alles ein bisschen verschwommen. Der Ton-Zerstörer sprang auf die Tür zu, Mum sprang auf ihn zu und schlug ihn mit dem Schirm auf seinen dicken Nacken. Ich sah, wie er herumfuhr, um sie zu stoßen, und ich rannte mit dem Kopf voran auf ihn zu. Er fuhr herum und packte mich, aber in dem Moment hörten wir Gott sei Dank alle ein schrilles Heulen. Es war eine Polizeisirene und dann gleich noch eine, sie wurden lauter und lauter, kamen näher und näher. Der Ton-Zerstörer ließ mich los, blieb wie angewurzelt stehen und starrte auf die Straße. Mum öffnete vor mir ihre Hand, und ich sah ihren Pager. »Hexe!«, schrie der Ton-Zerstörer, ehe er die Auffahrt hinunterrannte. Aber es war zu spät. Zwei Polizeiautos bremsten kreischend am Ende der Auffahrt, und innerhalb einer einzigen Sekunde waren vier Männer in knallgelben Jacken und schwarzen Hosen über ihm, schrien »Runter auf den Boden!« und fesselten ihm die Hände mit Handschellen auf den Rücken.

Nan, ich zittere, während ich das tippe und dabei an das, was passiert ist, zurückdenke. Aber du hattest recht mit dem, was du über die schlimmsten Zeiten in unserem Leben gesagt hast: Oft folgen darauf die besten. Der Ton-Zerstörer ist im Gefängnis und wird bis zur Verhandlung dort bleiben, und zum ersten Mal seit einer Ewigkeit fühle ich mich frei. Nachdem die Polizei gestern gegangen war, mussten wir alle drei erst einmal weinen, aber es war ein gutes Weinen, falls das einen Sinn ergibt. Mum umarmte Michaela und mich ewig lange und sagte, dass wir nie wieder Angst zu haben bräuchten. Sie würde dafür sorgen, dass wir alle in Frieden und glücklich leben könnten. Und auch wenn ich spüren konnte, wie sie zitterte, wusste ich, sie meinte jedes Wort ernst. Es ist merkwürdig, aber es scheint, als hätte sie, seit sie den Ton-Zerstörer mit dem Schirm geschlagen hat, endlich keine Angst mehr vor ihm.

Als Jamie später kam, konnte er nicht glauben, was passiert war, aber er sagte, obwohl es schrecklich gewesen sein muss, war es definitiv das Beste so. Und damit hatte er recht. Es war das schrecklichste Erlebnis meines ganzen Lebens, aber dass der Ton-Zerstörer hier aufgetaucht ist und seine Kautionsauflagen gebrochen hat, bedeutet, dass er jetzt eingesperrt wird und wir uns eine Zeit lang entspannen können. Ich versuche, nicht an die Gerichtsverhandlung und das, was danach passieren wird, zu denken. Ich weiß, die Erleichterung ist sicher nur vorübergehend, aber wenigstens haben wir jetzt ein bisschen Zeit, um zu planen, was wir tun werden. Ich bin im Augenblick in der Bücherei, und sobald ich diese Mail abgeschickt habe, gehe ich zu Jamie. Er will ein bisschen Musik mit mir machen, er denkt, das könnte mich von allem, was passiert ist, ablenken. Ich weiß allerdings nicht, was mit mir nicht stimmt, denn mir ist die ganze Zeit zumute, als müsste ich in Tränen ausbrechen. Verrückt, oder? Na, wie auch immer, ich dachte jedenfalls, ich erzähle dir mal schnell das Neuste.

Alles Liebe,
Georgie xx

Von: nancyblue@aol.com
An: georgieharris@hotmail.com
Betreff: Re: Entsetzlich
Datum: Donnerstag, 24. August 11:38

Liebe Georgie,
du armer, armer Liebling. Wie kannst du nur sagen, du fühlst dich

verrückt, weil du fix und fertig bist? Du hast ein paar extrem traumatische Tage hinter dir – es ist nur natürlich, dass dir zum Weinen zumute ist. Ich muss zugeben, ich habe deine Mail mit zitternden Fingern gelesen und war kaum in der Lage hinunterzuscrollen, solche Angst hatte ich, was als Nächstes passieren würde. Für dich muss es absolut entsetzlich gewesen sein – Gott sei Dank ist die Polizei so schnell gekommen. Das gibt einem doch den Glauben an die Verbrechensbekämpfung irgendwie zurück. Obwohl das Monster nie auf Kaution hätte freigelassen werden dürfen. Es klingt, als könntet ihr alle einen Urlaub gebrauchen, also wiederhole ich meine Einladung – bitte, bitte, bitte frag deine Mutter, ob ich mit ihr sprechen darf. Ich hätte euch so gern alle für ein paar Tage hier, wo ihr am Meer euren Spaß haben und versuchen könnt, die schrecklichen Ereignisse der vergangenen Woche hinter euch zu lassen. Es hat etwas Therapeutisches, zwischen sich und seinen Problemen physischen Abstand zu schaffen – ich frage mich, ob Dylan sich deshalb um die Rolle in Hollywood beworben hat, um von all den Erinnerungen an seinen Vater wegzukommen. Gib deiner Mutter meine Nummer, Georgie. Oder gib mir ihre, und wir sehen, ob wir etwas arrangieren können. Es stört mich wirklich sehr, dass sie mich für eine Art von Internet-Stalker hält. Ich würde sehr gern die Chance haben, ihr zu beweisen, dass ich es aufrichtig mit dir meine.

In Erwartung grüßt dich
Nan xx

PS: Ich hoffe, du hast Spaß bei deiner »Musik« mit Jamie ;)

Von: georgieharris@hotmail.com
An: nancyblue@aol.com
Betreff: Telefonanruf
Datum: Freitag, 25. August, 10:01

Hi,
Musik mit Jamie war super, danke! Es kribbelt mich jetzt noch überall. Er hat Gitarre gespielt, und ich habe ein paar Lieder gesungen. Auch wenn es wirklich schön war, konnte ich nicht aufhören, mir Sorgen zu machen, dass er mich nie wieder küssen würde. Ich hatte Angst, nach dem Drama der letzten paar Tage würde er mit einer Familie wie meiner lieber nichts zu tun haben. Aber dann, gerade als ich einen Schluck von meiner Cola light nahm, kam er zu mir, setzte sich neben mich auf das Sofa und nahm mir das Glas ab. Er stellte es auf den Teetisch, und dann küsste er mich. Ein richtiger, langsamer französischer Kuss. Und obwohl ich so etwas vorher noch nie gemacht hatte und es immer wirklich stressig fand, daran auch nur zu denken und nicht zu wissen, was ich mit meiner Zunge machen sollte, war es irgendwie ganz natürlich und kein bisschen eklig!!! Und dann fragte er mich mit total tiefer, rauer Stimme: »Willst du mit mir gehen?« Und ich fragte: »Wohin denn?« Und er sagte: »Wohin auch immer, Hauptsache mit mir zusammen.« Und ich hatte es immer noch nicht richtig verstanden, also stand ich auf, nahm meine Jacke und sagte: »Ja, klar.« Und er sagte: »Nein, ich meinte nicht, jetzt irgendwohin gehen, ich meinte: Willst du meine feste Freundin sein?« Einen Moment lang starrte ich ihn an, und ich glaube, meine Wangen müssen verstanden haben, was er meinte, bevor der Rest von mir es tat, denn sie wurden knallrot, und dann fing ich an zu lächeln, und er lächelte auch, ein wirklich schönes, wehmütiges Lächeln, das eigentlich gar nicht wehmütig war, und dann stand er auf und umarmte mich ganz fest und sagte: »Einverstanden, Blousey?« Und ich sagte: »Ja, Bugsy.«

Und das ist nicht die einzige gute Nachricht! Ich habe gerade mit Mum gesprochen, und sie hat gesagt, es ist okay, wenn du mich auf ihrem Handy anrufst. Ich weiß allerdings nicht, ob sie mit dir sprechen wird, sie ist immer noch ein bisschen merkwürdig wegen unserer Mails, aber wir können es ja wenigstens versuchen. Ihre Nummer ist 07894 5677789. Ruf uns an, sobald du kannst ...

Alles Liebe,
Georgie xxx

```
Von:          nancyblue@aol.com
An:           georgieharris@hotmail.com
Betreff:      Re: Telefonanruf
Datum:        Freitag, 25. August, 16:08
```

Liebste Georgie,
es war so schön, heute mit dir zu sprechen – so beruhigend zu hören, wie vergnügt du heute klangst, nach allem, was du durchgemacht hast. Und es war wundervoll, mit deiner Mutter zu sprechen und ihr zu versichern, dass ich nicht verrückt bin – nun ja, oder höchstens in einem guten Sinn! Glaubst du, sie wird meine Einladung, hierherzukommen, annehmen? Am Telefon erschien sie ein bisschen zögerlich, was natürlich völlig verständlich ist. Aber wenn sie mich kennenlernen würde, könnte sie wenigstens sehen, dass ich immer nur dein Bestes wollte, und dann können wir hoffentlich alle Freunde werden? Du musst Nachsicht mit mir haben, Georgie, Geduld gehört wirklich nicht zu meinen starken Seiten. Ich möchte euch allen so gern helfen, und es frustriert mich so, hier hinter diesem Computer gefangen zu sein und nichts tun zu können, als einen Haufen Wörter hinaus ins Netz zu senden.

Aufgeregt erwarte ich deine Antwort.
Wie immer alles Liebe,
Nan xx

Von: georgieharris@hotmail.com
An: nancyblue@aol.com
Betreff: Die neusten Schock-Nachrichten
Datum: Samstag, 26. August, 14:22

Hi Nan,
du wirst die neuesten Nachrichten nicht glauben! Heute früh klingelte unser Telefon, und als Mum abhob, wurde ihr Gesicht buchstäblich so weiß wie ein Laken. Sogar ihre blauen Flecken schienen zu einem helleren Violett zu verblassen. »Er ist was?«, fragte sie und setzte sich auf einen der Küchenstühle. *Er ist geflüchtet,* war der erste Gedanke, der mir in den Sinn kam, also setzte ich mich ihr gegenüber und suchte in ihrem Gesicht nach Hinweisen. »Aber wie? Wo? Wann?«, fragte Mum, und ich konnte sehen, wie ihre Unterlippe anfing zu beben. Ich rannte hinüber zur Hintertür, schloss und verriegelte sie. Wie konnte er nur geflohen sein? Würden wir denn nie frei von ihm sein? Tränen traten mir in die Augen. Es war alles so unfair. »Vielen Dank, dass Sie mir Bescheid gesagt haben«, sagte Mum, nachdem sie der Person am anderen Ende eine Weile, die mir endlos vorkam, schweigend zugehört hatte. Vielen Dank! Wie konnte sie denen auch noch dafür danken, dass sie ihn schon wieder hatten laufen lassen?! Schockiert sah ich zu, wie sie versuchte, den Hörer aufzulegen. Ihre Hand zitterte so sehr, dass das gesamte Telefon auf den Boden knallte. »Was ist denn passiert?«, fragte ich mit quietschender Stimme. »Tony«, flüsterte sie, nachdem sie das Telefon aufgehoben hatte. »Er ist des versuchten Mordes angeklagt worden.«

Oh Nan, es war ein so seltsames Gefühl, Übelkeit und Schock und Angst und dann – und ich weiß, das hört sich vermutlich total schrecklich an – Erleichterung. Erinnerst du dich an den Morgen, an dem unser Wasser abgeschaltet wurde und der Ton-Zerstörer von der Arbeit kam und das Fenster von seinem Taxi eingeschlagen und seine Hand ganz aufgeschürft war? Nun, allem Anschein nach hat er einen Fahrgast aus Somalia mitgenommen, und als der nicht genug

Geld bei sich hatte, um den Fahrpreis zu bezahlen, ist der Ton-Zerstörer hinten in den Wagen gestiegen und hat ihn fast totgeschlagen. Die Polizei weiß, dass er es war, denn sie haben seine DNA an dem Opfer, und die Chancen, dass es nicht der Ton-Zerstörer war, stehen eine Trillion zu eins. Als sie ihn verhafteten, weil er Mum geschlagen hatte, nahmen sie eine DNA-Probe von ihm, und als sie die in ihren Computer eingaben, ergab sich eine Übereinstimmung mit dem Mann, der den Somali zusammengeschlagen hatte. Wie es aussieht, hat er den Mann halbtot liegen gelassen, und es wird befürchtet, dass er nie wieder laufen kann.

Nachdem sie es mir erzählt hatte, ging Mum zur Hintertür, schob den Riegel zurück und öffnete sie. »Es ist vorbei«, sagte sie und wandte sich zu mir um, während die Tränen ihre Wangen hinunterliefen. »Es ist endlich vorbei.« Und dann umarmten wir einander ungefähr eine Stunde lang.

Das ist also das Neuste, Nan. Ich melde mich wieder, wenn der Schock ein bisschen nachgelassen hat.

Alles Liebe,
Georgie xx

Von: nancyblue@aol.com
An: georgieharris@hotmail.com
Betreff: Re: Die neusten Schock-Nachrichten
Datum: Samstag, 26. August, 17:05

Du meine Güte – ich wünschte, ich könnte behaupten, ich kann es nicht glauben, aber leider klingen deine neusten Nachrichten nur allzu sehr nach der Wahrheit. Schauder laufen mir den Rücken hinunter, wenn ich daran denke, dass du mit einem solchen Mann so lange im selben Haus gewohnt hast. Gott sei Dank hat er dich und deine Mum nicht noch mehr verletzt, als er es getan hat. Wenigstens könnt ihr jetzt alle befreit von ihm leben. Ich habe mir solche Sorgen gemacht, dass er es schaffen würde, die Dinge zu verdrehen, und von dem Vorwurf, deine Mutter geschlagen zu haben, freigesprochen würde. In Fällen von Gewalt in der Familie hört man ja immer wieder, dass so etwas passiert. Wenigstens wissen wir jetzt, dass er für lange Zeit im Gefängnis sitzen wird und dass ihr euch ohne ihn ein neues gemeinsames Leben aufbauen könnt. Lass mich wissen, wenn du irgendetwas brauchst.

Alles Liebe,
Nan xxx

Von: georgieharris@hotmail.com
An: nancyblue@aol.com
Betreff: Tolle Neuigkeiten!!
Datum: Sonntag, 27. August, 13:11

Hi Nan,
so, der Schock fängt endlich an, ein bisschen nachzulassen. Die Polizei nimmt an, dass der Ton-Zerstörer mindestens sechs Jahre lang im Gefängnis sitzen muss. Als ich das hörte, war mir zuerst ein bisschen übel. Warum können sie ihn denn nicht für immer einsperren? Aber dann wurde mir klar, dass ich in sechs Jahren zwanzig bin! Ich werde erwachsen sein. Und Mum hat gesagt, sechs Jahre sind Zeit genug, um uns ein neues Leben aufzubauen. Sie scheint von Tag zu Tag stärker und fröhlicher und wieder mehr so wie früher zu werden. Und rate mal, was noch? Sie hat gesagt, wir können für einen Tag hinunter nach Brighton fahren. Und sie hat gesagt, sie ist einverstanden, dass wir uns mit dir treffen.

Wir hatten gerade ein echt schönes Gespräch miteinander, und sie hat mir erzählt, dass sie am Anfang, als sie herausfand, dass wir uns Mails schicken, richtig eifersüchtig war! Kannst du dir das vorstellen? Meine Mutter ist eifersüchtig, weil ich jemandem Mails schreibe! Aber sie hat gesagt, sie versteht, warum ich es gemacht habe, und es tut ihr wirklich leid, dass ich das Gefühl hatte, ich könnte nicht zu ihr kommen. Sie hat mir erzählt, dass sie sich nur betrunken hat, um den Schmerz zu betäuben, den das Leben mit dem Ton-Zerstörer ihr bereitete, und von nun an wird sie keinen Tropfen mehr anrühren, um mir zu beweisen, dass sie es nicht mehr braucht. Sie hat auch gesagt, dass du dich am Telefon wirklich nett angehört hast, und sie kann es kaum erwarten, dich kennenzulernen. Und ich kann es auch nicht erwarten, dich wiederzusehen! Ich habe mir gerade noch mal ein paar meiner älteren Mails an dich angesehen, und es ist unglaublich, wie viel sich verändert hat. Am Anfang der Sommerferien habe ich mich so einsam und deprimiert gefühlt. Ich hatte das Gefühl, nirgendwo wirklich dazuzugehören – nicht in der Schule, nicht in meiner Familie und auch nicht bei meinen Freunden. Aber jetzt habe ich das Gefühl, perfekt in mein Leben zu passen. Ich glaube, ich werde diese Zeit meinen Schmetterling-Sommer nennen. Nicht nur weil tausend Schmetterlinge ihr Lager in meinem Bauch aufgeschlagen hatten, sondern weil es der Sommer war, in dem ich aufgehört habe, eine langweilige alte Raupe zu sein. Ich bin aus meinem Kokon ausgebrochen und habe endlich meine Flügel entdeckt. Ich habe meine Mum von früher wieder, ich habe in einem Stück eine Hauptrolle gespielt, ich habe mich dem Ton-Zerstörer entgegengestellt, ich habe einen Freund, ich habe meine falsche Freundin verloren und mit dir eine echte Freundin gewonnen. Vielen Dank für alles, was du für mich getan hast. Dafür, dass du mir zugehört hast, als es sonst niemand getan hat. Dafür, dass du mir das Gefühl zurückgegeben hast, etwas Besonderes zu sein. Heute früh auf dem Weg zur Hauptstraße habe ich Jessica und Kate eins gesehen, die in den Park gingen. Zuerst wurde mir übel, und ich wünschte, Jamie wäre bei mir, aber als sie näher kamen, geschah etwas wirklich Merkwürdiges. Ich bekam so ein seltsames, sich entfaltendes Gefühl im Bauch, als würde ich mit jedem Schritt stärker und freier werden. Als ich auf gleicher Höhe mit ihnen war, blieben sie stehen, und Jessica sagte in einem komischen Londoner Gangster-Akzent. »Na, George, stimmt es, dass sie deinen Alten in den Knast gesteckt haben, weil er, na, irgendwie verrückt gespielt hat?« Ich sah sie an, meine bis vor kurzem noch sogenannte beste Freundin, und es kam mir vor, als betrachte ich eine völlig Fremde. Ich war ihr für das, was sie getan hatte, nicht mal böse. Ich hatte nur das Gefühl, sie überhaupt nicht zu kennen. Und dann wollte ich plötzlich unbedingt loslachen, denn auf einmal kam ich mir wie die Erwachsene vor, und sie sah aus wie ein dummes kleines Mädchen.

»Ich sag dir was, Jessica«, sagte ich und lächelte süßlich. »Warum schaffst du dir nicht einfach mal ein echtes Leben an?« Und dann ging ich weiter, das Sonnenlicht schien in der Farbe von Butterblumen auf den Fußweg vor mir und bildete meinen eigenen Pfad aus gelben Steinen.

Ich sage dir Bescheid, wenn Mum entschieden hat, wann wir kommen. Ich kann es nicht erwarten, dich zu sehen!

Alles Liebe,
Georgie xx

Von: nancyblue@aol.com
An: georgieharris@hotmail.com
Betreff: Re: Tolle Neuigkeiten!!
Datum: Sonntag, 27. August, 16:19

Hurra, hurra! Ich freue mich so sehr, ich habe Woodstock gerade einen dicken feuchten Kuss gegeben. Weißt du was, wenn du auch Jamie hierher einladen willst, wäre er mehr als willkommen. Die Küste kann der Romantik extrem förderlich sein, all die frische Luft und die sich brechenden Wellen. Und außerdem will ich ihn unbedingt kennenlernen!!! Sorry, ich bin so neugierig, dass es verboten gehört. Und dann könnte es noch sein, dass ich eine kleine Überraschung für dich habe, mein Liebling, aber die behalte ich fein unter meinem Hexenhut versteckt.

Ich bin so froh, dass es deiner Mutter besser geht, und ich habe laut gejubelt, als ich von deiner Begegnung mit dem schrecklichen Krabbenstäbchen auf Beinen las. »Super, Mädchen!«, johlte ich in meinen Computer. Der arme Woodstock hat sich fast zu Tode erschreckt. Ach, du wirst ja Woodstock auch kennenlernen. Du wirst ihn lieben, Liebling, und deine niedliche kleine Schwester auch. Für sie wird er ein echter, lebendiger Tigger sein, mit dem sie spielen kann. Er steckt so voller Leben, ich kann kaum mit ihm Schritt halten.

Du brauchst dich wirklich nicht bei mir zu bedanken, weißt du? Wenn überhaupt, dann bin ich diejenige, die dir zu danken hat. Zu Beginn des Sommers war ich auch so deprimiert. Wenn du eine Raupe warst, dann war ich eine Motte – alt und verstaubt und bereit, in eine Flamme hineinzufliegen. Aber durch dich wollte ich das Leben wieder umarmen. Trotz all der Probleme, die du durchgemacht hast, steckten deine Mails so voller Leben und Hoffnung. Ich konnte nicht anders, als mich von ihnen berühren zu lassen. Also lass mich dir auch danken, aus tiefstem Herzen. Aber jetzt genug von diesem ernsten Gerede, das gibt mir das Gefühl, unsere Freundschaft sei zu Ende, und das ist sie nicht. Es ist nur ein weiteres Kapitel, das sich dem Ende neigt, und jetzt können wir beide zusammen die Seite umblättern. Eins, zwei, drei ...

Alles Liebe wie immer,
Nan xxx

Teil Sieben

Ein neues Kapitel

Von: georgieharris@hotmail.com
An: nancyblue@aol.com
Betreff: Danke!!!
Datum: Donnerstag, 31. August, 21:30

Liebe Nan,
vielen, vielen Dank für diesen so schönen Tag! Wir hatten alle so viel Spaß! Mum konnte den ganzen Heimweg überhaupt nicht aufhören, von dem Super-Bungee-Sprung zu reden. Ich kann noch immer nicht fassen, dass sie das gemacht hat. Ich hätte viel zu viel Angst gehabt, ich würde vom Pier weg und direkt ins Meer geschleudert werden! Es war aber toll, sie wieder einmal so furchtlos und fröhlich zu erleben. Und Michaela ist jetzt besessen von Woodstock. Gut, dass Jamie mit seinem Handy ein paar Fotos von ihm gemacht hat. Sie alle sind übrigens auch von dir begeistert, aber ich habe ja immer gewusst, dass sie das sein würden. Und was deine Überraschung angeht – nun, ich weiß nicht so recht, was ich sagen soll, außer: ES WAR FROSTFREI!!!!! Viel Glück für deinen ersten Drehtag. Ich mache jetzt lieber Schluss, denn ich bin nur schnell auf meinem Weg vom Bahnhof ins Internet-Café gesprungen und habe Mum versprochen, ich würde nicht lange wegbleiben. Nicht zu glauben, dass ich am Montag schon wieder zur Schule muss!! Dieser Sommer ist nur so verflogen – und ich habe gedacht, er würde langweilig werden!!

Ich melde mich bald wieder ...

Alles Liebe,
Georgie xxx

Von: georgieharris@hotmail.com
An: dylan.curt@yahoo.com
Betreff: Hallo!
Datum: Donnerstag, 31. August 21:35

Lieber Dylan,
es war so nett, dich heute bei deiner Mutter kennenzulernen, und vielen Dank, dass du mir deine E-Mail-Adresse gegeben hast – und versprochen hast, mir alle Fragen zum Schauspielern zu beantworten. Es bedeutet mir wirklich viel, denn ich war ein riesiger Fan von dir, als du in *Jessop Close* gespielt hast. Ich freue mich so, dass dein Film gut gelaufen ist, und Jamie und ich freuen uns schon darauf, dich in deinem Theaterstück zu sehen, wenn es im November in London Premiere hat. Es ist ja so cool, dass du in demselben Theater spielen wirst, in dem deine Eltern sich kennengelernt haben.

Jedenfalls war es schön, dich kennenzulernen, und ich wünsche dir viel Glück bei deinen Proben.

Viele Grüße,
Georgie x

Ende.

»Ein absoluter Pageturner voller zauberhafter Ideen. Romantisch, witzig – magisch! Unbedingt lesen!« KERSTIN GIER

Eva Völler
ZEITENZAUBER
Die magische Gondel
336 Seiten
mit zahlreichen
Abbildungen
ISBN 978-3-8339-0026-6

Die 17-jährige Anna verbringt ihre Sommerferien in Venedig. Bei einem Stadtbummel erweckt eine rote Gondel ihre Aufmerksamkeit. Seltsam. Sind in Venedig nicht alle Gondeln schwarz? Als Anna kurz darauf mit ihren Eltern eine historische Bootsparade besucht, wird sie im Gedränge ins Wasser gestoßen – und von einem unglaublich gut aussehenden jungen Mann in die rote Gondel gezogen. Bevor sie wieder auf den Bootssteg klettern kann, beginnt die Luft plötzlich zu flimmern und die Welt verschwimmt vor Annas Augen …

Baumhaus Verlag

E-Mails von Geisterhand

Lisa und Laura Roecker
DIE
LÜGENGESELLSCHAFT
Aus dem amerikanischen
Englisch von
Anja Hackländer
368 Seiten
ISBN 978-3-8339-0184-3

Efeuumrankte Mauern, alte Legenden und lateinische Inschriften prägen die Eliteschule, auf die auch die 15-jährige Kate geht. Doch Kate steht nicht mehr der Sinn danach, sich den elitären Anspüchen der Pemberley Brown Academy anzupassen. Seit ihre beste Freundin Grace ein Jahr zuvor ums Leben gekommen ist, hat sie pinke Haare und hält sich von ihren Mitschülern fern.
Doch eines Tages bekommt Kate Post. Und zwar von Grace. Sie schreibt, ihr Tod sei kein Unfall gewesen. Kate zweifelt an ihrem Verstand, lässt es sich aber nicht nehmen, die Spur aufzunehmen. Dabei stößt sie auf dunkle Geheimnisse, die sie besser hätte ruhen lassen ...

Vielleicht ist es Liebe.
Vielleicht ist es Leidenschaft.
Vielleicht ist es Schicksal.

Kirsten Miller
NICHTS IST ENDLICH
Aus dem amerikanischen
Englisch von
Sandra Knuffinke,
Jessika Komina
464 Seiten
ISBN 978-3-8339-0040-2

Stell dir vor, du glaubst, dass du schon mal gelebt hast. Stell dir vor, du hast Visionen von einem Jungen, der in einem früheren Leben deine große Liebe war. Stell dir vor, du denkst, dass dieser Junge jetzt wieder lebt. Was würdest du tun?
Für die 17-jährige Haven ist die Antwort klar: Sie muss diesen Jungen unbedingt finden! Hin- und hergerissen zwischen Leidenschaft und Zweifeln lässt Haven sich auf eine schicksalhafte und sehr gefährliche Affäre ein …

Baumhaus Verlag